Ulrike Hasse

ZECHMANN · DER SIEGER

HEINZ ZECHMANN

DER SIEGER

ROMAN

LANGEN MÜLLER

© 1972 by Albert Langen · Georg Müller Verlag GmbH.,
München · Wien
Umschlaggestaltung: Renate Weber-Rapp unter Verwendung
eines Fotos von Rudolf B. Senjor
Gesamtherstellung: M. Theiss, Wolfsberg, Kärnten
Printed in Austria 1972
ISBN 3-7844-1486-9

DER SIEGER

*Die Buße trifft das Böse von gestern.
Wer aber nimmt es auf mit dem Bösen
von morgen?*

Der Mann ging langsam durch den Gang. Der Zug stand noch, der Koffer an seiner Hand war klein und leicht, also hätte er ohne weiteres schneller oder wenigstens in einem normalen Tempo durch diesen Gang gehen können, in dem weder ein Mensch noch ein Gepäckstück ihm den Weg verstellten. Aber er nahm sich die Zeit, in jedes Abteil zu schauen. Er hatte seine Gründe.

Für diese Nacht wollte er eine gute Begleitung oder einen guten Schlafplatz finden, wobei er diese zwei Möglichkeiten allerdings nicht als gleichwertig einstufte, sondern der ersten ganz entschieden den Vorzug gab. Natürlich war ihm aber ein guter Platz zum Schlafen lieber als eine indifferente oder gar schlechte Begleitung. Deshalb ließ er sich auch durch keinen Vorhang abschrecken, weiß man doch, daß derartige Schutzmaßnahmen sehr oft nur dazu dienen, einem einzigen das Privileg des Ungestörtseins möglichst lange zu erhalten, weil die Ängstlichen und Rücksichtsvollen nicht zu stören wagen.

Noch war er in kein Abteil getreten, sondern hatte sich nur die Reisenden gemerkt, als der Zug behutsam zu gleiten begann, dann jedoch rasch die Zone der Weichen erreichte, die letzten Lichter der Stadt eilig hinter sich ließ und nun der Nacht entgegenrollte.

Der Mann war nicht zufrieden. Wohl hatte er schon dreimal ein leeres Abteil entdeckt, der Mensch jedoch, den er sich wünschte, war nirgends zu sehen. So kam er zum Ende des dritten von ihm durchsuchten Waggons, wo er eigentlich aufgeben wollte. Ohne richtig hinzuschauen, hatte er seine Augen in den Gang des vierten Waggons gerichtet, in dem eine Nummerntafel hing, die mit sanften Bewegungen im Graugrün der gedämpften Beleuchtung fast ertrank.

Gedankenlos stellte der Mann seinen Koffer hin und lehnte sich an die Wand neben der Tür zum WC. Schlafen also, entschied er; der Zug ist fast leer, und ich werde mir jetzt in Ruhe eine der freien Bänke aussuchen. Der Mann im ersten Abteil sieht aus wie einer, der schnarcht, die Frau im fünften wird mir die endlosen Geschichten ihrer Enkel aufnötigen, bleibt also Coupé Nummer vier im zweiten Wagen, der Dünne dort könnte ein Gelehrter sein, er wird sein Buch weiterlesen und belanglose Gespräche vermeiden.

Also schlafen, die freie Bank ist rechts, wenn ich den Kopf beim Fenster habe, muß ich beim Einschlafen dem anderen mein Gesicht zeigen, ich müßte mit dem Kopf beim Eingang liegen, nein, das kommt nicht in Frage (jeder, der die Tür aufmacht, wäre sofort bei mir. Zur Tür gehören die Füße, aber ich muß beim Einschlafen auf der rechten Seite liegen.) – ich könnte den Mann fragen, ob er den Fensterplatz tauscht, in der Nacht gibt es draußen ja nichts zu sehn, er schaut erstaunt über sein Buch und lehnt ab, ich sitze immer in der Fahrtrichtung, tut mir leid.

Der Mann zuckte die Achseln. Zur Großmutter? Zum unappetitlichen Dicken ganz am Anfang? Nein, der scheidet aus. Zur Oma also, die sitzt rechts, das paßt, Guten Abend sagen, aber dann gleich das Polsterchen aus dem Koffer holen, die Zeitung auf das Fußende breiten, sich hinlegen und zur Wand schauen, gar kein Gespräch aufkommen lassen, das geht, muß gehen, ja. Er nickte.

Aber ehe er zum Koffer greifen konnte, was er in die-

sem Augenblick ja noch wollte, sah er zum erstenmal wirklich auf jene Nummerntafel des vierten Waggons.
Er verzog den Mund, schüttelte den Kopf, beides mehr mechanisch, aber den Schritt nach vorn, um besser lesen zu können, tat er schon ganz bewußt. Er lachte lautlos. Sechs, sechs, sechs, Punkt, sechs, sechs, sechs. Sechshundertsechsundsechzigtausendsechshundertsechsundsechzig.
Er lachte noch einmal. Nun läge es nahe, zu sagen, er wußte beim Lesen dieser Zahl sofort, daß der nächste Waggon ihm etwas ganz Besonderes zu bieten habe. Es war aber nicht so, es war nur so ähnlich. Er wußte es nicht, er wollte es wissen. Also nahm er entschlossen seinen Koffer und ging hinüber.
Sie war blond, ihr Kostüm blau, dunkelblau. Ihre Erscheinung erlöste ihn aus qualvoller Spannung, denn sie saß im letzten Abteil. Zwanzig Meter weit Hoffnung und Zweifel und von Meter zu Meter mehr Zweifel, umso stärker dann Glück und Befreiung. Als er die rechts vor dem Fenster Sitzende sah, war er beinahe davon überzeugt, dem einmaligen Schicksal gegenüberzustehen, und als er die Tür ganz nach links schob, ließ ihn etwas wie Ehrfurcht oder wie Furcht zögernd mit der Klinke verfahren, so sehr erschrak er vor der Tiefe des Abenteuers, das ihm mit grauen Augen entgegenschaute.

»Guten Abend!«
»Guten Abend!«
»Erlauben Sie, daß ich diesen Platz belege?«
»Bitte.«
»Danke.«

Der Haken für den Mantel, meine Hand ist unruhig, hoffentlich merkt sie es nicht, soll ich die Zeitung herausnehmen, schaden kann's nicht, sogar Nichtraucher, das paßt genau, das heißt, mir paßt es und zu ihr paßt es auch, aber es paßt mir nicht, daß es ihr paßt. Ich muß reden, wenn ich schweige, wird alles kompliziert, warum rede ich nicht, es wirkt aufdringlich, nur Geduld, nur nichts überstürzen, alles gut überlegen, kühles Blut, die Nacht ist noch lang, ruhig sein, gelassen sein, die Zeitung nehmen, die Nacht ist noch lang, sich nichts anmerken lassen, nicht die Führung verlieren, sie muß glauben, ich habe mir vorgenommen, die Zeitung zu lesen, und dabei bleibt es; er ist ein Mensch mit intensiven sachlichen Interessen, soll sie denken, das gefällt ihr, und dann gefällt es ihr nicht mehr, weil sie immer ungeduldiger auf den Augenblick wartet, in dem ich die Zeitung zusammenfalte.

Vielleicht stimmt das, vielleicht stimmt es nicht, ich weiß gar nichts, aber ich weiß, daß diese Gedanken nur helfen sollen, hinauszuschieben, was ich endlich zugeben muß: Ich kann nicht reden. Irgend etwas stimmt nicht, und ich weiß nicht, was.

Gut, daß die Zeitung mich verdeckt, sie kann mich nicht sehen. Sie ist schön, die Nase ist wunderbar, aber fast ein wenig zu schmal, die Haut könnte etwas Farbe vertragen, sie ist noch jung, aber nicht mehr die Jüngste, vielleicht fünfunddreißig, die Lippen sind gesprungen. Vielleicht ist sie schon an die vierzig und sieht einfach gut aus, warum halte ich die Zeitung nicht ruhiger, die Strümpfe schimmern wie Kupfer, die Knie sind etwas schmal, aber doch rund.

Sie zieht ihren Rock vor, so weit wie möglich. Sie schaut her, ich muß die Zeitung etwas tiefer halten, sie soll glauben, daß ich lese, ich darf später nicht das Umblättern vergessen, sie schaut her, und jetzt weiß ich, woran alles liegt: Ihre Augen, ihre großen Augen, ihre großen, grauen Augen, ihre Augen tun mir weh.

Jetzt habe ich umgeblättert, ohne es zu wollen.
Fürchte ich mich etwa vor ihren Augen?
Lächerlich. Ich habe mich noch nie vor den Augen einer Frau gefürchtet, es ist vielleicht besser, wenn ich über diesen Satz nicht lange nachdenke, lächerlich, nein, ich fürchte mich nicht.
Ich werde die Zeitung senken, ich werde nichts reden, kein Wort, es muß eine Mutprobe sein, denn Mut ist immer noch das Wichtigste.

In der Tat neigte der Mann seine Zeitung so weit, daß er über den oberen Rand gerade ihr Gesicht, ihre Augen sehen konnte, und es überraschte ihn gar nicht, daß diese Augen genau auf ihn gerichtet waren, es erschreckte ihn.
Auch die Frau erschrak. Erschrak über den Blick, der es mit ihrem aufnehmen wollte, diesen schweren Blick, der braun und groß auf ihr lag, aber trotz aller Braunheit nicht die mindeste Spur von Wärme zeigte.
Beider Erschrecken war in diesem Augenblick weit entfernt von Furcht.
Er dachte, dich möchte ich.
Sie dachte, ich kenne ihn.

Er ist es, ja.
Das Würgen im Hals der beste Beweis. Wird mir schlecht?
Gottseidank, er versteckt sich wieder hinter der Zeitung, gottseidank, denn ich brauche eine Pause.
Eigentlich habe ich es schon gewußt, als er hereinkam, aber jetzt bin ich ganz sicher. Gepflegte Finger, ohne Ring, aber seine Finger kenne ich nicht, ein Anzug aus gutem, wahrscheinlich sehr gutem Stoff, dunkelgraue

Socken, zeitlose Schuhe, kleine Schuhe übrigens bei dieser Körpergröße, aber das kenne ich alles nicht, ich kenne nur sein Gesicht und werde es kennen bis zum Tod.
Tod?
Gerda war das fröhlichste Mädchen, das man sich denken konnte, jetzt wäre sie, – das war fünfundvierzig – fünfundsechzig, – achtunddreißig also wäre sie, ob sie Roland geheiratet hätte, wahrscheinlich, aber bestimmt hätte sie Kinder, und das wäre vielleicht ein kleiner Beweis für Martin, daß ich nicht schuld bin. Ist Martin schuld, ach was, es ist sinnlos zu fragen, wo es keinen Weg gibt zur Antwort, aber es gibt ja einen Weg, natürlich, und es ist gar nicht sinnlos, zu fragen, denn hier ist ja die Antwort, hier sitzt ja der, der schuld ist, er sitzt hier und liest eine Zeitung.
Er ist schuld, das habe ich immer gewußt.
Martins Hände an meinen Wangen konnte ich lieben, seine Hände an meinen Hüften konnte ich dulden, aber dann, – ich winde mich, er lacht noch, weil er mich falsch versteht, ich entkomme, er fängt mich ein, ich reiße mich los, er hält nur mein Armband, seine Augenbrauen wachsen zusammen, ich mache mich steif, er wirft mich nach rückwärts, ich spanne meine Knie vor der Brust, sein Gesicht ist nur Zorn und Gewalt, wer ist stärker, ich stoße meine Knie gegen sein Kinn, er taumelt und hat auf einmal ganz andere Augen, ich weiß, ja, ich weiß heute genau, was er sah, daß es das Schlimmste war, was er jemals erlebte – aber ich konnte nichts anderes tun, als genau das, was ich tat.
Darf eine Ehe so anfangen?
In der zweiten Nacht wartete er, bis ich zu ihm kam. Und ich kam, denn ich hatte ihn lieb. Aber meine Haut war kalt, eiskalt, und ich vermochte nichts, gar nichts gegen meine Haut.

Als er sein Ziel erreicht hatte, nach schrecklichen Anstrengungen, sah er, daß er allein war. Tränen waren das einzige, was ich sagen konnte, und das war zu wenig. In der zweiten Nacht spürten wir, daß die erste Nacht in unseren Betten saß, und weil wir das spürten, mußten wir es auch in der dritten Nacht spüren und in allen späteren Nächten, und manchmal glaube ich, unsere Ehe hat noch gar nicht begonnen.
Wird sie jemals beginnen?
Tausendmal diese Frage und tausendmal Qualen statt einer Antwort, Qualen, von denen der am wenigsten weiß, der an allem schuld ist und hier sitzt und hinter seiner Zeitung überlegt, wie er ein Gespräch anfangen soll. Ein Gespräch – und später vielleicht... Es ist irrsinnig, zu denken, was er vielleicht denkt, zu wissen, daß er nichts weiß, weil er keine Ahnung hat, wer ich bin, weil er ein Mann ist und das Gedächtnis eines Mannes hat.
Er braucht es nicht zu wissen, aber er wird es büßen.

Klick, machte die Tür, und die Frau sank erschöpft gegen die Lehne zurück.
Der Mann schaute auf, dann schloß er die Zeitung.
Der Schaffner tippte kurz an den Mützenschild. »Guten Abend! Jemand zugestiegen?«
Der Mann legte die Zeitung neben sich und holte seine Brieftasche aus der Innenseite des Jacketts. Der Schaffner warf einen kurzen Blick auf die erhaltene Karte, knipste sie und gab sie zurück. »Danke.«
»Bitte.«
Er schaute von der Tür her noch einmal auf die Fensterplätze. »Guten Abend!«
Nur der Mann erwiderte ihm.

Der Mann hatte die Brieftasche langsam im Rock versenkt und dann, ganz gegen seine eben noch klare Absicht, wieder nach der Zeitung gegriffen. Zur vollen Größe entfaltet, hielt er sie vor sein Gesicht.
Warum habe ich nicht angefangen? Die Brücke ist da, ich spüre es genau, aber wenn ich zu lange zögere, bricht sie. Sie wird nicht brechen. Woher weiß ich das? Während der Schaffner meine Karte zwickte, sah sie mich an – das müßte mir genügen. Sie wartet, worauf warte ich?
Zum Teufel, ich bin doch nicht zum erstenmal in dieser Lage. Oder?
Seit wann muß ich bei jedem zweiten Satz fürchten, daß er nicht stimmt, wenn ich ihn genau überlege?
Natürlich, ganz einfach. Es gibt eben nur einen einzigen Wagen mit der Nummer sechs, sechs, sechs, Punkt, sechs, sechs, sechs, – was heißt das? Sitzt hier ein Abenteuer, besser als die anderen – d a s Abenteuer? Es liegt an den Augen, beinahe hätte ich gesagt, sie gehören schon mir vom ersten Blick an. Beinahe hätte ich gesagt, sie gehören schon mir vor diesem Blick, schon seit Jahren, schon ewig – lächerlich. Man erkennt sich, obwohl man sich nie gesehen hat.
Wir waren schon einmal vereint, vor tausend Jahren, vor zehntausend. Ob sie auch so was spürt?
Dann muß, ich sage, *muß* – etwas passieren.
Wir werden einander beweisen, daß es ein Wiederfinden ist, das heißt, wir werden einander wahnsinnig lieben. Lieben? Sie wird mich lieben und ich werde sie begehren.
Sie schlägt ihre Beine übereinander, soll ich die Zeitung etwas höher halten, nein, das würde sie merken, ich hätte mir eine kleinere Zeitung kaufen sollen, eine, die ihr bis zur Brust geht, bis zum Hals, eine so kleine

Zeitung gibt es gar nicht, in Österreich haben sie so was, nein, so was auch nicht, – aber das Gesicht spare ich mir noch auf, im Augenblick genügen mir ihre Beine, ich werde mich noch ein wenig zurücklehnen, nein, diese Stellung ist viel zu unnatürlich, zum Kuckuck, soll ich mich denn lächerlich machen, ich werde die Zeitung weglegen, ich könnte die Zeitung, – es muß etwas geschehen.

Der Mann gab sich einen Ruck und hantierte ungeschickt mit den Blättern. Dabei lachte er.
»Dieses riesige Format verlangt Gymnastik.«
Er breitete einen Teil der Zeitung auf seinen Knien, den anderen auf der Bank neben sich aus.
»Am besten, man zerlegt das Ding in möglichst viele Bestandteile.«
Er zog die Blätter auseinander, bis er auf die Seite »Für die Dame« stieß und nahm diesen Bogen, der außerdem, wie er kurz feststellte, Buchbesprechungen, Meldungen aus der Wirtschaft und das Radio- und Fernsehprogramm enthielt, schwungvoll heraus.
»Darf ich Ihnen vielleicht auch ein Stück anbieten?«
»Vielen Dank.«
»Ich habe extra die Frauenseite ausgesucht.«
»Sehr freundlich. Aber mich interessieren Zeitungen kaum – außerdem haben sie einen schlechten Druck.«
»Dieses Buch hier hat wohl einen besseren.«
»Ja.«
Er legte den Bogen rechts neben sich, griff sich einen anderen und faltete ihn auf eine handliche Größe zusammen.
»Meine Augen sind noch...« er tippte mit einem Fingerknöchel dreimal auf das Fensterbrett, »... hundertprozentig in Ordnung, und so tut man eben seine Pflicht

und liest, was man lesen muß, nicht zum Vergnügen, aber weil man es braucht, das heißt, ein Mann braucht es, Frauen haben es besser, die können Bücher lesen, wir Männer müssen uns begnügen mit Zeitungen.«
Die Frau schaute zum Fenster hinaus.

Wenn er ein Deutscher wäre, hätte er gesagt, wir müssen uns mit Zeitungen begnügen. Müssen uns begnügen mit Zeitungen, das ist typisch. Aber er spricht ein erstklassiges Deutsch, so gut wie perfekt.

Was habe ich falsch gemacht, ich hätte über das Buch reden müssen, fragen, wie es heißt, warum sie diesen Schriftsteller bevorzugt und so weiter, vor allem hätte ich ihr keine Pause lassen dürfen, sie hätte sich nicht wieder ans Schweigen gewöhnen dürfen, jetzt muß ich von vorne anfangen, ich hätte es anders machen sollen, direkter, ausgefallener, nicht so abgedroschen, so billig, unsere tausendjährige Bekanntschaft, das wäre was gewesen, sie würde mich für übergeschnappt halten, sie ist normal, nüchtern, keine Frau ist nüchtern, überhaupt in dem Alter, aber sie tut gar nichts, was nicht nüchtern wäre, sie will mich zuerst einmal auf Distanz halten, wie es sich für eine Dame gehört, Dame über alles, bei dem Aufzug, klar, die Nacht ist ja noch lang, aber vielleicht will sie wirklich nichts anderes als ihre Ruhe haben, wenn ich ehrlich bin, und Ehrlichkeit ist ja das Wichtigste, sie ist mir noch keinen einzigen Schritt entgegengekommen.
Sie ist verheiratet, sie hat ihre Mutter besucht und fährt jetzt nach Hause, zu ihrem Mann. In ein paar Stunden steht er am Bahnsteig, Begrüßungskuß, auf die Wange, das heißt, sie möchte ihn auf den Mund küssen, aber das spart er sich für daheim. Eine moderne Wohnung,

glatte Kanten, Würfel und Quader, sie geht ins Bad, er steht in der Tür, Zigarette, sie legt sie auf das Spiegelbrett, weil er ihr helfen muß, den Reißverschluß zu öffnen, an der Seite des Rockes, das heißt, er muß nicht, aber er will es, zuerst muß er den kleinen Haken aus der Öse ziehen, dazu muß er den Bund mit beiden Händen ein wenig zusammendrücken, dann der Haken, dann der winzige Griff mit dem winzigen Wörtchen Zip oder so ähnlich, langsam lassen die winzigen Zähne einander los, Gelbes wird sichtbar, zart, glänzend, glatt bis auf eine weiche Welle, die seinen Fingern nachläuft, diesen Fingern, die unter der Seide schon den Flaum ahnen, den blonden, diese goldene Wiese, sie spüren genau schon voraus, sie wissen schon, wie das tut, über die Wiese fahren, aber jetzt muß er noch den metallgeränderten Spalt schneller verbreitern bis er zusammenzuckt, weil sie sagt, oh, die Zigarette! Er weicht ein paar Schritte zurück, aber während sie aus dem hinuntergleitenden Rock steigt und er ihr Lächeln im Spiegel erkennt, hat er ihr wieder vergeben, schnell dreht er sich um, denn das Glas schneidet sie ab noch über der Hüfte.

Der Mann atmete tief und hatte das Gefühl, die Wärme seiner Ohren müßte zu sehen sein.
Das machte die Ohren noch wärmer. Er stand auf, drehte sich zum Gepäcknetz, holte gelassen den Koffer herunter, öffnete ihn, entnahm ihm ein ganz oben liegendes Päckchen und beförderte den Koffer schwungvoll wieder ins Netz. Er setzte sich, prüfte zwei Papier- und ein Cellophansäckchen und entschied sich für eine Banane.
Während er sie schälte, war er wieder, fast gegen seinen Willen, im Badezimmer, wo die Frau eben anfing,

mit gekreuzten Armen den schwarzen Saum ihres gelben Unterkleides nach oben zu ziehen. Um eine bessere Konzentration zu erzielen, löschte er den Gatten aus und holte sich eine Bestätigung durch einen kurzen Blick auf ihre im Schoß ruhenden Hände, an denen es nur einen schmalen Ring mit einem kleinen Brillanten gab.
Langsam grub er seine Zähne ins Fleisch der Banane, langsam ließ er das Mal dieser Zähne aufblühen an ihrem Hals. Mit runden Lippen umschloß er das Ende der Frucht, bis er meinte, an der Spitze ihrer Brust zu saugen. Es gelang ihm nicht, sie in der richtigen Reihenfolge zu entkleiden, aber das störte ihn kaum, denn es verlängerte nur sein Vergnügen. Als er sie endlich auf ein Lager aus rosiger Wolle warf und sein Mund sich daran machte, das letzte Fleisch jener Frucht zwischen den Schalen auszugraben, geschah etwas Merkwürdiges. Sie, die bisher nicht nur alles zugelassen, sondern das Zugelassene durch manche kleine, aber bedeutungsvolle Geste in ein Verlangtes umgewandelt hatte, sie veränderte sich so völlig, auf eine ihn so erschreckende Weise, daß er den bescheidenen Rest der Banane in seinem Mund zu einem riesigen bitteren Klumpen aufquellen spürte und meinte, diesen letzten Bissen entweder ausspucken oder an ihm ersticken zu müssen. Sie, die so lange ein williges Opfer seiner Phantasie gewesen war, sie, die sich so lange in dem von ihm genau vorgezeichneten Rahmen gehalten hatte, sprengte auf einmal das hübsche, sanft erregende Bild mit einer solchen Entschiedenheit, das heißt, sie begann sich plötzlich, als er das Letzte wollte, mit einer solchen Wildheit zu wehren, sich haßerfüllt wie ein aufs Höchste gereiztes Tier in ihn zu verbeißen, daß er sich tatsächlich übel verschluckte, zu husten begann und ein wenig zu spucken und immer wieder zu husten.

Er hielt sich ein Taschentuch vor den Mund.
»Entschuldigen Sie!«
»Aber bitte.«
Er hustete noch ein paarmal, aber er hatte ihre Worte genau im Ohr. Die Worte eines Richters schienen es, der dem Angeklagten, dem er ungerührt zugehört hat, mit steinerner Gnade eine kleine Verschnaufpause einräumt.

Er wollte reden, er will schon längst wieder anfangen, die ganze Esserei ist nichts als Verlegenheit, das kommt davon, wenn man sich was in den Mund steckt und eigentlich reden will und doch zu feige ist zum Reden. Jetzt geniert er sich. Er wird es bald wieder versuchen.
Ich muß wissen, was ich tun soll.

Ich muß wissen, ob ich eine Chance habe oder nicht.
Ich werde meine Chance nützen, aber zuerst muß ich wissen, ob es überhaupt eine gibt.
Ich muß handeln.
Warum schaut sie weg? Ich will, daß sie herschaut. Keine Suggestionsversuche. Deprimiert nur. Früher schaute sie her, aber es nützte mir nichts.
Ich denke zu viel.
Ich denke nicht immer so viel. Ich bin mit solchen Situationen schon ganz anders fertig geworden. Eine Alterserscheinung.
Alt? Was ist los mit mir?

Um einer solchen Frage willen schob der Mann das unglaubliche Erlebnis, daß ein Geschöpf seiner Phantasie sich den Ausbruch in ein eigenes Leben erzwungen hatte,

auf ein schmales Nebengeleise seines Bewußtseins, wo es nur deshalb nicht in Vergessenheit geriet, weil es noch ein wenig gebraucht wurde als undeutliche Erklärung für die Ausrede, sich alt zu fühlen, die ihrerseits dringend nötig war als Stachel zum Handeln.
Das erscheint merkwürdig. Aber der Mann war in Wirklichkeit jung und dem Irrationalen nur offen, wenn es ihm paßte.

Es genügt absolut nicht, daß ich mir vorstelle, sie zu besitzen, ich muß versuchen, sie wirklich zu besitzen, das heißt, ich muß anfangen. Sogar der Phantasie macht sie Schwierigkeiten. Mangelnde Konzentration.
Er verzog ein wenig die Lippen.
Wahrscheinlich haben wir uns vor tausend Jahren einmal gründlich zerstritten. Zerstritten? Das Wort ist zu harmlos, wenn ich an ihre Augen denke. Es muß schon damals nicht leicht gewesen sein, sie zu nehmen. Am Ende habe ich es damals nicht geschafft und bin gezwungen, es nachzuholen.
Tausend Jahre Verspätung.
Noch einmal verzog er die Lippen, er war ehrlich belustigt über die Witzigkeit seiner Umwege.
Dann machte er wieder ein ziemlich düsteres Gesicht, es wurde ihm neuerlich klar, daß der ganze Berg des Handelns noch vor ihm lag.

Wahrscheinlich wäre alles ganz anders gekommen, wenn wir nicht schon so gut wie verlobt gewesen wären. Wenn ich Martin weniger gern gehabt hätte. Zuerst war alles leicht und auf einmal war alles schwer. Und Martin war nicht der gleiche Martin, den ich früher ... Heute gibt es nichts Leichtes mehr. Martin ist anders, ganz anders als ... nein!

Aber das heißt nicht, daß dieser da weniger Schuld hat.
Warum glaube ich, daß ich sie bekommen werde? Weil ich so lange suchen mußte nach diesem Coupé? Weil der Waggon eine so komische Nummer hat? Man soll nie zuviel glauben. Aber eine Aufgabe bleibt sie.
Man soll nicht denken und im Dunkeln tappen. Man soll handeln und Bescheid wissen.
Aufgabe. Eine Frau eine Aufgabe. Natürlich.
Man ist jung, wenn man so denkt. Oder man möchte jung sein. Und ist eigentlich alt und immer noch dumm.
Sie schaut mich an. Keine Einladung, eher eine Frage. Grau. Seit wann ist Grau eine Farbe, die weh tut? Fragen muß noch lange nicht weh tun. Auch graues Fragen muß nicht weh tun. Weh tun, böse sein, gefährlich, ich weiß nicht.

Klick, machte die Tür, und beide erschraken, er ein wenig mehr. Aber zur Tür starrten beide, und erst im Hinstarren wurde ihnen bewußt, daß der Zug stand.
»Guten Abend wünsche ich!«
Sie dankten beide, aber nur die Frau brachte es fertig, nicht mehr hinzusehen dabei.
Der Eintretende war klein und rund, sein Anzug billig, sein Kragen verdrückt. Außer einer vollgestopften Aktentasche trug er nichts, als er seinen Hut in das untere Gepäcknetz schubste, zeigten sich Schweißperlen auf seinem kahlen Schädel.
»Noch kaum richtig eingestiegen und schon einen prima Eckplatz ergattert, das nenne ich Schwein gehabt.« Er sagte es beim Aufhängen des Mantels. Dann ließ er sich umständlich und mit einem Seufzer der Befriedigung neben seiner Tasche nieder; er hatte die Seite gewählt, auf der die Frau saß.

»Ich störe doch nicht?«
Die Frau schaute zum Fenster hinaus.
Der Mann schüttelte ein wenig den Kopf. »Nein, nein, keineswegs.« Er hatte den Eingetretenen eben noch gehaßt, aber als ihm die folgenden Worte eingefallen waren, neigte er beinahe einer Versöhnung zu; diese Worte schienen ihm nämlich den so lange ersehnten Schlüssel zu geben. Sein Lächeln wurde also durch die Spannung etwas verzogen, als er zu der Frau hinschaute und sagte: »Das heißt, ich kann freilich nur für mich sprechen.«
Der Frau blieb nichts anderes übrig, als den Kopf herzudrehen, aber ehe sie noch den Mund aufmachen mußte, wurde sie von dem Fremden, der damit bewies, daß für einen von keiner Begierde Verzerrten auch Takt etwas viel Einfacheres ist, erlöst.
»Na, Gnädigste, nun sagen Sie lieber gar nichts, das ist auf jeden Fall das Beste.«
Die Frau lächelte, zum erstenmal übrigens. Mit hochgezogenen Brauen schaute sie, während der Zug wieder anfuhr, zu ihrem Nachbarn hinüber und konnte sich, da dieser die Unterhaltung durch ein wiederholt angedeutetes Nicken führte, ohne weiteres erlauben zu schweigen.
Der Mann jedoch verzieh dem anderen den Einbruch im Augenblick weniger denn je. Was jener sagte, klang ihm ölig und ordinär. Es war aber nur gemütlich und gewöhnlich.
»Na, dann ist ja alles prima, ich möchte sagen, bestens. Wissen Sie, bei mir muß es immer flott gehen, so oder so, ich mag nicht erst den halben Zug langlaufen und in fünfzig Abteile gucken, ob nicht vielleicht im fünfzigsten doch noch ein besseres Plätzchen wäre als im neunundvierzigsten, ich geh' sofort auf'n Eckplatz los, und

wenn der schon im ersten Abteil geboten wird, dann nichts wie rein.«
Der Mann schwankte zwischen Befriedigung, weil der andere die Frau nicht so anschauen konnte wie er, und Ärger, weil der andere ihn ansah und so ins Gespräch zwang. »Ja, natürlich.«
»Sie werden sich vielleicht denken, der hätte ruhig bis zum zweiten Abteil gehen können, dort ist vielleicht genau so ein Platz frei, das heißt, Sie wissen es vielleicht sogar, daß dort so ein Platz frei ist, aber sehen Sie, ich bin nun mal ein Freund schneller Entschlüsse.«
Hören zu müssen, daß man zufrieden ist, ist für einen Unzufriedenen bitter. Ein Vorbild zu sehen dort, wo man versagt hat, ist noch schlimmer, zumindest für einen Mann wie diesen. Dann macht gerade ein solcher in solchen Situationen einen Fehler nach dem andern. Also gelang es ihm nicht, sich von dem Fremden zu lösen.
»Ich glaube es Ihnen.«

Die Frau war zu diesem Zeitpunkt mit der Entwicklung einverstanden. Sie schlug das Buch auf und hielt ihren Blick auf den Seiten. Ab und zu blätterte sie um, wobei sie sich um glaubwürdige Abstände bemühte.
Er wird reden.
Ich werde etwas erfahren über ihn.

»Das habe ich mir in unserer großen Zeit angewöhnt, genauer gesagt, in der größten, so ab neununddreißig, da war ja alles am größten, auch das Gedränge beim Bahnfahren. Na ja, und als die Zeiten dann wieder kleiner wurden, fünfundvierzig, da war'n Mann, der nicht schnell zupacken konnte, der Dumme.«
»Sicher.«

»Und so was bleibt. Ja, man denkt gar nicht dran, was einem alles bleibt von damals. Gucken Sie sich doch mal an, wie die Leute alle hinter dem Leben her sind! Und warum? Das kann ich Ihnen sagen: Weil denen die Angst von damals noch in den Knochen steckt. Ich will mich gar nicht ausschließen, in mir steckt sie auch noch. Darum kann ich ja nicht gemütlich mit 'ner Tasche unterm Arm durch'n Zug spazieren, sondern schnapp' mir so flott wie möglich 'nen ordentlichen Platz und freu' mich, daß ich sitze.«
»Natürlich.«
»Sehen Sie, man möchte doch meinen, daß die Leute jetzt, zwanzig Jahre nach den letzten Bomben, ein bißchen ruhiger geworden wären. Denkste. Die rennen und rennen und jagen sich die Bissen runter, und wenn ich sage, die Bissen, dann meine ich nicht nur die Würstchen im Schnellrestaurant, Sie verstehen mich.«
»Sicher.«
»Ja, da wäre noch manches zu sagen, ich meine, für'n denkenden Menschen, ich meine, man ist ja wohl selber mitten drin in dem Wirbel, aber man macht ja auch mal 'ne Pause, nee, nicht mit Coca, aber vielleicht mal mitten in der Nacht, und da kann einem schon allerhand vor die Augen kommen, aber ich denke, das interessiert Sie wohl weniger.«
»Warum denken Sie das?«
»Hm, ich weiß nicht, ich meine nur, Sie – Sie gucken manchmal so komisch.«
»So, ich schaue komisch? Glauben Sie mir, das merke ich gar nicht.«
»Das glaube ich Ihnen. Es genügt ja wohl auch, wenn ich es merke.«
»Vielleicht sehen Sie Dinge, die es gar nicht gibt. So was kommt vor.«

»Woll'n das nicht weiter zerpflücken. Hauptsache, wir können uns unterhalten. Ich meine, es gibt ja kaum was Schlimmeres wie 'ne lange Bahnfahrt ohne Unterhaltung.«
»Sie haben eine – lange Fahrt vor sich?«
»Am Morgen bin ich da. Nicht so schlimm also.«
»Sie meinen, nicht so schlimm, weil Sie schlafen können?«
»Ich meine, nicht so schlimm, weil es diesmal nur zehn Stunden sind. Aber was das Schlafen betrifft, haben Sie auch recht. Im Zug muß man schlafen können. Und sehen Sie, das kann ich. Im Zug kann ich's sogar besser als zu Hause. Das hab ich auch damals gelernt, Sie wissen schon, im Krieg und anschließend. Und das kann ich auch gar nicht mehr verlernen. Dafür hab ich was anderes verlernt, ich meine, daheim so richtig in Ruhe und Frieden in der Klappe zu liegen, beim trauten Lämpchenschein noch'n bißchen in 'nem Buch zu schmökern und dann schön brav die Sandmännchen kommen lassen, sehen Sie, das will nicht mehr richtig funktionieren.«
»Interessant, – den besten Schlaf haben Sie im Zug?«
»Das sag ich ja. Dabei bin ich wirklich nicht der Typ, der gern am Schreibtisch hockt und sich den Kopf über weißgottwas zerbricht, und dann spukt es noch weiter, wenn die Decke schon über den Ohren liegt, – nee, ich bin 'n ganz normaler Mensch und würg nicht dauernd an weißgottwas für dicken Problemen rum. Und ich hab auch 'ne ganz normale Wohnung, nicht vielleicht 'ne besonders laute mit'm Bahnhof davor oder 'ner großen Garage. Aber so ist das eben heute: Wenn die Welt nur feste rennt, kannste schlafen, wenn sie mal 'n bißchen still hält, sieht's gleich schlimm aus.«
»Sie haben recht, mir geht es auch so. Ich kann auch nur in der Bahn gut schlafen.«

»Ich sage Ihnen, das geht uns allen gleich. Man weiß ja, wie es bei den Kollegen ist und bei den andern, ich meine, man kommt ja mit den Leuten ins Gespräch, man hört ja, wie es bei denen ist. Überall dasselbe. Nur die Jungen, die sind tatsächlich anders, wissen Sie, die den ganzen Zauber damals nicht mitgemacht haben, weil sie noch zu klein oder noch gar nicht mal auf der Welt waren, ja, die haben das eben nicht mitgekriegt, was wir mitgekriegt haben, ich meine, was wir mitkriegen mußten, ob wir wollten oder nicht, gewollt hat ja wohl nicht jeder.«
»Ja, die Jungen sind anders.«
»Ganz anders sind sie. Nicht so wie ich anders war als mein Vater oder der Vater anders als Opa, natürlich, da gab's wohl mal Differenzen, die hat's ja wohl immer gegeben, aber das war nicht so was Tolles, ich meine, das waren kleine Fische, ja, kleine Fische waren das, wenn Sie daran denken, wie's heute ist. Heute ist das 'ne Kluft, 'ne ganz gewaltige Kluft.«
»Sicher.«
»Jeder, der 'n bißchen die Augen auf hat, muß das kapieren. Ich meine, jeder von uns. Ist doch so. Wir vom besseren Mittelalter, – ich will ja nicht indiskret sein, aber ich schätze, Sie sind so ungefähr mein Jahrgang, ich bin fünfundvierzig –, also ich meine, wir kommen ja irgendwie klar mit'nander, auch mit den Alten läßt sich reden, aber was da so auf'n Oberschulen oder als Student rumläuft, das ist ganz einfach 'ne andere Rasse, ärger als die Neger, – hab ich nicht recht?«
»Ja, sicher.«
»Was mich am meisten aus'm Häuschen bringt, das ist, daß die Jungens einfach nicht richtig in Saft kommen können. Die machen wohl mal Krawall und Betrieb, aber da steckt nichts hinter. Die können ja wohl rumhopsen

und rumkrakeelen, das soll'n se von mir aus, aber irgendwo muß in dem ganzen Wirbel doch so was wie 'n Ziel, so was wie 'n Ideal, wenigstens so was wie 'ne echte Begeisterung sein, aber ich sage Ihnen, da ist nichts, einfach nichts. Manchmal denke ich, die sind allesamt um hundert Jahre älter als wir, jawohl, ganz alte Knacker sind das mit'n Babygesicht. Mein Ältester ist zwanzig, der geht mit'n Mädchen, die hatte schon 'n Kind von 'nem andern, und nun hängt se sich an meinen Jungen, und der ist zufrieden, nimmt sich das Mädchen und nimmt auch den Kleinen mit dazu, nee, er ist sicher nicht schlecht, der Junge, aber mehr hat er nun nicht im Kopf, und wozu das alles gut sein soll, und wohin das alles führen soll, das weiß er wohl selber nicht. Der Kleinere aber, der Dieter, der ist achtzehn und zieht mit so 'nem Halbstarkenverein herum, die machen mal da und mal dort 'n bißchen Radau, legen da 'n Mädchen und dort 'n Auto aufs Kreuz, aber wenn du einen von denen fragst, warum er so was macht, dann kriegst du im besten Fall zu hören, warum soll ich es nicht machen.«
»Ja, so sind sie.«
»Sind Sie auch mit so was gesegnet?«
»Ich, – gesegnet? Wie meinen Sie das?«
»Ich meine, haben Sie auch Kinder?«
»Ich, – nein.«
»Aber eine Frau haben Sie doch?«
»Ich, – – nein.«
»Mann, da sind Sie ja zu bedauern, nicht mal 'ne Frau. Jetzt gucken Sie wieder 'n bißchen komisch. Na, mich geht's ja nichts an, aber, was ich Sie noch fragen wollte, Sie sind wohl nicht von hier – was?«
»Wie meinen Sie das?«
»Ich meine, Sie kommen wohl nicht aus der Gegend?«
»Ich wohne hier.«

»Sie wohnen hier, sicher, aber ich meine, Sie haben nicht immer hier gewohnt, ich meine, das hört man doch.«
»Ich weiß, das hört man.«
»Warten Sie mal, lassen Sie mich raten, in welcher Ecke der Welt Sie geboren sind. Sie lachen, weil ich Ecke der Welt sage? Mann, das höre ich doch, daß ich da auf'n Fleck außerhalb von unserem Deutschland tippen muß. Warten Sie mal. Hm, ich würde sagen, Sie kommen aus'm Osten, richtig?«
»Richtig.«
»Da sehen Sie, was ich für'n Ohr habe. Aber das Genauere kann ich natürlich nicht wissen, da könnt ich bloß raten, ich meine, es ist ja auch nicht so'n Unterschied zwischen einem aus Polen oder 'nem Russen oder 'nem Balten, Balten, Sie wissen schon, aus so'nem Ländchen an der Ostsee, wo sich alles die Russen geschnappt haben.«
»Ich meine, das ist ein großer Unterschied.«
»Finden Sie? Na ja, Sie müssen es natürlich besser wissen, aber Sie werden zugeben, daß ich schon ganz tüchtig bin, wenn ich die Himmelsrichtung so fein rauskriege, – ich meine, mehr kann man ja nicht verlangen.«
»Ja, Sie sind sehr tüchtig.«
»Na, ich kann Ihnen auch 'n Kompliment machen, Sie sprechen das Deutsche ganz hervorragend, ich meine, für'n Ausländer, Sie müssen entweder ein tolles Sprachentalent sein, oder Sie wohnen schon lange hier.«
»Ja, ich wohne schon lange hier, ich bin sogar – aber das ist eigentlich nicht wichtig.«
»Oh, nehmen Sie kein Blatt vor'n Mund, ich finde das prima, mal mit'm Mann zu reden, der aus Rußland kommt oder aus Polen, also gewissermaßen so'n Feind von gestern ist. Darf ich fragen, wie lange sind Sie denn schon bei uns?«

»Viele Jahre.«
»Aber im Krieg, da waren Sie noch drüben? Ich sag es Ihnen ehrlich, ich hoffe, daß Sie im Krieg noch drüben waren, da können Sie doch viel mehr erzählen, und ich kann mir mal anhören, wie das auf der anderen Seite aussah während dem großen Gemetzel. Ich war sechs Jahre Soldat, davon gute fünf an der Front, nun, da weiß man ziemlich Bescheid, aber eben nur über die eine Seite. Natürlich gibt es inzwischen die Tatsachenberichte und die Romane in den Illustrierten und ab und zu mal 'nen Film, da lassen sie dich ja hinter die Kulissen von den Russkis oder den Amis gucken, aber ich denke, das ist doch zu fünfzig Prozent 'n glatter Schwindel, eben so'n Film- und Illustriertenschmus.«

Klick, machte die Tür, und der Mann drückte sich noch mehr in seine Ecke zurück. Der Fremde aber fuhr mit flinken Fingern in seine Tasche unterm Revers.
»Guten Abend! Jemand zugestiegen?«
Der Fremde präsentierte die Karte, sie wurde gezwickt und wanderte in die Tasche zurück.
Der Mann hob den Kopf. »Sagen Sie, wo ist hier der Speisewagen?«
»Ganz vorne, der zweite Wagen. Warme Küche nur bis zweiundzwanzig Uhr, dann Kaltes und Getränke.«
»Vielen Dank!«
»Bitte sehr.«
Die Frau legte die Hand ins Buch und schaute den Mann an. Sie dachte, er hat Angst.
Breitbeinig zog sich der Schaffner zurück. »Guten Abend!«
Der Fremde sagte das gleiche, während der Mann sich mit einem Nicken begnügte.
Die Frau schaute wieder in ihr Buch.

»Sie, das ist 'ne prima Idee, das mit dem Speisewagen, da könnten wir doch rübergehn und einen heben auf die glorreichen Zeiten von Neununddreißig bis Fünfundvierzig, ich meine, darauf, daß sie vorbei sind und wir beide es gut überstanden haben, Sie in einer braunen und ich in einer grauen Uniform und jetzt beide hübsch in Zivil, Sie sind natürlich mein Gast, das ist ja klar, wenn ein russischer Krieger mit 'nem deutschen Krieger einen hebt, und sie machen das in Deutschland, dann zahlt der Deutsche, das nächstemal geht es dann umgekehrt, da guck ich mir Rußland an, wenn das ohne Intourist zu schaukeln ist, und laß mich von Ihnen zu 'ner Pulle Wodka vom Besten einladen, na, ist das was – einverstanden?«

»Ich glaube, Sie kommen leichter nach Rußland zurück als ich.«

»Dachte ich mir, sicher, dachte ich mir, aber man muß ja mal 'n kleinen Witz anbringen. Nee, ich weiß schon, daß wir den Wodka nicht an der Wolga trinken werden, aber jetzt wolln' wir uns erst mal 'n kleinen Steinhäger genehmigen, das andere wird sich schon finden.«

»Sie sind sehr freundlich, aber Sie kennen meinen Magen nicht, der braucht Schonung.«

»Och, es muß ja nicht unbedingt ein Steinhäger sein.«

»Sie sind sehr liebenswürdig, aber – ehrlich gesagt –, ich möchte jetzt nicht in den Speisewagen gehen.«

»Natürlich, wie Sie wollen, ist ja klar. Ich dachte bloß, weil Sie den Schaffner danach fragten.«

»Ja, für alle Fälle, vielleicht – weiß ja nicht – bekomme ich noch Hunger oder Durst.«

»Sicher, sicher, ich richte mich ganz nach Ihnen. Es läßt sich ja auch hier prima plaudern.«

»Vielleicht ist es nicht höflich von uns, daß wir soviel

reden, ich meine, die Dame möchte doch lesen, und wir stören sie.«

Die Frau schaute den Mann an. Falsch, dachte sie, ich hätte nicht reagieren dürfen, aber jetzt ist es zu spät.
»Nein, Sie stören mich keineswegs, im Gegenteil, lassen Sie sich durch mich nicht stören.«
Der Mann freute sich ein wenig, weil er zu merken glaubte, wie sehr sie dem Fremden gegenüber zusammengehörten.
»Aber Gnädigste, das ist nicht logisch. Ein lesender Mensch kann doch nicht zwei Sprechende stören –«
»Oh, sagen Sie das nicht.«
»– aber das Umgekehrte ist sicher nicht zu vermeiden.«
»Ich denke, das kommt vielleicht auf's Buch an, ich meine, wenn das irgend so'n Kriminalknüller ist, dann könnte mir nicht so leicht was zwischenfunken, aber wenn das vielleicht was Höheres, das heißt, was Schweres, ich meine, was Langweiliges ist, dann täte mir die Dame wohl 'n bißchen leid, ich meine, dann müßten wir vielleicht 'n Zahn zurückschalten.«
Flink ließ der Eindringling seine Blicke springen zwischen den beiden.
Die Frau reagierte wieder sehr schnell. »Das Buch ist eine ganz belanglose Sache.« Sie klappte es zu.
»Nee, das wollen wir nun wirklich nicht, daß Sie unseretwegen aufhören, da gehen wir vielleicht doch lieber in den Speisewagen. Ich hab 'n bißchen viel gegessen heut abend, ich könnt wirklich 'n Steinhäger vertragen.«
»Lieber Freund, gönnen Sie sich den Schnaps und trinken Sie auch auf uns ein Gläschen.«
Die Augenbrauen des Dicken sahen jetzt aus wie kleine Würstchen. Menschenskind, dachte er, wie kannste nur so auf der Leitung sitzen. »Sie meinen, ich soll auf Sie

beide einen heben, verstehe vollkommen, aber auch wenn ich es nicht kapieren täte, 'n Schluck muß ich haben.« Er stand auf. »Und 'n bißchen Bewegung kann bei meinem Gewicht nie 'n Fehler sein. Also bis nachher.«
Klick, machte die Tür.
»Also auf Ihr Wohl, – 'n Prösterchen als Vorschuß.«
»Prosit«, sagte der Mann, während die Frau – zum zweitenmal – ein wenig lächelte.
Klick, machte die Tür – – ziemlich laut.

Der Mann war glücklich und gespannt, die Frau nur gespannt.
Nur er lächelte jetzt.
»Wenn Männer Durst haben, wollen sie Brüder werden.«
»Ist das ein russisches Sprichwort?«
»Oh nein, das ist mir nur so in den Sinn gekommen, weil dieser Herr so freundlich war.«
»Ich glaube, es hätte ihn sehr gefreut, mit Ihnen anstoßen zu können. Schließlich trinkt man nicht jeden Tag mit seinem ehemaligen Todfeind. Er spricht gern. Er hätte es allen Bekannten, er hat bestimmt viele, erzählen können.«
»Warum sagen Sie Todfeind? Nicht einmal Feind ist richtig – wir haben uns heute zum erstenmal gesehen.«
»Vielleicht haben Sie auf ihn geschossen.«
»Das ist möglich, aber wenn, dann habe ich es nicht gewußt.«
»Vielleicht leidet er heute noch unter einer Verwundung, die Sie ihm zugefügt haben, vielleicht ist er ein kranker Mensch, und Sie haben die Schuld.«
»Daß er verwundet ist, daß er krank ist, das ist möglich – aber ich habe keine Schuld.«

Die Frau preßte die Fingerspitzen auf den Einband des Buches. Nein, nein. Falsch, ganz falsch. Ich darf mich nicht verraten.
Kühl sein, kalt sein, eiskalt, ich darf ihn auf keinen Fall warnen, Beherrschung, Ruhe, er darf mir nicht entkommen.
Sie biß die Zähne zusammen und hielt das Buch mit Gewalt anders, locker, wie es ihm scheinen sollte und wie es ihr schien, aber mit ziemlich gespreizten Fingern.
Sie war blaß, aber der Mann, der nur fürchtete, daß das Gespräch abreißen könnte, bemerkte es nicht. Er sagte sich, Frauen müssen immer gleich an Verwundung und Krankheit denken, Frauen wollen immer Mitleid empfinden, bitte, ich habe nichts dagegen.

»Außerdem könnte man das alles ja auch umgekehrt betrachten, finden Sie nicht, es wäre doch genauso möglich, daß er mich verwundet hat, daß ich krank bin, weil er auf mich geschossen hat.«
»Sie waren Soldat?«
»Ja. Das wußten Sie doch schon.«
»Bei der Infanterie?«
»Nein.«
»Wo waren Sie denn?«
»Bei den Panzern.«

Das Wort kroch über den Leib der Frau wie eine große schwarze Spinne.
Aber sie hielt sich am Buch fest.

»Natürlich, man könnte es auch umgekehrt betrachten.«
»Vielleicht war dieser durstige Herr bei der Fliegerei

oder bei der Marine oder bei den Sanitätern. Ihn haben Sie nicht gefragt.«
»Er ist ja nicht da.«
»Natürlich. Ich wollte nur sagen, vielleicht konnten wir gar nicht aufeinander schießen, weil wir überhaupt nicht zusammenkommen konnten als Feinde.«
»Ich habe geglaubt, Feinde können immer und überall zusammenkommen.«
»Das ist nicht logisch. Denken Sie nur, wie groß die Front war.«
»Sie haben recht. Vielleicht waren Sie ganz im Norden, irgendwo in Ostpreußen oder in Pommern, und der Herr war ganz im Süden, in Bayern oder in Österreich.«
»Sie sagen, Ostpreußen oder Bayern, genauso könnten Sie sagen, Leningrad oder Kiew.«
»Natürlich, das könnte ich genauso sagen.«
»Sehen Sie. Und wenn Sie daran denken, wieviele Millionen Menschen in diesen endlosen Gebieten gekämpft haben – Rußland ist sehr groß – dann wäre es doch ein merkwürdiger Zufall, daß ausgerechnet dieser Herr und ich aufeinander geschossen hätten.«
»Ja, es wäre sehr merkwürdig, und es wäre viel mehr als ein Zufall.«
»Wie meinen Sie das?«
»Ich weiß nicht.«
»Sie machen ein so ernstes Gesicht.«
»So? Das weiß ich auch nicht.«
»Ich denke, das kommt davon, wenn man ein so ernstes Thema, ein so trauriges, wie den Krieg, wählt.«
»Ich habe es nicht gewählt.«
»Oh, ich auch nicht.«
»Der Herr hat angefangen.«
»Ja, er hat angefangen. Aber er hat immer ein lustiges Gesicht gemacht.«

»Ich weiß es nicht, ich habe ja gelesen.«
»Sie haben sogar sehr viel gelesen, achtzehn Seiten.«
»So genau haben Sie mich beobachtet?«
»Ja, sehr genau.«
»Warum haben Sie das getan?«

Jetzt war der Mann zum erstenmal an diesem Abend sehr zufrieden. Die Frau schien ihm schöner denn je. Da sie sich ein wenig vorgebeugt hatte, war sie ihm näher denn je. Er sah es und spürte es.

»Weil ich es mußte.«

Die Frau hätte schreien können vor Hohn, einen ganzen Mund voll grüner Bitterkeit hätte sie ihm lachend ins Gesicht spucken können, so deutlich sah sie in seinem dunklen Blick die Gier und das Betteln. Den Schrei und die Galle für die Gier, das Lachen und den Speichel für das Betteln. Er will was von mir, er will *das* von mir, er trägt sein Ziel schon in den Augen, seinen Anfang schon auf den Lippen.

Für den Bruchteil einer Sekunde bemächtigte sie sich mit Nägeln, die wie Messer waren, seines Gesichts, war einen Atemzug lang befreit im Anblick seines Blutes, dann aber nahm sie entschlossen den Faden auf, der ihr Macht gab und – wie ihr schien – den Weg weisen konnte zu seiner Vernichtung.

»Ich verstehe Sie nicht.«
»Vielleicht ist es schwer zu verstehen, vielleicht ist es ganz leicht zu verstehn, beides ist möglich.«
»Jetzt verstehe ich Sie noch weniger.«
»Heißt das, Gnädigste, daß Sie mich vorhin besser ver-

standen haben, bitte, sagen Sie, haben Sie mich ein wenig verstanden?«
»Jetzt verstehe ich überhaupt nichts mehr.«
»Das ist schrecklich, wahrscheinlich fehlt es mir an den Worten, ich bin eben noch immer zu wenig geübt in Ihrer Sprache.«
»Das finde ich gar nicht. Im Gegenteil, Ihr Deutsch ist absolut perfekt. Mich würde interessieren, wo Sie es gelernt haben.«

Interessieren – von allem Gehörten warf nur dieses eine Wort Anker in ihm. Aber im gleichen Moment, in dem es in seine Tiefe sank, wurde ihm bewußt, daß es ja den Fremden noch gab, den im Speisewagen sitzenden Dicken, der bald ein durch den Gang Zurückkommender, ein in der Tür Erscheinender sein würde.
Den Bildern folgte blitzschnell der Einfall: Dann ist es für ein Abkommen zu spät.

»Gnädigste, darf ich, bevor ich antworte, eine Gegenfrage stellen?«
»Bitte.«
»Ist es Ihnen lieber, wenn der Herr, der jetzt im Speisewagen sitzt, hier ist oder wenn er nicht hier ist?«

Die Frau hatte jetzt kleinere Augen. Das ist zu schnell. Aber ihr Wille zu vergelten war größer als ihre Geduld.
»Eigentlich ist es mir gleichgültig, aber es würde mich interessieren, was Sie mit dieser Frage meinen.«
»Ich meine, mir ist es lieber, wenn der Herr nicht hier ist.«
»Ich verstehe, – er will reden und Sie wollen schlafen.«

»Ich will nur schlafen, wenn er hier ist.«
»Ja, – und ich soll Ihnen helfen?«
»Ja. Sie sollen, wenn er hier ist, nur lesen.«
»Das verstehe ich nicht.«
»Das macht nichts. Bitte, versprechen Sie mir, – wenn er hier ist, werden Sie nur lesen.«
»Sie machen mir Vorschriften?«
»Nein, nein, um Gottes willen, keine Vorschriften, es ist nur eine Bitte.«
»Ich verspreche gar nichts. Vielleicht werde ich lesen, vielleicht werde ich schlafen, ich werde auf jeden Fall das tun, was ich gerade tun will.«
»Natürlich werden Sie das tun, was Sie wollen, – aber ich meine – –«
»Sie meinen – –?
»Ich meine, wir könnten uns vielleicht etwas unterhalten, ein wenig noch.«
»Wieso meinen Sie das?«
»Ich habe das Gefühl, ich könnte leicht mit Ihnen sprechen, ich meine, ich könnte gut mit Ihnen sprechen, oder soll ich sagen, wir könnten gut miteinander sprechen?«
»Da fällt mir ein, daß Sie mir noch eine Antwort schuldig sind. Sie wollten mir sagen, woher Sie Ihre Deutschkenntnisse haben.«
»Aus der Schule.«
»Das muß eine sehr gute Schule gewesen sein.«
»Ja, wir hatten eine gute Schule, – man glaubt das nicht überall, aber Sie sehen ja.«
»Sie waren sicher Offizier?«
»Ja.«
»Russischer Offizier?«
»Ja.«
»Und jetzt sitzen Sie in einem deutschen Zug, sprechen ein sehr schönes Deutsch, lesen eine deutsche Zeitung,

tragen wahrscheinlich einen deutschen Anzug und –«
»Und?«
»Ich will ja nicht indiskret sein, aber Sie können sich vorstellen, daß ich mich frage warum, – warum ist das so.«
»Ich kann Ihnen antworten. Ich bin hier, weil ich schon in der Schule der Beste war in Deutsch. Ein Russe, der so gut deutsch kann, gehört nach Deutschland.«
»Ja, – und weiter?«
»Nichts weiter. Das ist alles.«
»Sie sind übergelaufen?«
»Das habe ich nicht gesagt.«
»Nicht mir, aber diesem Herrn.«
»Sie haben aufgepaßt?«
»Es stimmt, daß dieser Herr ein ganz anderer Mensch ist als Sie. Er verdient, andere Sachen zu hören als Sie.«
»Er verdient, mehr zu hören als ich?«
»Das habe ich nicht gesagt.«
»Sie weichen mir aus.«
»Ja, ich weiche Ihnen aus.«
»Ich verstehe, Sie wollen mir nichts von Ihrem Schicksal erzählen, oder Sie dürfen mir nichts davon erzählen.«
»Nehmen Sie an, was Ihnen gefällt.«
»Schade, es muß ein interessantes Schicksal gewesen sein.«
»Sie sollten nicht mehr daran denken.«
»Ich denke aber gern über – über interessante Schicksale nach. Sehr gern. Ja, es gibt eigentlich gar nichts Wichtigeres für mich als über die Schicksale anderer Leute nachzudenken.«
»Warum?«
»Ganz einfach: Weil ich Schriftstellerin bin.«
»Oh, dann ist es wirklich einfach. Denken Sie, was Sie

wollen. Ja, sehr gut, erfinden Sie mein Schicksal, ich habe nichts dagegen.«
»Jede Erfindung, ich meine, jede erfundene Geschichte braucht einen Kern, einen wahren Kern.«
»Das glaube ich nicht.«
»Wer von uns ist der Schriftsteller?«
»Ich glaube es trotzdem nicht.«
»Gut, – dann werde ich erfinden. Also: Sie waren schon in der Schule sehr tüchtig –«
»Nur in Deutsch.«
»– und Sie waren auch ehrgeizig. Beim Militär machten Sie schnell Karriere. Ja?«
»Ein Erfinder muß ohne Fragen auskommen.«
»Sie wurden Berufsoffizier. Im Krieg brachten Sie es ziemlich weit. Aber ein Mann wie Sie will es auch im Frieden weit bringen. Also erinnerten Sie sich an Ihre Deutschkenntnisse. Die haben Sie übrigens nach dem Sieg noch verbessert – im Kontakt mit den Besiegten.«

Stille.

»Es ist nicht notwendig, eine Pause zu machen, ich meine, für mich ist es nicht notwendig.«
»Sie waren lange bei den Besatzungstruppen?«
»Die meisten Soldaten waren lange bei den Besatzungstruppen.«
»Nun, das ist ja auch nicht so wichtig. Jedenfalls merkten Ihre Vorgesetzten, daß Sie ein besonders guter Kenner der deutschen – Verhältnisse waren. Sie wurden versetzt, zurück nach Rußland, und wurden umgeschult. Aus einem Offizier wurde ein Zivilist. Das dauerte eine Weile. Und eines Tages kamen Sie wieder nach Deutschland, ohne Uniform und ohne Panzer, ohne Kameraden, ganz allein, nur mit einem schäbigen Köfferchen, ein Verfolgter, ein Gehetzter, ein Geflüchteter. Ein armer

Mensch, so allein. So ein Mensch braucht Freunde. Also sucht er sich Freunde.«

Stille.

»Ihre Geschichte ist zu Ende?«
»Ja.«
»Eine gute Geschichte, eine gute Erfindung. Ich denke, Sie werden einen spannenden Roman schreiben, und Sie werden gut daran verdienen. Nur eines fehlt noch: ein guter Schluß, ich meine, ein klarer Schluß. Die Leute lesen gerne Kriminalromane, Spionageromane, Abenteuergeschichten, aber sie wollen am Ende ein klares Ergebnis haben. Ich denke, Ihre Geschichte hat noch nicht dieses klare Ergebnis.«
»Im Kopf des Schriftstellers gibt es für eine Geschichte vielleicht zehn verschiedene Lösungen.«
»Und wo bleibt der wahre Kern?«
»An den wollten doch gerade Sie nicht glauben.«
»So, – wollte ich nicht daran glauben? Ich denke, ich habe meine Ansicht geändert.«
»Ach, – Sie haben Ihre Ansicht geändert? Das freut mich. Zur Belohnung bekommen Sie einen schönen Schluß für Ihre Geschichte.«
»Es ist *Ihre* Geschichte.«
»Nun, darüber wollen wir nicht streiten. Sagen Sie mir lieber, wie weit ich gekommen war.«
»Ein Mann ist geflüchtet und braucht Freunde, das heißt, er braucht neue Freunde, ganz neue Freunde. Also sucht er sich Freunde. So haben Sie aufgehört, genau so: Also sucht er sich Freunde.«
»Sie haben ein gutes Gedächtnis, ein besseres als ich. Obwohl es ja eigentlich *meine* Geschichte ist.«
»Erzählen Sie mir lieber den schönen Schluß!«

»Sie sind ungeduldig. Aber ich denke, ich habe den Schluß schon. Also, er sucht sich Freunde. Nun, er findet Freunde. Aber er ist nicht zufrieden, er sucht immer neue Freunde, er findet auch neue Freunde, aber – das ist merkwürdig – er ist nie zufrieden, und deshalb muß er immer weiter suchen.«

Stille.

»Schluß?«
»Ja.«
»Ein trauriger Schluß.«
»Finden Sie?«
»Ja.«
»Dann habe ich die Geschichte falsch erzählt. Meine Betonung war vielleicht nicht richtig.«
»Sie meinen, dieser Schluß, der Schluß, den Sie erfunden haben, ist kein trauriger Schluß?«
»Genau das meine ich.«
»Natürlich, zwei Leute befassen sich mit Worten, der eine sagt sie, der andere hört sie, und schon sind die gleichen Worte nicht mehr die gleichen Worte. Wenn sich zehn Leute mit Worten befassen, ist es noch viel schlimmer, leider, so ist es.«
»Sie übertreiben. Denken Sie an den wahren Kern.«
»Vielleicht gibt es viele wahre Kerne, – weil es viele Leute gibt.«
»Sind Sie auch Schriftsteller?«
»Nein.«
»Na also. Dann glauben Sie bitte schleunigst an den wahren Kern!«
»Ich glaube, daß es besser ist, wenn wir diese Sache aufgeben.«
»Besser? Besser für wen?«

»Besser für mich, – aber vielleicht auch besser für Sie.«
»Soll das eine Drohung sein?«
»Aber Gnädigste –«

– – warum will ich nicht, daß meine Arbeit mit ihr etwas zu tun hat –?

»– Sie verstehen mich ganz falsch.«
»Ich würde Sie gerne besser verstehen, aber Sie verhindern es ja.«
»Vielleicht werde ich es nicht verhindern, – eines Tages, wenn wir einander besser kennen.«
»Sie glauben, daß wir uns wiedersehen werden?«
»Ja, ich glaube es, das heißt, ich möchte es glauben.«
»So – –«

– – ich darf die Tür nicht zuschlagen –

»– Sie glauben es. Warum glauben Sie es?«
»Vielleicht sollte auch ich eine Geschichte erfinden.«
»Ich kann mir denken, was für eine Geschichte das wäre.«
»Es wäre ein großer Unterschied zwischen Ihrer Geschichte und meiner. Ihre Geschichte erzählt von der Vergangenheit, meine von der Zukunft.«
»Sie irren sich. Meine Geschichte erzählt nicht von der Vergangenheit, sondern von der Gegenwart.«
»Also gut. Sie interessieren sich für die Gegenwart, ich bin auch interessiert an der Gegenwart, aber mehr noch an der Zukunft.«

Wenn es stimmen würde, daß die wenigen entscheidenden Erlebnisse uns anders bewußt werden als die Masse der belanglosen, daß ein Wesentliches intensiver empfun-

den wird als ein Unwesentliches, daß es auf der Haut ein Prickeln hervorruft oder ein Würgen im Hals, daß ein uns in der Tiefe Bestimmendes sich an der Oberfläche verrät, einen Stich in der Brust oder kalten Schweiß auf der Stirn als Hinweis benützend, daß also dort, wo wir die Erfahrungen über unseren Körper sammeln, sich nicht nur unsere jeweilige Seele, sondern auch unser Schicksal verläßlich zu Wort meldet, wenn das stimmen würde, dann hätten diese zwei Menschen, die sich da gegenübersaßen, jetzt von ihrem Körper ein Zeichen erhalten müssen.
Aber nichts dergleichen geschah.
Und gerade im Fall dieser zwei darf uns das am wenigsten wundern. Sie waren einzig damit beschäftigt, einander zu bekämpfen. Wie sollten sie dann einen Blick haben für den, der ihren Kampf in der Hand hielt.

»Gemeinsam haben wir also nur die Gegenwart.«
»Ich denke, das war eine Frage?«
»Ja, es war eine Frage.«
»Dann fällt es mir nicht schwer, die Antwort zu geben, Gnädigste, es hängt nur von uns ab, was wir gemeinsam haben.«
»Vielleicht hängt alles von der Länge der Gegenwart ab.«
»Sie meinen, von der Zeit, die wir zusammen in diesem Zug verbringen?«
»Nein, das meine ich nicht.«
»Bitte, dann verstehe ich Sie nicht.«
»Wie lange ist die Gegenwart?«
»Die Gegenwart – wie lange –, das ist eine schwierige Frage.«
»Wir werden sie nicht gemeinsam lösen.«
»Aber eine interessante Frage. Ich möchte sagen, eigent-

lich ist die Gegenwart ein Punkt, ein Punkt zwischen Vergangenheit und Zukunft.«
»Ein Punkt, sagen Sie. Ich habe da ganz andere Ansichten. Ich bin draufgekommen, daß die Gegenwart jahrelang sein kann, viele Jahre.«
»Oh, das ist schwierig. Ich versuche zu verstehen, was Sie meinen. Sie wollen vielleicht sagen, Sie lieben schon viele Jahre einen Mann, und Sie lieben ihn heute noch so wie am Anfang.«
»Ich möchte Sie bitten, nicht persönlich zu werden.«
»Verzeihen Sie.«

Die Stille tat beiden gut. Beide hatten sie nötig.

Der Mann, der nur zu leicht – wie alle Aggressiven –, seine Stellung gefährdet sah, mußte die Möglichkeit, daß die Frau zur Zeit jemanden liebte, neuerlich in seine Rechnung aufnehmen. Er war nicht entmutigt, – dazu wußte er zu wenig –, aber er ärgerte sich bei dem Gedanken, daß der ganze Aufwand an Worten völlig umsonst gewesen sein könnte.
Gleich darauf ärgerte er sich über seinen Ärger. Deshalb versuchte er es zumindest probeweise mit der Überlegung, daß ein Gespräch mit einer schönen und offenbar gescheiten Frau erstens nie ein Verlust und zweitens für jeden Mann, der eines derartigen Dialogs für würdig befunden worden war, schmeichelhaft sei.
So weit war er noch von den Tiefen entfernt.

Die Frau wollte vor allem ihren Weg, dessen Ziel bereits mit dem Erscheinen des Mannes aufgetaucht war, besser kennen.
Sie mußte sich eingestehen, daß sie vorläufig nur eines genau kannte, nämlich ihren Wunsch, diesen Mann zu vernichten, daß aber dem klaren Erfassen des Zwecks

kein ebensolches Wissen um die Mittel entsprach, daß vielmehr gerade die Helligkeit des Zieles an der Dunkelheit des Weges schuld war.
Wohl schien ihr das Resultat der bisherigen Erkundung nicht gering, – sie sagte sich, er ist ein Spion, ein Spion der Russen –, aber wie einer solchen Position von ihrer Position aus beizukommen wäre, das war ihr noch gänzlich unklar. Und nur das tat ihr jetzt weh.
So sehr war sie noch an die Tiefen gebunden.

Ich werde es ja merken, ob sie einen anderen liebt. Ein paar weitere Provokationen, und alles ist klar. Aber ich darf nicht zu grob werden, Frauen mit solchen Nasen vertragen das nicht.
Sie soll das Buch dort lassen, wo es ist.
Sie würde einen richtigen Ehering tragen, auch wenn sie unglücklich wäre. Ganz klar. Lieber unglücklich verheiratet als gar nicht. Und ein anderer muß es ja nicht wissen, er muß nur den Ring sehen. Überhaupt, wenn man über dreißig ist. Am Hals und in den Augenwinkeln ist sie ziemlich über dreißig, sonst aber – gleich über der Schläfe beginnt schon die Glätte. Die Haare sind nicht gefärbt, da macht mir niemand was vor.
Der Bogen zwischen dem Nasenflügel und dem Ende der Lippen ist noch ein zarter Strich, freilich, einen Büstenhalter trägt jede, und man kann bloß vermuten.
Sie soll nicht länger zum Fenster hinausschauen, es ist ja nichts draußen zu sehen, nur schwarze Bäume und graue Wiesen – und das eigene Gesicht, das mitfährt wie ein Gespenst.
Auch mein Gesicht fährt mit, und sie kann es sehen, wenn sie zum Fenster hinausschaut, ich müßte das merken, wenn ich ihre Augen jenseits des Glases besser erkennen könnte, ich glaube, sie schaut her, natürlich er-

widere ich diesen Blick, diesen Winkelblick, ich weiß gar nicht, ob er mich meint oder die schwarzen Bäume da draußen, die grauen Wiesen.
Ich kenne das. Im Dunkel schwimmt ein Gesicht, man beginnt ein Gespräch, sieht eine Antwort, man wird kühner und sieht eine kühne Antwort, von ihr aus tut man den Sprung zurück ins Helle und sieht, daß alles ein Betrug war, nichts als ein Betrug, – nur das Brennen der Wangen ist echt und fühlt sich an wie eine Ohrfeige, ich kenne das.
Ich habe nicht mehr viel übrig für diese Umwege über das Dunkel, – sie soll endlich hersehen.

Wenn er ein Spion ist, hat er Feinde, natürlich. Die Amerikaner sind mächtig. Jürgen hat eine gute Verbindung, er würde bestimmt alle Hebel in Bewegung setzen, er ist ein guter Bruder, immer gewesen, immer noch.
Sein Gesicht – neben dem Glas, ein dunkler Fleck im Hellen, das mitfährt, draußen.
Ich glaube, er schaut mich an, das ist gut.
Er will etwas von mir, das ist gut.
Ich bin stark, ich fürchte mich nicht.
Es ist nicht Krieg.
Ich muß herausbekommen, wo er wohnt, wo er zu fassen ist, er darf nicht untertauchen. Was heißt das? Muß ich wirklich auf dieses Spiel eingehen? Gibt es keinen anderen Weg? Der nächste Polizist – bitte, verhaften Sie –, zum Lachen. Kopfschütteln, Sichandenkopftippen, das wäre alles. Eine Blamage für mich, eine Warnung für ihn. Ausgeschlossen. Also Zeit lassen, gut überlegen, aber ihn nicht aus den Augen verlieren.
Er schaut immer noch her, das ist gut, er will etwas, es gibt keinen anderen Weg als dieses Spiel, so werde ich seine Adresse erfahren, er kann mich natürlich anlügen,

das läßt sich nachprüfen, das dauert eine Weile, er kann
es sich anders überlegen und verschwinden, es gibt ja so
viele Frauen, so viele Mädchen, so viele Jüngere als
mich, ich habe vielleicht gar nicht so lange Zeit wie ich
möchte, er könnte sich ganz plötzlich anders entschließen,
jetzt gleich, – ja, er schaut her, aber unruhig wie mir
scheint, an der nächsten Station steigt er vielleicht aus,
was mache ich dann?
Hat er nicht gesagt, daß er noch zehn Stunden zu fahren
hat, nein, das war der Dicke, er will mit mir allein sein,
er will noch lange mit mir allein sein, er steigt noch nicht
aus, aber in – halb zehn – in sieben Stunden muß ich
aussteigen, sieben Stunden sind lang, sind kurz, viel zu
kurz, wenn ich es nicht richtig mache. Konzentrieren. Er
hat Feinde. Er muß dort sein, wo ich bin, und ich muß
dort sein, wo seine Feinde sind.
Ja, das ist die Lösung, – er schaut nicht mehr her, er
schaut auch zum Fenster hinaus, vielleicht gibt er schon
auf, will er schon aufgeben, greift nach der Zeitung, und
ich muß anfangen, ich muß mir was einfallen lassen, der
Dicke kommt zurück, um Gottes willen, der Dicke, er
kommt ganz bestimmt zurück, dann ist alles viel schwerer, der muß wieder fort, der hat Instinkt, der hält uns
für ein Paar am Anfang, muß uns dafür halten, – der
muß uns einfach allein lassen. Er hat noch ein Glas vor
sich, das letzte, nicht mehr viel drin, vielleicht verlangt
er noch eines, vielleicht nicht, vielleicht hat er einen zum
Reden gefunden, zum Zuhören, vielleicht auch nicht.
Er schaut immer noch ins Fenster, sein Gesicht ist ganz
dunkel, ich weiß nicht, ob seine Augen mich suchen, ich
weiß nicht, wohin er schaut, ich weiß nicht, was er denkt,
das gibt es nicht, er soll endlich hersehen.

So verschieden Herkunft und Aufbau der Wünsche auch

waren, dem gemeinsamen Lächeln standen sie absolut nicht im Wege. Einem so gemeinsamen Lächeln, daß niemand hätte entscheiden können, auf welchen Lippen es früher begann.

»Ich hoffe, Sie haben mir verziehen.«
»Ich denke, wir sind auf ein falsches Thema gekommen.«
»Kennen Sie das richtige?«
»Nein.«
»Mir ist jedes recht. Ich bin glücklich, mit Ihnen sprechen zu dürfen.«
»Man kann nicht die ganze Nacht reden. Ich meine, wenn man die ganze Nacht fährt, will man auch schlafen. Bei Ihnen ist das vielleicht nicht so, Sie steigen vielleicht bald aus.«
»O nein, – aber ich werde natürlich Ihren Wunsch respektieren. Hoffentlich wollen Sie nicht gleich damit anfangen, – mit dem Schlafen meine ich.«
»Nicht gleich. Aber spätestens, wenn der Mann aus dem Speisewagen zurückkommt.«
»Sie wollen mich allein seinen Reden ausliefern?«
»Sie müssen ja nicht antworten.«
»Sie denken, ich könnte auch schlafen?«
»Ja.«
»Aber erst, wenn er da ist?«
»Ich weiß nicht, wann er kommt.«
»Er kann jeden Moment kommen.«
»Dann werde ich schlafen und – –«
»Und?«
» – – Sie werden tun, was Sie wollen. Vielleicht wollen Sie reden, vielleicht wollen Sie schlafen. Wenn Sie reden, wird es allerdings lange dauern.«
»Das würde Sie stören.«

»Ach, nicht sehr. Aber doch ein bißchen.«
»Glauben Sie mir, Gnädigste, ich habe kein Verlangen, mit ihm zu sprechen.«
»Ich auch nicht.«

Klick, machte die Tür.
Klick, das war jetzt ein Kommando, – der Mann und die Frau schlossen blitzschnell die Augen. Sie hatten keine Zeit mehr zu überlegen, sie hatten bloß noch ihre eben gesagten Worte im Ohr, an die mußten sie sich halten. Es war natürlich, aber es sah bestimmt nicht so aus.
Für den Mann, der aus dem Speisewagen zurückkam, war es komisch. Zwei Menschen, ein Mann und eine Frau, wohl auf ihren Plätzen sitzend, aber doch im Gespräch ein wenig zueinander geneigt, drücken plötzlich die Köpfe in die Polster zurück und klappen die Lider herunter, – wie Ertappte mußten sie dem erscheinen, der sie sah und der nun glaubte, hinter die Kulissen zu sehn. Der Alkohol, den er im Blut und im Hirn hatte, schärfte weder seine Sinne noch seine Phantasie, sondern allein das Bewußtsein der eigenen Schwäche und erhöhte die Bereitschaft, überall Schwächen zu sehen und sie überall großmütig zu vergeben. Behutsam schloß er die Tür, und halblaut nur, – was ihn große Überwindung kostete –, stellte er fest: »Na, so was, nu ist das plötzlich 'n Schlafabteil geworden.« Dann setzte er sich in seine Ecke und litt. Einerseits wollte er reden, – das wollte er immer und jetzt, nach drei großen Steinhägern, ganz besonders. Andererseits wollte er Bruder sein unter Brüdern, Verschworener unter Verschwörern, wollte verstehen, verzeihen und helfen. Seine Lage wurde schnell unerträglich, und jeder Blick, den er zu den beiden auf ihren Eckplätzen Erstarrten warf, machte sie unerträg-

licher. Von einem zum anderen Mal schoß er diese Blicke heimlicher ab, er schämte sich ihrer in zunehmendem Maße, und bald starrte er nur mehr gequält auf die leeren Polster ihm gegenüber.

So, abgeschnitten von jedem Gespräch, in die vollkommene Stille verbannt, wurde er eine leichte Beute seines Gewissens, das ihn mit klaren Befehlen erlöste.

Er stand auf, nahm seinen Hut, den Mantel, die Tasche, und ging. Wortlos und leise, wie es sich Schlafenden und noch mehr scheinbar Schlafenden gegenüber gehört.

Klick, machte die Tür. Seit ihrem letzten Klappen waren keine fünf Minuten verstrichen.

Sie hatte die Augen früher zu, ich habe es eigentlich nur ihr nachgemacht,

Sehr gut, ein großer Fortschritt. Kein Zweifel, das ist mehr wert als eine Stunde Gespräch.

Was wird er jetzt tun, ach, der findet schon ein bequemes Plätzchen, es war noch allerhand frei, – nein, er bleibt, Schlafabteil, das klingt gut, der hat leicht reden.

Er sitzt wieder auf seinem Platz.

Geduld haben, durchhalten. Die Augen möglichst wenig bewegen, er wird bestimmt herschauen, es ist mir gleich, was er denkt. Wenn wir beide durchhalten, muß er gehen, nein, er muß nicht, aber er *soll* gehen. Hoffentlich hat er nicht zuviel getrunken, wird müde, schläft ein, schnarcht. Wir könnten wieder reden, er wacht auf, redete mit, und wir verlieren die Zeit.

Wir? Ja, wir. Sie hatte die Augen früher zu, sie will nicht mit ihm sprechen, mit mir will sie sprechen, allein, ja, sie will allein sein mit mir. In dieser Nacht allein sein. Im Zug mit mir.

Man könnte die Vorhänge zusammenziehen, dem Schaff-

ner ein Trinkgeld geben. Wieviel Stationen bis zum Morgen? Drei, vier, was nützt da ein Trinkgeld? Aber die Stationen sind weit auseinander, stundenweit. Damals, in Rumänien, die Kurierfahrt – –
Zuerst alles flach, nur Masten und Brunnen, vom Abend verschluckt, dann die Berge und die Nacht. Unten, in der Ebene, als der Zug nur ein Sausen war und ein Rütteln, klebten wir auf den Plätzen, mehr als zwei Meter zwischen uns. Oben aber, in den Wäldern, als die Räder auf einmal ganz anders klangen, wurde es heiß im Abteil, und dazu immer wieder dieser neue Gesang der Räder, dunkel und lauernd, ja, die Räder hatten die meiste Schuld.
Wir waren vielleicht allein im ganzen Waggon, vielleicht auch nicht, was kümmerte uns das, ich weiß nicht mehr, wie es anfing, wir wuchsen einfach aufeinander zu, die Vorhänge zog ich noch vor, und dann begann dieser Kuß, dieser endlose Kuß.
In den Wäldern gab es überhaupt keine Stationen, und ich habe gelernt, was in einem Coupé möglich ist bei so dunkel rollenden Rädern.
Aber im Krieg waren die Frauen anders und schon gar jene, die im Kurierzug fuhren. Außerdem war sie Rumänin. Bleich und schwarz, auch der Pullover mit dem Rollkragen war schwarz, und die Hände ganz anders als die unserer Frauen, für Nervenspiele gemacht, nicht fürs Kartoffelschälen.

Zu schnell, – aber jetzt kann ich nicht mehr zurück.
Außerdem, ich habe keine Wahl, es ging zu schnell.
Ich sitze zu verkrampft, locker, das Kinn etwas näher zum Hals, langsam, einer starrt mich bestimmt an, vielleicht beide.
Schlafabteil, – ja, ich wollte schlafen in dieser Nacht und

nun, wie viele Nächte ohne Schlaf habe ich nun vor mir? Schlaflose Nächte sind mir nichts Neues, aber nun kann sich alles ändern. Bisher hatte es keinen Sinn, wachzuliegen, nun wird es einen Sinn haben. Martin wird nichts wissen, er wird glauben, es sind meine Nerven, wie immer. Manchmal wird er versuchen, mir zum Schlaf zu verhelfen, dann könnte er es merken. Soll ich ihm erlauben, das Licht auszumachen, – er würde mißtrauisch werden, eifersüchtig. Dabei hätte ich als Mädchen geschworen, es nur im Finstern zu tun – – Und dieser ist schuld und sitzt mir zufrieden gegenüber und weiß nichts. Denkt an ein Abenteuer, zieht mich vielleicht schon aus hinter geschlossenen Lidern, er hat ja die Augen zu, sonst würde der Dicke längst reden, also schaut nur der Dicke her, locker sein, die Zähne auseinander, die Augäpfel nicht bewegen, ruhig auf einen Punkt starren im Schwarzen, aber das Schwarze hat keinen Punkt, nur ein Gesicht, nein, kein Gesicht mehr, nur die Augen, die Augen ganz allein, Augen ohne Gesicht, Augen wie Rohre, Kanonenrohre.
Das Schweigen ist gut, es kann den Dicken vertreiben, wenn er nicht vorher einschläft, weil er zuviel getrunken hat, seine Stimme war genauso wie früher, solche Leute vertragen viel, nur das Schweigen wird er schlecht vertragen.
Martin verträgt das Schweigen gut, viel zu gut, und sein eigenes verträgt er am besten. Ich habe gelernt, wieviel Schweigen möglich ist in der Ehe. Aber ich habe es immer noch nicht gelernt, das hinzunehmen. Sonst würde ich später kommen, eine ganze Woche später. So aber. Ich werde die Wohnung aufsperren, und vielleicht wird sie leer sein. Im Vorzimmer nur der ältere Mantel, der Hut mit der größeren Krempe, im Wohnzimmer Staub auf den Möbeln, im Herrenzimmer

ein Schreibtisch voll Bücher, im Arbeitszimmer die halbfertigen Pläne und im Schlafzimmer nichts außer peinlichster Ordnung. In der Küche das ewige Teegeschirr, eine Uhr, die halb sechs zeigt, und an der Wand neben dem Boiler die ersten Strahlen der Sonne. Habe ich das nötig?
Oder wird er am Bahnsteig stehen, ein wenig frierend, er ist für seine Größe zu dünn, mir schnell entgegengehen, ein Stück sogar laufen, ihm ist kalt, mich küssen, meinen Koffer nehmen und sich energisch unterhaken, das macht warm.
Er weiß nicht genau, wann ich komme, heute, morgen, übermorgen. Nur, daß ich gern mit dem Nachtzug fahre, das weiß er. Vielleicht komme ich zu früh. Vielleicht hat er die Wohnung eben verlassen, steuert den Wagen zu einer anderen Wohnung, drückt eine Klingel, muß gar nicht lange warten, sie ist jung, dunkel und verdorben, aber sie macht es besser. Nein.
Ich hasse ihn. Immer noch hasse ich ihn, weil ich ihn immer noch liebe. Weiß er das? Ich weiß es nicht. Wir reden nicht von dem, was uns angeht. Er sagt nichts, und ich kann nichts sagen. Was würde es auch nützen. Vielleicht muß er so sein, – untreu. Die Junge, Dunkle, hat ihn auch nicht allein, es gibt andere Junge, es gibt einfach Frauen, das ist alles. Damals, die Verkäuferin, er wollte *mir* etwas kaufen, zum Geburtstag, schreien könnte man, lachen wäre besser, – weinen.
Was war das? Ist der Mann aufgestanden, der Dicke? Geht er? Geduld. Die Tür, die Tür wird alles beweisen.

Auch dieses Klick war ein Kommando, allerdings nur für den Mann, der hinter spaltbreit offenen Lidern den anderen beobachtet hatte, während die Frau aus Vorsicht ihre Augen immer noch geschlossen hielt. Das erlaubte dem Mann einen langen Blick auf den gespielten Schlaf in dem schmalen Gesicht.

In den wenigen Sekunden eines Blickes eilte der Mann, ohne es zu wollen, bis ans Ende. Der Schlaf in den Zügen der Frau zwang ihn, sich alles zu nehmen und die Schlafende zu verlassen. Eine von vielen. Der Schlaf macht sie alle gleich und verlangt von den Männern den Abschied. Die Leergewordenen ergreifen die Flucht vor dem Lächeln, das den Erfüllten sie schenkten und das auf den Lippen der Träumenden schon einem anderen Leben gehört. Auch diese Frau lächelte jetzt, – das konnte der Mann schlecht vertragen.

»Gnädige Frau?«
Sie schlug die Augen auf.
»Er ist fort. Mit seinen Sachen. Er ist wirklich gegangen.«
»Wir müssen ziemlich komisch ausgesehen haben.«
»Das macht nichts. Der Zweck ist wichtig, die Mittel spielen keine Rolle.«
Die Frau sagte nichts.
»Sie werden sich vielleicht fragen, was das für ein Zweck ist.«
»Nein, ich frage mich nicht.«

Eine Weiche, dann das Knirschen der Bremsen. Ein Bahnsteig, Lichter, Menschen, aber nicht viele.

»Vielleicht mußte der Herr hier aussteigen.«
»Nein, er sagte, er hätte die ganze Nacht zu fahren.«
»Ja, ich erinnere mich.«
»Es könnte aber ein anderer kommen.«
»Ich glaube, zwei oder drei Leute sind in unseren Wagen eingestiegen.«

»Man hört es. Bitte, wir sollten nicht zur Tür hinschauen. Wir sollten uns unterhalten, eifrig sprechen.«
Stille, – aber ein Zueinanderbeugen.
»Dann dürfen Sie nicht schweigen, dann müssen Sie reden, reden Sie!«
»Auf Befehl geht es nicht.«
»Sie haben schon vergessen, wie das ist, Befehle bekommen, Befehle geben?«

Sie will nur meine Geschichte wissen, sonst will sie nichts. Sie ist neugierig – sonst nichts.
Aber das wäre ein Anfang. Oder sie ist eine Agentin, ihr Gesicht, – es ist möglich.

»Ich denke, jetzt sind alle Eingestiegenen vorbeigegangen.«
Die Frau hob die Schultern ein wenig.
»Schauen Sie, da ist schon der Fahrdienstleiter. Wir haben Glück, wir bleiben allein.«
»Das ist nicht so wichtig. Aber dieser Herr gefiel mir nicht.«
»Ach, es wäre Ihnen gleich, wie viele Leute hier sitzen?«
»Das käme auf die Leute an.«
»Mir ist es eigentlich so lieber.«
»Das habe ich gemerkt.«
»Da sieht man, wie man sich täuschen kann.«
»Wie meinen Sie das?«
»Ich habe mir eingebildet, Ihnen wäre es auch lieber, wenn wir allein blieben.«
Stille.
»Man kann sich doch besser unterhalten.«
»Sie sind merkwürdig.«
»Wieso?«

»Sie wollen gern allein mit mir sprechen – und dabei haben Sie Angst vor diesem Gespräch.«
Sie ist eine Agentin. Oder eine Kurtisane.

»Gnädige Frau, nun täuschen *Sie* sich.«
»Ja?«
»Ich habe keine Angst. Im Gegenteil, ich freue mich. Es ist sehr schmeichelhaft für mich, für einen interessanten Menschen gehalten zu werden, aber – –«
»Aber –?«
»Was werden Sie sagen, wenn Sie bemerken, daß ich ein ganz gewöhnlicher Mensch bin?«
»Wie sollte ich das bemerken?«
»Ach, Sie glauben es nicht?«
»Was?«
»Daß ich ein ganz gewöhnlicher Mensch bin.«
»Nein, das glaube ich nicht.«
»Sie werden es schon merken.«
»Wann werde ich es merken?«
»Eines Tages.«
»Ich bezweifle, daß wir uns wiedersehen.«
»Ich bezweifle es nicht.«
»Wie können Sie so etwas behaupten?«
»Sie werden sich für mich interessieren, – immerhin sind Sie ja Schriftstellerin –, Sie werden sich also für mich interessieren, bis Sie feststellen, daß ich nicht interessant bin.«

Hat er die Initiative? Darf er sie haben?
Aber nun weiß ich wenigstens, daß er ein Spion ist.

»Sie überschätzen sich.«
»Es ist umgekehrt. *Sie* überschätzen mich.«
»Sie denken, das klingt bescheiden. Ich sage Ihnen, es

klingt hochmütig. Sie unterspielen eben. Aber ein Spiel ist es, ich meine, ein Theater.«
»Kein Theater, Gnädigste, – ein Spiel, ja. Was ein Mann und eine Frau einander zu sagen haben, sollte immer ein Spiel sein.«
»Das ist sehr bequem. Man nennt es ein Spiel, aber es ist eine Lüge.«
»Die Wahrheit wäre Ihnen lieber?«
»Ja.«
»Warum?«
»Was für eine Wahrheit meinen Sie überhaupt?«
»Die Wahrheit über mich – – und über Sie.«
»Sie drehen immer alles ins Persönliche.«
»Sie haben recht, gnädige Frau. Ja, ich gebe es ehrlich zu: Ich bin sehr persönlich an Ihrer Person interessiert. Es ist ganz einfach: Sie gefallen mir sehr gut, ich möchte Sie wiedersehen, ich möchte Sie besser kennenlernen – aber, sehen Sie, das ist der Unterschied, ich mache mir kein ganz genaues Bild von Ihnen, ich lasse vieles offen, sehr vieles – Sie aber haben eine Vorstellung von mir, und die wollen Sie bestätigt wissen. Sie wollen mich nicht nehmen, wie ich bin. *Ich* nehme Sie wie Sie sind.«

Die Frau fühlte die Worte auf ihrer Haut. Aber die vielen Jahre ihrer Ehe hatten ihr beigebracht, selbst mit einer Gänsehaut zu lächeln. Auch den Zeitpunkt für ein Lächeln lernt man in solchen Jahren.
Also lächelte sie.

»Das ist sehr klug von Ihnen, ich meine, es ist sehr klug gelogen.«
»Aber warum denn?«
»Weil ein Mann eine Frau nie als das nimmt, was sie wirklich ist.«

»Sondern?«
»Als etwas anderes.«
»Ich würde Ihnen gerne das Gegenteil beweisen, wenn Sie es mir erlauben.«
»Sie können gleich anfangen mit dem Beweis.«
»Bitte, stellen Sie mich auf die Probe!«
»Ich bin, – Sie werden es schon gemerkt haben –, ein neugieriger Mensch. Damit müssen Sie sich abfinden, Sie wollen mich ja so – – Sie wollen sich ja mit meinen Eigenschaften abfinden.«
»Oh, ich ahne schon, was Sie wollen.«
»Und Sie verzichten auf Ihren Beweis?«
»Das habe ich nicht gesagt.«
»Sehr gut. Sie lassen mir meine Neugier. Sehr gut. Dann erzählen Sie mir zum Beispiel etwas über Ihren Beruf.«

Klick machte die Tür.
»Jemand zugestiegen?«
»Nein, – wie Sie sehen.« Der Mann schüttelte den Kopf und lächelte freundlich.
»Tschuldigung.«
Klick.

Der Mann lenkte sein Lächeln von der Tür weg zur Frau. Sie ist entweder eine sehr primitive oder eine sehr raffinierte Agentin. Eine primitive wäre wahrscheinlich Anfängerin, – dazu ist sie zu alt.

Die Frau aber dachte, während sie sein Lächeln behutsam erwiderte, mit Zorn und Bestürzung, daß sie noch keinen Schritt weitergekommen war.

»Hören Sie, Gnädigste, Sie sind ein neugieriger Mensch. Was würden Sie sagen, wenn ich Ihnen verrate, daß ich ein vorsichtiger Mensch bin?«

»Ich würde sagen, daß dies zu Ihrem Beruf gehört.«
»Die Vorsicht? Sie irren sich. Die gehört zu meiner Vergangenheit. Ein Russe, der nicht mehr in Rußland lebt, Sie verstehen?«
»Natürlich.«
»Die Vergangenheit kann man nicht ablegen wie ein Kleid, – Sie verstehen?«
»Ja, das verstehe ich.«
»Die Vergangenheit ist auf der Haut wie eine Farbe, ich meine, in der Seele, wie eine Farbe, die sich nicht abwaschen läßt.«
»Ja.«
»Aber man will diese Farbe nicht immer sehen.«
»Ja.«
»Sie verstehen das?«
»O ja, – ich verstehe das.«
»Dann reden wir nicht mehr von dieser Farbe.«
»Sie haben mich falsch verstanden. Ich weiß schon, daß Sie über Ihre Vergangenheit schweigen wollen, das ist Ihr gutes Recht, aber ich machte mir gerade Gedanken über Ihren Beruf, also über Ihre Gegenwart.«
»Sie werden enttäuscht sein, wenn Sie meinen Beruf erfahren.«
»Diese Behauptung müssen Sie erst beweisen.«
»Ich weiß. Sie sind Schriftstellerin, das heißt, Sie haben Phantasie. Für Leute mit Phantasie ist das wirkliche Leben der anderen Menschen gar nichts – oder ein kleiner Gummiball, aus dem sie einen schönen großen Luftballon machen.«
»Ist das ein Grund, den – den Gummiball zu verschweigen?«
»Nein, gewiß nicht.«
»Sehen Sie. Aber Sie dürfen mich nicht mißverstehen:

Ich bin wohl neugierig, das muß ich zugeben, aber ich möchte wirklich nicht indiskret sein. Wenn Sie nicht gerne über Ihren Beruf reden, dann lassen wir es eben.«
»Gnädigste, Sie verstehen mich mit Absicht falsch. Aber ich bin auch nur ein Mann. Und ein Mann will einer Frau immer ein wenig imponieren. Deshalb denke ich schon die ganze Zeit über einen Beruf nach, den ich haben sollte, um Ihnen davon zu erzählen. Haben Sie nicht gemerkt, daß ich die Antwort ewig hinausschiebe?«
»Das merke ich noch immer.«
»Weil ich hoffte, daß mir etwas Gutes einfallen würde, etwas für eine Schriftstellerin.«
»Denken Sie nicht an die Schriftstellerin.«
»An wen darf ich dann denken?«
»Sie wollen immer noch Zeit gewinnen.«
»Leider nützt es nichts.«
»Eine Lüge weniger, – das ist eine Sünde weniger.«
»Ich bin tugendhaft, weil mir nichts einfällt. Das gehört freilich bestraft.«
»Was auch Ihr wirklicher Beruf sein mag, ich weiß jetzt wenigstens, was der ideale Beruf für Sie wäre.«
»Oh, das interessiert mich. Vielleicht entschließe ich mich schnell genug, das zu sein, was Sie mir zutrauen.«
»Sie wären ein großartiger Diplomat.«
»Ein Diplomat, – das ist sehr gut. Und eigentlich ist es gar nicht so weit weg. Mit ein wenig Phantasie könnte ich ein Diplomat sein.«
»Ja?«
»Ja. Ein Dolmetscher hat oft mit Diplomaten zu tun. Und außerdem muß er auch – geschickt sein.«
»Dolmetscher also. Das ist nun wirklich kein Grund für Minderwertigkeitsgefühle.«

»So sagen Sie. Sie sind eine Frau. Für eine Frau ist das ein wunderbarer Beruf. Mund für einen anderen sein, einen Größeren, Mächtigeren. Aber für einen Mann ist das nicht das Richtige.«
»Wo dolmetschen Sie?«
»Bei der Unesco.«
»In Frankfurt?«
»Nein, in Paris.«
»Das muß doch sehr interessant sein.«
»Es ist interessant, ja.«
»Sie haben viel mit Menschen aus Ihrer ehemaligen Heimat zu tun?«
»Nicht nur. Ich dolmetsche auch bei Polen, Tschechen, Bulgaren und Jugoslawen.«
»Sie sind ja ein Sprachgenie.«
»Nein, nein, das sieht nur für den Laien so aus.«
»Ergeben sich im Kontakt mit Ihren Landsleuten nicht manchmal gewisse Komplikationen oder sogar Gefahren, – ich meine, Gefahren für Sie?«
»Das war einmal – – solange Stalin lebte. Aber Stalin ist tot.«
»Ich weiß eigentlich wenig von der Unesco. Gerade so viel, daß sie die kulturellen Beziehungen zwischen den Völkern vertiefen soll. Es muß ein unendlich großes Aufgabengebiet sein, denn die Kultur ist doch ein unendlich weiter Bereich, nicht wahr?«
»Es gibt Abteilungen für Erziehungsprobleme, für wissenschaftliche und künstlerische Zusammenarbeit.«
»Lassen Sie mich raten, in welcher Abteilung Sie sind.«
»Bitte, raten Sie.«
»Ich tippe auf Wissenschaft.«
»Falsch. Ich gehöre zur Kunst.«
»Oh, das ist noch viel interessanter, zumindest für eine Frau.«

»Ja, für eine Frau ist es interessanter.«
»Sie wären lieber woanders?«
»Ich hatte keine Wahl.«
»Oh, ich stelle es mir faszinierend vor, ständig mit Künstlern Kontakt zu haben.«
»Nun, für Sie als Schriftstellerin dürfte das nichts Besonderes sein.«
»Natürlich nicht. Aber, wissen Sie, es kommt sehr auf den Rahmen an. Bei Ihnen ist es die ganze Welt, – damit kann ich mich nicht vergleichen, oder, besser gesagt, damit will ich mich nicht vergleichen. Ich lebe sehr zurückgezogen.«
»Aber –«
»Sprechen wir nicht von mir. Ein Mann wie Sie, ich meine, ein Mann, der an einem der Brennpunkte des geistigen Lebens arbeitet, der hat doch viel mehr zu erzählen.«
»Sie überschätzen unsere Organisation. Unsere Hauptarbeit besteht im Schreiben von Briefen.«
»Oh, ich habe es schon gemerkt, Sie sind ein Tiefstapler. Sie reden vom Briefschreiben – und von den vielen Gesprächen mit Künstlern aus der ganzen Welt reden Sie nicht. Sagen Sie, wer ist Ihrer Meinung nach am verrücktesten: die Dichter, die Musiker, die Maler oder die Leute vom Theater?«
»Gnädige Frau, Sie sind doch selbst Künstlerin. Sind *Sie* verrückt?«
»Ich bin keine Künstlerin. Ich schreibe ganz unbedeutende Unterhaltungsromane, Geschichten für Leute, die gern lesen, aber sich nicht anstrengen wollen. Doch Sie haben meine Frage noch nicht beantwortet. Welche Künstler sind die verrücktesten?«
»Vielleicht sind Sie enttäuscht. Aber ich habe nur höf-

liche oder unhöfliche Künstler kennengelernt. Eigentlich mehr höfliche.«
»Ach, interessant. Wissen Sie, was ich glaube? Das hängt mit Ihrem Briefschreiben zusammen, Sie sagten ja, daß bei Ihnen ständig Briefe geschrieben werden, – nun, so etwas erzeugt eine Atmosphäre der Höflichkeit. Und die Künstler, die da hineinkommen, passen sich eben an. Aber ist das nicht schade?«
»Ich weiß nicht, was Sie meinen.«
»Ich meine, die Höflichkeit ist doch gerade bei Künstlern meist nur eine Maske. Sie verstehen. Es ist schade, daß Sie mit so vielen Leuten zusammenkommen, die eigentlich furchtbar interessant wären, Ihnen gegenüber aber nicht interessant sind – aus Höflichkeit.«
»Ich möchte sagen, als Dolmetscher bedaure ich das eigentlich nicht.«
»Natürlich, Ihnen ist es am liebsten, wenn alles glatt geht. Ich sage ja, Sie wären ein guter Diplomat geworden. Aber gerade als Diplomat: Meinen Sie nicht auch, daß diese glattgewordenen, höflichen Künstler viel gefährlicher sind als die rauhen, unhöflichen?«
»Ich weiß nicht, ob ich Sie richtig verstehe, aber ich würde sagen, Künstler sind überhaupt nicht gefährlich.«
»Wenn sie echt sind, – – vielleicht.«
»Ach, Sie glauben –«
»Ja, das glaube ich wirklich. Überall, wo heute Menschen verschiedener Völker zusammenkommen, wimmelt es doch von Unechten, ich meine –«
»Sie meinen –?«
»Ich meine, von – Spionen.«
»Sie sind sehr pessimistisch.«
»Und Sie sind sehr höflich. Aber jetzt lassen Sie das mal beiseite und sagen Sie ehrlich, wie Sie darüber, –

ich meine, über Spione und dergleichen –, denken. Vielleicht kriege ich da Material für eine neue Geschichte.«
»Ehrlich?«

Klick, – und das Lächeln des Mannes verschwand. Es verschwand spurlos, aber er schaute langsamer zur Tür als die Frau.
Eine Dame, schmal, groß, weiße Haare um ein junges Gesicht, in einem Schneiderkostüm, einen Mantel, ein Köfferchen und eine Handtasche tragend, zeigte mit der freien Hand auf den Eckplatz an der Seite des Mannes.
»Erlauben Sie, daß ich hier Platz nehme?« Ihre Stimme war nicht laut.
»Bitte sehr«, sagte der Mann und dachte sich weder ein »leider« noch sonst etwas. Es war nichts als selbstverständlich, dieser Dame einen Platz einzuräumen.
Genau so selbstverständlich war der Lohn: das Schweigen dieser Dame, die ihre Sachen verstaute, ihre Frisur zurechtschob, sich setzte, die Arme auf dem Schoß kreuzte, den Kopf an das kleine Seitenpolster lehnte und die Augen schloß.
Beide befaßten sich mit der Herkunft der Dame. Sie vermuteten, daß jene zu den zuletzt Eingestiegenen gehört hatte und bis jetzt damit beschäftigt gewesen war, einen passenden Platz zu finden.
Diese Vermutung war falsch. Die Dame hatte schon eine längere Fahrt hinter sich als die beiden auf den Fenstersitzen, aber nach der letzten Station waren Leute in ihr Abteil gekommen, die sie unmöglich hatte ertragen können: ein alkoholisierter Mann, seine keifende Frau und ihr unerzogenes Kind. Also war sie geflüchtet. Bei der Suche nach einem anderen Platz waren ihre Möglichkeiten begrenzt. Leere Abteile gab es nicht

mehr, ein einzelner Mann schied aus, eine einzelne Frau war wegen des zu erwartenden Gesprächs genauso wenig anziehend wie eine größere Gesellschaft wegen des zu erwartenden Lärms. Blieb ein Abteil mit zwei Leuten, stillen, mit sich selbst oder miteinander beschäftigten Leuten, und das hatte sie eben erst hier gefunden.
Der Mann hätte sich übrigens unter anderen Umständen an diese Dame erinnern können. Er war ja sehr langsam durch die Waggons gegangen und hatte auf seinem Weg in alle Coupés geschaut. Dennoch wußte er von ihrer Existenz erst seit einigen Sekunden.
Im Augenblick war er mit dieser Existenz durchaus einverstanden. Er sagte sich, daß er im Hinblick auf die Frau, die er begehrte, den schwierigsten Teil seines Weges bereits hinter sich hatte. Vom Ziel glaubte er wenigstens das eine sicher zu wissen: Im Zug war es nicht zu erreichen. In dieser Lage schien ihm eine Pause nur nützlich. Denn es ist auf die Dauer doch anstrengend, dieses zu reden und jenes zu denken.

Er, der sich bei dem naiv gesprochenen »Ehrlich?« eben noch vertrauensvoll seiner Gesprächspartnerin zugeneigt und in derselben Haltung auch die Frage der Dame beantwortet hatte, er lehnte sich jetzt – wie unter dem Einfluß eines bedauerlichen Zwanges handelnd –, langsam zurück, verschränkte die Arme vor der Brust und schaute die Frau mit den Augen eines Auguren an.
»Ja, Gnädigste, das wäre im Augenblick alles, was ich zu dieser Sache sagen kann.«

Die Frau verstand ihn sofort. Sie wollte ihn ja verstehen. Sie hatte von Anfang an gewußt, daß das Ziel im Zug nicht zu erreichen war, und wenn sie auch nicht daran zweifelte, daß das schwierigste Stück ihres Weges noch vor ihr lag, so war ihr doch klar, daß gerade dieses Stück besonderer Überlegung bedurfte.

Man könnte glauben, daß eine Frau bei der Ausführung eines Planes einigermaßen sicher am kurzen und einfachen Gängelband ihres natürlichen Instinktes geht. Weshalb auch ihre Gedanken kurz und einfach sein können. Man vergesse aber nicht, daß die Frau dieser Geschichte an jenem Abend von einem Erlebnis überrumpelt worden war, das nicht nur mit der Erweckung unzähliger anderer Erlebnisse die ganze Vergangenheit wie einen plötzlich ausgebrochenen Lavastrom in Bewegung brachte, sondern darüber hinaus zur Bewältigung dieses Stromes gebieterisch nach der auf einmal und endlich möglich erscheinenden Tat verlangte.

In der Lava stehen, auf ihr stehen, nicht in ihr untergehen, sie überblicken und lenken zum erlösenden Handeln, das verlangte eine komplizierte Mischung aus Vorsicht und Mut, für die der bloße Instinkt nicht mehr genügte. Denken, richtig denken, schnell denken, an alles denken, – dazu war eine Unterbrechung des Gesprächs nur zu wünschen.

Auch die Frau also lehnte sich jetzt – wie einem Wink des Mannes gehorchend –, in ihre Polster, griff nach ihrem Buch und gab ihrem Gegenüber das Augurenlächeln zurück.

»Ich glaube, es dürfte genügen. Jedenfalls danke ich Ihnen sehr für Ihren Rat.«

»Aber ich bitte Sie«, sagte der Mann, während die Frau das Buch irgendwo in der Mitte aufschlug.

Die Sache mit der Unesco läßt sich überprüfen.
Ohne Namen? Nur nach dem Äußeren? Nicht viele

können ihm ähnlich sehen, und von diesen wird keiner bei der Unesco sein. Aber möglich ist alles. Eine bloße Beschreibung läßt viele, zu viele Mißverständnisse zu. Ich müßte sie persönlich an Ort und Stelle geben, ich müßte nach Paris fahren.
Martin? Was sollte ich ihm sagen? Ich fahre zu Jürgen. Warum will ich, kaum, daß ich von Mutter heimgekommen bin, schon wieder weg? Er würde mich lassen, aber er würde es kontrollieren.
Todsicher.
Er betrügt mich und überwacht mich. Er betrügt mich und ist eifersüchtig. Er weiß ja, wie leicht das ist, einen Blick auffangen, ein Gespräch beginnen, eine Telefonzelle betreten, in ein Café gehen, ein Glas heben, an ein Glas stoßen, jemandem in den Mantel helfen, eine Wagentür aufmachen, einen Waldrand finden, einen Arm um jemanden legen, – – alles weiß er, und deshalb muß er fürchten, daß ich es auch weiß. Er hat Phantasie und muß Angst haben.
Aber das ist nicht der einzige Grund, er war immer schon eifersüchtig, von Anfang an.
Er ist nicht besonders berühmt, es gibt viel berühmtere Architekten, kein Wunder, er ist eben ein Künstler und kein Politiker. Das letztemal, dieser Wettbewerb wegen des neuen Theaters, natürlich wieder der vierte Preis, der erste, der nicht honoriert wird. Martin ist Spezialist für vierte Preise, er sollte sich überhaupt nicht mehr beteiligen, denn so schauen die anderen ihm bloß die Einfälle ab. Aber er gibt nicht auf, mein Tag kommt noch, meine Erfolge kommen noch.
Warum pfeift die Lokomotive? Draußen ist alles schwarz, und wir fahren nicht langsamer.
Ich kann nicht einfach nach Paris reisen. Nicht, ohne es Martin zu sagen.

Aber dann muß ich ihm alles erzählen. Das ist unmöglich. Wann denn? Im Bett? Ausgeschlossen. Oder nach dem Abendessen, er ist schon zum Schreibtisch gegangen, ich räume noch weg, setze mich zu den Blumen, magst du auch einen Cognac, o ja, gerne, zum Wohl, meine Hände zittern furchtbar, doch die Schwenker sind groß, ich kann gar nichts verschütten, aber dieses Geräusch beim Hinstellen des Glases, was ist denn, die Nerven, aber bitte, das redest du dir ein, du denkst einfach zuviel daran, schau, wenn ich denke, ich *muß* jetzt ganz ruhig sein, dann bin ich genau das Gegenteil, es ist alles nur eine Sache des Nichtdarandenkens.
Wie gut er das weiß, und wie schlecht er es befolgt. In jedem Fronturlaub, – ich mußte immer daran denken, ob dir wohl nichts passiert ist, da waren die Bomben und dann die Tiefflieger und dann, als es keinen Fronturlaub mehr gab, weil es keine Front mehr gab, waren es die Soldaten, die fremden Soldaten, an die man in allen Gefangenenlagern denken mußte.
Zufällig schaue ich zum Fenster hinaus, oh, es gibt keine Zufälle, gerade in diesem Augenblick drückt er die Klinke der Gartentür nieder, er ist kleiner geworden, meine Hand fährt zum Hals, aber die Füße kann ich nicht bewegen, ich muß warten, muß an die Wand geklebt warten, bis er in der Tür steht, erst sein Lächeln gibt mich frei, der Kuß macht alles gut, für eine unendliche Minute noch einmal alles gut, ich spüre seine Hände in meinem Haar, und dann spüre ich sie nicht mehr, weil ich in seinen Augen die Frage sehe.
Keine Worte zuerst. Nur die Augen. Bohrende Kreise, wie Spürhunde stöbernd, jagend, selber Gejagte, gierig nach Beute und voller Angst vor der Beute. Ja, das ist seine Schuld. In seinen Augen steht: Ich will alles wissen und fürchte nichts mehr als das Wissen.

So höre ich in den Worten, gleich darauf, nur noch die Angst, in der Frage, die schreckliche Angst vor der Antwort. So kann ich nicht reden. Die Wahrheit nicht sagen. Lügen. Ich mußte. Seine Schuld.
Meine Schuld begann später. Als er sich erholt hatte. Als er wieder gesund war. Da hätte er die Wahrheit vertragen. Nein. Nein, er hat sie verhindert, immer wieder verhindert. Mindestens einmal pro Monat hat er die Rede darauf gebracht, besonders in jenen Monaten vor der Hochzeit. Wollte er mir Gelegenheit geben, das Versäumte nachzuholen? Warum wählte er keine bessere Zeit? Weil er Angst hatte. Seine Schuld.
Er hat mich zur Lüge gezwungen. Unsere zukünftige Wohnung besichtigen, das Glück in den kahlen Räumen, hier wird der Bücherschrank stehen, hier die Fauteuils, die Tür war schmal, wir hatten gerade nebeneinander Platz, ich wollte mir ein eigenes Schlafzimmer leisten, schöne große Betten, seine Hand auf meiner Schulter, dort werden die Betten stehen, dann gehen gerade noch die Nachtkästchen rein, ein schmales Brett für Kleinigkeiten, Wecker, Bücher, das wäre hübscher, moderner als diese Kästchen, ja, das könnte man überlegen, aber das Bild, das mir Mutter schenken will, muß das sein, es ist ein so frommes Bild, Mutter würde uns nicht verstehen, und warum soll es nicht fromm sein, aber mein Mädchen, er sagte immer »mein Mädchen« und betonte beides, *mein Mädchen,* das soll doch unser Schlafzimmer werden, und jetzt betont er nur mehr das eine und schaut mich an, und ich lächle, aber ich lächle nicht richtig, ich lächle falsch, auf einmal ist die Frage wieder in seinen Augen, die Angst.
Damals hätte ich alles vergessen müssen, damals hätte ich sprechen müssen, in der Tür jenes Zimmers, in dem nichts war, nur unsere Hoffnung, damals hätte ich ihn

in die Arme nehmen und reden müssen, mitten in seine Augen hinein. Aber alles, was ich zustande brachte, war ein Lächeln, ein falsches Lächeln. Ich hatte auch Angst. Einer wenigstens muß Mut haben von zweien, und ich hätte der eine sein müssen.

Aber ich war angesteckt worden von seiner Angst, und nun steckten wir beide drin in dem Übel, wenn zwei Angst haben, ist das mehr als die doppelte Angst.

Dann kommt die Zeit, sie kommt noch dazu, die Wahrheit wird von Tag zu Tag schwerer. Damals, in der Tür, hatte ich meine letzte Chance. Aber mir gelang einfach nicht mehr als dieses Lächeln, und weil ich merkte, daß es nichts half, legte ich mein Gesicht an seine Brust und merkte, daß der oberste Knopf seines Rockes mir weh tat auf der Stirn, und preßte meine Stirn erst recht gegen diesen Knopf, und es tat noch mehr weh, und ich spürte nur diesen Knopf, ich dachte nur an diesen Knopf, ich wollte an nichts anderes denken.

Ich muß umblättern, auch wenn er es mir nicht glaubt, die drüben in der Ecke soll es glauben. Sie stellt sich immer noch schlafend, aber das kennt man ja.

Wenn sie nicht aussteigt? Wenn sie weiterfährt? Ihr gefällt es hier. Vielleicht schläft sie wirklich, nein, nein, sie sieht nichts und hört alles, zumindest jetzt noch, das denkt auch er, sonst hätte er das Gespräch nicht so schnell abgebrochen.

Das Thema war ihm zu heikel, er hätte es wechseln können, aber er konnte nicht wissen, ob ich darauf eingehen würde. Also lieber schweigen. Vorsichtig sein. Spion.

So sieht er auch aus. Solche Leute müssen gut aussehen, aber nicht auffallend gut. Genau wie der in diesem Film von neulich. Und sie müssen auch leicht Kontakt bekommen, aber nicht zu leicht, genau wie dieser da. Doch die Augen verraten ihn. Wenn sie größer werden, merkt

man die Absicht, wenn sie kleiner werden, die Wahrheit.
Härte, Berechnung. Nur die Lippen passen schlecht in
dieses Gesicht – oder erinnere ich mich falsch?
Soll ich aufschauen? Jeder Lesende schaut manchmal auf,
zerstreut, weil er nachdenkt. Ich muß.

Ja, es waren die Lippen, ich habe mich nicht getäuscht.
Ein wunderschön gezeichnetes Herz in der Mitte und viel
weiches Rot, viel zu viel weiches Rot für diese Augen.
Weich, warm. Warm.

Die Lippen – Stepan – ich will nicht daran denken,
seine Lippen waren genauso, – ich darf nicht daran
denken, aber die Augen waren viel besser, ich soll nicht
daran denken, traurige, braune, dunkelbraune Augen, –
was hat das für einen Sinn, und am traurigsten wegen
seiner Uniform.

Ich werde lesen, ich werde es versuchen, ich muß, die
Buchstaben lösen sich auf, es nützt nichts, die Buchstaben
gehorchen mir nicht, umblättern ist alles, was ich kann.
Er nimmt seine Zeitung, das ist gut.

Ich kann schwören, in der Tram war kein anderer Platz
frei. Ich mußte so sitzen, daß ich ihn sah. Aber ich hätte
nicht hinschauen müssen. Ich hatte nichts zum Lesen, keinen Menschen für ein Gespräch.

Ich habe hinausgeschaut. Charlottenstraße, Café Babylon, Blutwurst, markenfrei, Haltestelle Schillerplatz, der
Killer von Arizona, unser nächstes Programm, die rote
Schwadron, die rote Armee, aber seine Uniform war
braun, braungrün, die schmalen Streifen waren schwarz
und auch die Dinger am Kragen, Silber war auf der
Schulter, und nur die Lippen waren rot. Die Augen
hielt ich damals für dunkelgrün, ich hätte nicht hinschauen müssen, ich habe meistens nicht hingeschaut,
dann stieg die Kleine aus, und ich hätte mich anders-

herum setzen können, ich zögerte, sicher hätte ich mich andersherum gesetzt, ich wollte es doch, kein anständiges Mädchen starrt einen russischen Offizier an, aber dann war der Platz wieder besetzt, nein, ich habe ihn nicht angestarrt, wenn Leute im Mittelgang gestanden wären, hätte ich ihn gar nicht gesehen, meistens standen um diese Zeit Leute im Mittelgang, damals auch, aber nur beim Ausgang. Warum stieg er nicht aus? Ich mußte ja bleiben, ich konnte nicht aussteigen und auf die nächste Zweiundvierziger warten, die Abstände waren zwanzig Minuten, ich wäre zu spät gekommen, das konnte ich mir unmöglich leisten, es gab zu viele, die auf meinen Job lauerten, die Amis waren launisch, überhaupt Major Fill. Aber, selbst wenn ich ausgestiegen wäre, wer sagt mir dann, daß er mir nicht nachgeht? Ich fürchtete mich vor dem Aufstehen. Er wird mich vorangehen lassen, wird hinter mir auf die Straße springen, Stiefelschritte hinter mir, neben mir, ich werde laufen, dort ist schon das Tor der Kommandantur, – ich stehe auf, er schaut so komisch, traurig, ich weiß, daß er mir nicht nachgeht, ich kann schwören, ich dachte, den sehe ich nie wieder.

Major Fill hatte einen schrecklichen Tag, sein Magen und sein Mädchen streikten, und Captain Hunter fing natürlich wieder mit dem Abendessen an, zum hundertsten Mal, er wußte ja nicht, daß ich zuhörte, als er mit Captain Winkelberg telefonierte, ich halte jede Wette, daß ich sie herumkriege, ich sage dir, es kommt bei den Mädchen nur auf die Ausdauer an, Ausdauer ist alles, das kannst du mir glauben. Dann dieses Lachen, dieses Schnurrbärtchen, dieses Fett in den Haaren. Okay Ben, du wirst ja sehen. Er wird ja sehen.

Dieses Erschrecken – drei Wochen später, er ist gerade wieder bei seinem Thema, besonders ekelhaft bei seinem Thema, mit diesem Colgate-Grinsen und diesen schnaps-

blauen Augen, Kreise, denen der Rand fehlt, – als die
Tür aufgeht und der Sergeant Stepan hereinführt – –
wie einen Retter. Auch vor einem Retter kann man erschrecken.
Stepan hatte es leicht gegen Hunter, und ich war ungerecht. In Stepans Kommandantur saßen die Hunters bestimmt auch zu Dutzenden. Aber die kannte ich nicht. Ich kannte nur diesen Hunter und diesen Stepan. Hunter hat es auch gleich bemerkt. Obwohl zwischen Stepan und mir vorher noch keine zehn Worte gefallen waren. Nicht ein einziges wäre vorher gefallen, wenn mir nicht bei der Haltestelle, ich mußte das Geld zählen, die Zeitung ausgerutscht wäre. Ich kann schwören, daß ich sie nicht absichtlich fallengelassen habe, ich mußte das Geld zählen, und mit den dicken Handschuhen fehlt einem eben das Gefühl für das, was man in der Hand hat. Blitzschnell bückt er sich, hat eine Spur von Rot in den braunen Wangen, sie gehört Ihnen, nicht wahr, bitte, gutes Deutsch, aber genauso in der Kehle gesprochen, wie es zu seiner Uniform paßt. Trotzdem fürchte ich mich nicht. Die Tram, das Gedränge, er hält sich zurück, steigt als einer der letzten ein, ich sitze gleich, Gesicht gegen die Fahrtrichtung, da steht er noch draußen, ich hätte auch andersherum sitzen können, ich habe es nicht überlegt, ich weiß es nicht mehr, er bleibt auf der Plattform, schaut her, schaut weg, schwankt ein wenig in den Kurven, vier Finger an den Messingstäben des Fensters, graue Lederhandschuhe, eine kleine Hand, auch der Kopf ist klein, die Augen sind groß, ich habe eine Zeitung und lese sie nicht.
Mindestens fünf Meter zur Plattform, kein Wort, Leute und heller Tag, aber auf einmal fürchte ich mich. Warum lese ich nicht?
Martin weiß nichts, Martin, den ich liebe und heiraten

werde, im nächsten Monat, wir haben zwar längst nicht genug Möbel, aber wir haben uns lieb, und außerdem, wer hatte damals schon genug Möbel. Martin weiß nichts, und es gab auch nichts zu wissen, gar nichts, ich wußte ja selber nichts, ich wußte bestimmt nichts, vielleicht wußte mein Gewissen etwas, ich wußte nichts.
Wann habe ich umgeblättert? Ich werde umblättern, es ist gleichgültig, ob die Abstände stimmen. Soll ich das Buch weglegen? Dann wird er die Zeitung weglegen und das Gespräch fortsetzen. Ich will jetzt nicht reden, ich will mich erinnern, nein, ich will nicht, ich *muß* mich erinnern, ich muß es loswerden, vielleicht werde ich es los.
Jeden Abend sitzen wir bei Mutter zusammen, bis zehn, dann geht Mutter schlafen und Martin nach Hause. Er muß zu seinen Zeichnungen, er will vor der Hochzeit noch eine wichtige Prüfung machen, seine Nächte sind kurz. Immer ein Kuß noch, jeden Abend ein endloser Kuß, ich ganz in den Mauerwinkel gedrückt, er vor mir, dunkel, kaum zu erkennen, weil die Lampe weit weg ist und genau hinter ihm. Aber das macht nichts, wir müssen einander nicht sehen, was wir spüren, ist genug. Wir sprechen auch nicht, es gibt nichts zu sprechen, oben bei Mutter haben wir genug geredet. Zumindest Mutter. Manchmal fährt eine Tram, drüben in der Allee, dort ist eine Kurve, die Räder kreischen, dann ein Rumpeln, ein Brummen, ein Summen, nichts mehr. Nur ein Gesicht. Martins Hände schmerzen, seine Zunge, ich bekomme keine Luft, er löst sich, schlaf gut jetzt, dann eilt er mit großen Schritten davon – wie einer, der auf der Flucht ist. Er ist nicht auf der Flucht, er muß zu seinen Zeichnungen.
Ich drehe den Schlüssel um, ziehe ihn ab, steige zur Wohnung hinauf, langsam, es tut gut, im Dunkeln zu

sein, bei den Fenstern im Treppenhaus bleibe ich stehen, unter mir Dächer, Bäume, die Allee, tappe weiter, warum habe ich ein Ziel, warum gibt es Ziele, warum genügt es nicht, irgendwo an einem Fenster zu lehnen, über Dächern und Bäumen.

Noch eine Treppe bis zur Tür, Mutter sagt nichts, aber sie ist wach, solange ich auf bin, sie wundert sich nicht, daß ich mich im Finstern ausziehe, daß ich trödle, dabei freue ich mich auf den Schlaf. Meistens warte ich lange auf ihn, manchmal kommt er erst gegen Morgen. Ein Glück, daß Mutter nichts merkt. Solange ich nur seine Augen sehe, ist alles gut, aber wenn ich die Stiefel sehe, die Stiefelhose, auch die am Teich hatten Stiefel und Stiefelhosen, ich könnte schreien, aber ich presse den Mund mit aller Gewalt in die Kissen, Mutter darf nichts merken, ich könnte ihn auseinanderreißen, ich will nur seinen Kopf, keinen Körper, keine Arme, keine Beine, nur den Kopf ganz allein.

Martin, vor einer Viertelstunde habe ich seine Arme gespürt, auch seinen Bauch, seine Beine, er trägt seine Uniform längst nicht mehr, und es war auch eine ganz andere Uniform, jetzt ist es ein alter Mantel mit Fischgrätenmuster, ich bin eingeklemmt zwischen ihm und der Mauer, ich muß spüren, und mir wird kalt unter der Decke, eiskalt. Ich ziehe die Beine ganz herauf, die Knie bis an die Brust, die Knie sind wie eine gekrümmte Feder, eine Feder aus kaltem Stahl, eine Feder, die losschnellen will, die Knie sind meine Waffe, meine kalte Waffe, jeder Mensch muß eine Waffe haben, auch eine Frau – gegen wen?

Nur die Träume wissen eine Antwort, Martin hat eine russische Uniform an und Stepan einen Mantel mit Fischgrätenmuster, Martin sitzt am Teich und fährt mit der Tram, Stepan eilt, den Kragen hochgeschlagen, davon,

wieso weiß ich, daß es Stepan ist, ich sehe doch nur seinen Rücken, ich weiß es gar nicht, ich weiß überhaupt nichts mehr, auch die Gesichter haben ihr Gesicht verloren, zerbrochene Gesichter, Bruch-Stücke, nichts anderes besitze ich, Augen, Lippen, Zähne, Bartstoppeln, Haut, sie führen einen Tanz auf, sie fliegen auseinander, wachsen zusammen, sie schieben sich hin und her wie bei einem Puzzlespiel, ich aber spiele nicht mit, sie tun es ganz allein, aber sie finden die richtige Lösung nicht, jedes Puzzlespiel hat eine richtige Lösung, sie finden sie nicht, weil ich nicht mittue, ich kann ja nicht mittun, sie gehören mir, diese Gesichter, diese Fetzen von Gesichtern, aber ich habe keine Gewalt über sie, auch die Angst gehört mir, und ich habe keine Gewalt über sie.
Schlaf – wann wird er nicht mehr das Ziel sein? Nacht – keine Falle mehr?
Am schlimmsten war es nach der Party. Alle haben eingesehen, daß ich hingehen mußte, auch Martin. So ein Fest gibt es bei den Amis nur einmal im Jahr, ein Tag von dreihundertundfünfundsechzig, sagt Major Fill, das kann man vom bravsten deutschen Girl verlangen, mehr sagt er nicht, aber Captain Winkelberg erklärt mir wieder einmal, wie begehrt eigentlich mein Job ist, derselbe Winkelberg, der Hunter erklärt, wie begehrt ich bin. Hunter ein Ekel, Winkelberg ein Teufel. Hunter will eine Wette gewinnen, Winkelberg gewinnt sie in jedem Fall. Hunter außerdem ein Trottel, weil er nicht merkt, daß ich seine Gespräche mithöre. Daß man auch die Russen einladen mußte, leider, aber die Russen sind doch keine Konkurrenz, Barbaren im Krieg, Musterschüler im Frieden, na, und der Krieg ist ja vorbei, außerdem hassen die deutschen Girls die Russen und lieben die Amerikaner, da mußt du schon viel mehr auf die Franzosen aufpassen, die machen das ohne Schnaps, wozu du den

Schnaps brauchst, also laß dir endlich was einfallen, ich halte die Wette, natürlich.

Er hält auch die Fäden bei der Party, läßt die Franzosen antanzen, und die Franzosen tanzten nicht schlecht. Da muß Hunter zur Flasche greifen, obwohl er gewarnt ist, weil er gewarnt ist, er ist einfach unten, dreifach unten, bei mir, bei den Franzosen, bei Winkelberg, da bleibt wirklich nur mehr die Flasche. Das bringt ihn automatisch den Russen näher. Die machen Dienst, auch auf der Party, aber lassen trotzdem die Flaschen kreisen. Lachen, schlagen auf Schultern und Schenkel, tanzen wie die Bären, singen, – alles im Dienst. In jeder Ecke zu finden, während die Tommys sich lieber in splendid isolation betrinken. Hunter wird immer grüner, Major Fill immer röter, die Russen immer lauter, die Franzosen immer konkreter, man kann den Ekel gleichmäßig verteilen, es ist herrlich, sich zu ekeln und so wunderbar einfach.

Es wäre eine Chance gewesen, den Teich zu vergessen, diese Männer waren am Teich, diese Männer, die sich betranken und sich auflösten im Ekel. Martin bei seinen Zeichnungen wurde immer deutlicher, je mehr die da verschwammen.

Es wäre alles so einfach gewesen, aber Winkelberg wollte es anders, so billig wollte er seine Wette nicht gewinnen, ihm fiel etwas ein, wenn schon Hunter nichts einfiel, er telefonierte.

Wer so spät zu einer Party kommt, fällt auf jeden Fall auf. Dazu noch das Dienstgesicht. Sein Oberst will mit ihm trinken, er trinkt, sein Major will mit ihm trinken, er trinkt, sein Hauptmann, – die Russen haben die beste Disziplin, aber Winkelberg ist auch noch da, holt ihn dort raus, ein betrunkener Stepan ist nichts für ihn, das Buffet muß helfen, gegen die Chefs und den Schnaps. Ich kann schwören, ich wollte nur Brötchen holen, ich

kann schwören, ich hatte Hunger, und ich mußte rechtzeitig etwas für Martin auf die Seite bekommen. Winkelberg hilft Stepan beim Aussuchen, Brötchen sind genau so verschieden wie Mädchen, Winkelberg hilft mir, das genügt. Winkelberg verschwindet, nach seinen Vergleichen bin ich froh, daß er fort ist, muß ich froh sein, aber nun – bin ich – mit Stepan allein.
Die Vorstellung hat Winkelberg besorgt, ich merke mir nur den Vornamen und werde nie einen anderen wissen.
Kein Gespräch über Brötchen, ein Wunder und ein Glück nach Winkelbergs Vergleichen, aber auch kein Wort von der Tram, von der Zeitung, sondern vom Tanzen, nichts einfacher als das, man schaut ja hin zu den Paaren, zum Tanzen braucht man Musik, das ist ein Losungswort – für Verschwörer, die einander erkennen wollen.
Ein Thema für Stunden. Er spielt Klavier, natürlich, bei diesen Händen, diesen Lippen. Sind Hände harmloser als Lippen? Harmloser als Augen? Nichts ist harmlos, am wenigsten die Musik. Das konnte ich nicht wissen, Martin ist ganz unmusikalisch, geht nur mir zuliebe in ein Konzert, aber seine Hand liegt kühl auf der Lehne des Sessels.
Eigentlich war die Band schuld. Die hätten ihre Pause früher machen können oder später. Aber eine Pause mußten sie machen, die Band hat den größten Hunger, und die Brötchen paßten genauso wie das Bier herrlich zu ihren schwitzenden Stirnen. Das ganze Podium ist leer, aber ich sehe nur den leeren Hocker vor dem Klavier. Ich mache den Vorschlag, er schüttelt den Kopf, ich bitte, er hebt hilflos die Schultern, ich, nein, meine Hand greift nach seinem Arm, berührt ihn, glatter Stoff, ich werde schwindlig, nein, ich darf mich nicht festhalten, nicht an dieser Uniform, Winkelbergs Gesicht neben der Säule, ich bin ganz nüchtern, möchte irgendetwas Belangloses

sagen, möchte das Belangloseste sagen, das möglich ist, finde es nicht, nichts ist belanglos, und er geht schon zum Hocker. Ich kenne das, aus der Wochenschau, aus dem Film, der Soldat am Klavier, der Soldat an der Orgel, die zerschossene Kirche, die leeren Fensterhöhlen, die umgeworfenen Bänke, doch der Soldat sitzt an der Orgel, – ich glaube nicht mehr daran.

Kleist, das Kriegsgesetz soll herrschen, jedoch die lieblichen Gefühle auch, ich kenne das, aber ich glaube nicht mehr daran; Körner, Napoleon, vielleicht starben die leichter, die Russen waren mit uns, lauter Deutsche an der Spitze, Stepan heißt Stefan, vorbei, nicht nur die Uniform ist anders, alles ist anders als in den Wochenschauen und Filmen, Mörder muß man hassen und am meisten die Mörder mit den Klavierspielerhänden.

Ich muß den Brötchenteller weglegen, ich muß mich setzen, gleich in den nächsten Fauteuil, ich will nicht zum Podium schauen, aber Winkelberg zwingt mich dazu, stellt sich in meine Blickrichtung, ich kann unmöglich Winkelberg anschauen, sehe gerade noch, wie Hunter neben ihm auftaucht, wie Hunter sich an die Stirn schlägt.

Einige stellen das Reden ein, andere das Essen, nur das Trinken stellt niemand ein. Manche merken, daß kein Schlager gespielt wird, da und dort hebt sich ein Kinn, senkt sich dann tief gegen die Brust, man schaut auf den Fußboden oder ins Leere, man schnuppert, erkennt, schmeckt, genießt, – oder tut zumindest so, man ist kultiviert, etliche sind ja Reserveoffiziere. Gerade hat man die Schenkel eines Mädchens getätschelt, einen passenden Witz zum Besten gegeben, man ist eben vielseitig.

Mir ist es zuwider, ich mag auch nicht auf den Boden glotzen, ich schaue Stepan an, nein, ich schaue ihm zu, mir bleibt gar nichts anderes übrig. Chopin zuerst, dann Schumann, umgekehrt wäre es mir lieber. Ich vergesse

bald Chopin, von Schumann weiß ich nichts mehr. Aber Finger kenne ich ganz genau, Hals und Kinn, Lippen und Nase und Stirn. Und Augenlider, nicht Augen, Schlaf eines Mannes unter einem Sturzbach von Tönen, aber die Töne wandern davon, sinken hinter den Horizont, nur der Schlaf bleibt, Schlaf eines Mannes auf einer Wiese, in Wind und Gräsern kehren die Töne zurück, nicht alle, ein paar nur, spielen mit seinen Haaren, wer spielt mit den Haaren?
Ich schaue weg, schaue irgendwohin, treffe genau den Winkelberg und sehe in seinem Gesicht, daß ich nicht besser bin als die anderen. Die tappen an ihren Mädchen herum – und ich? Ich krieche mit meinen komischen Gelüsten in die Musik, trage die Musik wie einen Mantel über – –. Einen riesigen Mantel über die Ohren und über die Augen. Nichts gehört, nichts gesehen. Vergessen, daß ich unter Mördern bin, vergessen, daß ein Mörder vor dem Klavier sitzt, mich selber vergessen.
Aber die Musik ist nicht schuld, das weiß ich heute genau, die Musik ist eine Ausrede genau wie der Schnaps. Wäre ich sonst mit ihm in den Garten gegangen? Da könnte man die Schuld gleich dem Sommer geben, der Luft oder gar dem Tag, der sich erlaubt, in den Sommer zu fallen.

So viele Weichen, auch eine Allee, keine Tram, ein Bus, wird sie aussteigen, sie schläft, oder sie tut so, sie wird wohl ihre Station nicht verschlafen, schon die Bahnsteige, auch er schaut zu ihr hin, das wirkt, sie öffnet die Augen, schaut auf ihrer Seite hinaus, lehnt sich sofort wieder zurück, also noch nicht, aber vielleicht bald, er wartet, nein, ich klappe das Buch nicht zu, ich habe eine Rechnung zu begleichen, bitte, gehen Sie vorbei, Sie auch, bitte, gehen Sie weiter, weiter vorne sind bestimmt noch leere Coupés, warum stehen wir so lange, wo bleibt denn der Fahrdienstleiter, Expreßgut, Gepäckaufbewahrung, Zu den Toiletten, Ausgang, Zum D-Zug, na endlich, jetzt kann keiner mehr kommen, – gute Reise – dankeschön –, Ausgang, ich habe eine Rechnung zu begleichen, eine sehr komplizierte Rechnung mit vielen Unbekannten und einem Bekannten, und Martin darf es nicht wissen, immerhin bin ich damals mit Stepan in den Garten gegangen.

Viele Bänke, die meisten leer, dann diese Bank, der Strauch versteckt sie fast. Wir haben nichts zu verstecken, wieso wählen wir diese? Wir sind hinausgegangen, um uns abzukühlen, auch andere sind draußen. Mehr als ein halber Meter zwischen uns, harte, weiße Rippen aus Holz, kalt, ich könnte mich erkälten, mein Kleid ist dünn, das dunkelblaue mit dem hochschließenden Kragen. Hinten spielen sie wieder Schlager, er hat eine Musikschule besucht und wird sie wieder besuchen, er möchte Dirigent werden, aber das dauert noch lange, er weiß nicht, wann er die Uniform ausziehen kann. Immer sitzt er gerade, spricht geradeaus, zur Wiese, zu den anderen Sträuchern, zum Kies des Weges hinunter, nur seine Hände sind unruhig, suchen am Knie einen Halt, streichen über das Holz, verschlingen sich ineinander, drücken sich, treffen sich in allen Spitzen der Finger, reden und reden und reden.
Nur ein einziges Mal schaut er her, als er fragt, ob ich mitgehe, in das Konzert. Nein, das ist nicht möglich. Er schaut gleich wieder weg, als hätte er Angst vor meinen Augen, mehr Angst als ich vor seinen. Das heißt, wir werden einander nicht wiedersehen.
Wir bleiben noch sitzen, haben aber nun wirklich nichts mehr außer der Musik. Doch das ist auf einmal viel zu

wenig, das ist gar nichts, Worte, Namen, Laute, Zeichen ohne Bedeutung.

Endlich kehren wir um, kehren zurück in die absolute Leere der Party. Auf der Terrasse hätte ich mich umdrehen müssen, dann hätte ich den davoneilenden Martin gesehen oder hätte ihn nicht gesehen, blind wie ich war.

Er hatte nichts Schlimmes gesehen, aber sich alles Schlimme gedacht, und die nächsten vierzehn Tage waren schrecklich. Eine Erlösung, daß ich hinausflog, keine Sicherheitsgarantie mehr, Kontakt mit dem falschen Alliierten, eine Erlösung von Hunter, er hatte die Wette verloren, das hatte er nicht vertragen. Kein Geld mehr, aber ein bißchen weniger Mißtrauen Martins.

Solange Mutter dabei war, wurde das Thema nicht berührt. Jeder verzichtet gern auf einen unsicheren Bundesgenossen. Aber in der Haustür nahmen die Minuten kein Ende. Mein Mauerwinkel wurde zur Folterkammer. Du hast ihn angesehen, leugnest du es vielleicht, ach, es kommt nicht auf die Tatsache, es kommt auf das Wie an, du hast nach seiner Hand gesucht, das ist nicht wahr, das bildest du dir ein, ich bilde mir nichts ein, ich stand keine fünfzehn Meter entfernt, es war hell genug, ich bin ein ganz nüchterner Mensch, – nüchtern, mit solchen Augen, es ist zum Lachen, wenn es nicht zum Weinen wäre, natürlich, man redet nicht mit dem Mund, man ist ja nicht plump, man benützt die Hand zum Gespräch, man gibt mit Worten nichts und mit den Fingern alles.

Was hat er dir denn erzählt, von Musik, klar, wunderbar, Musik verbindet die Völker, die Herzen, und ist so romantisch, so edel, so kultiviert. Ich kann ja nicht Klavier spielen, ich kann bloß Programme zeichnen, Nacht für Nacht, der Zeit nachlaufen, die der Krieg mir gestohlen hat, aber die Sieger setzen sich ans Klavier, um auch die

Herzen der Mädchen zu nehmen, nachdem sie sich früher mit dem Körper begnügt hatten.
So oder so ähnlich, Abend für Abend, Martin vierzehn Tage lang ein Verrückter, ein Irrsinniger mit einem irrsinnigen Redetalent, er konnte auf einmal reden wie – ich weiß nicht, schnell, viel, phantasievoll, und ich, ich konnte schwören, ein dutzendmal schwören, daß nichts, gar nichts, überhaupt nichts passiert war. Schwören war immer das letzte. Zuerst kam die Suche nach dem Geständnis, du hast seine Hand gehalten, du hast seine Schulter berührt, du hast seine Hand gedrückt, du hast ihm deine Adresse gegeben, du weißt seine Telefonnummer, du rufst ihn an, du hast einen Brief bekommen, du hast einen geschrieben, du hast ihn während der Mittagspause gesehen, du siehst ihn, du wirst ihn sehen, du willst ihn sehen. Wie ein Hund bettelte er um das Geständnis und fürchtete sich schrecklich davor. Kein Geständnis, also der Schwur. Mühelos erfand er immer neue Formeln für meine Schwüre, mühelos schwor ich alles, mühelos schon am zweiten Tag. Er war verrückt, ich war die Krankenschwester, so hielt ich es aus.
Und ich liebte ihn. Bestimmt. Er konnte mir nicht weh tun damit. Weh tat ich mir selber.
Allein. Mutter schläft. Nur die Zimmerdecke und ihre Schwärze, der Nickelstab über der Lampe, die Einmachgläser auf dem Kasten, Köpfe von schwarzen Ammen mit weißen Häubchen, die Vorhangstange und die obersten Streifen des Stoffes, das Schlagen der Uhr und der Schlaf der Mutter, man hört es. Allein – – und wissen, daß es neben dieser Welt eine ganz andere gibt. Wie wenig das ist, – er ist anders –, und wie viel. Das Fremdsein war seine Stärke, darum konnte Martin nichts gegen ihn machen und brauchte ihn doch nicht zu fürchten. Ein

aussichtsloser, sinnloser Kampf, heute ist mir alles klar, heute, da alle Vorzeichen verkehrt sind, alles verkehrt ist. Man wird betrogen mit dem, mit dem man nicht betrogen wird, und man steht ein Leben lang auf verlorenem Posten. Man betrügt und kann schwören, ohne meineidig zu sein.

Meine Schwüre haben ihn ganz erschöpft. Er hat nichts erreicht, nur das eine, daß mir der Mund verklebt ist für immer. Er hätte alles, was passiert war, auf Stepan geschoben, und er hätte mich nicht geheiratet.

Wie lange schon habe ich nicht umgeblättert? Oder blättere ich um, ohne es zu merken? Hundertzweiundvierzig – –

Martins Augen wurden schmal, wenn er eine fertige Zeichnung prüfend in der ausgestreckten Hand hielt.
Beim Küssen ließ er sie immer offen. Man will doch sehen, was einem gehört. Was einem allein gehört. Was einem als erstem gehört, er sagt es nicht, aber ich weiß es. Er mußte der erste sein, in Mathematik, Physik und Darstellender Geometrie, im Tennis, in der Uniform, im Herzen eines Mädchens. Im Herzen? Er fand sogar eine Erklärung für das, was nicht erklärt werden muß. Ein Mann ist anders. Ich hörte es mir an, weil ihn das Reden beruhigte. Ein Mann kann das trennen, Seele und Körper, ein komisches Bild, aber ich hatte es schon bemerkt, es genügte, an Winkelbergs Augen zu denken, an Martins Hände dachte ich eigentlich nicht, eben noch krallen sie sich voller Haß in meine Arme, und schon zittern sie wie Bettler an den Schenkeln entlang. Eine Frau ist anders, ich mußte lachen, aber ich konnte es verstecken. Eine Frau gibt Leib und Seele zugleich, von gewissen Frauen wollen wir absehen. Nicht nur von gewissen,

warum habe ich nicht sofort geredet, ich bin eben nicht schlagfertig, ich bin nicht mutig. Eine Frau gehört im Grunde immer dem ersten, ich hätte schreien können, aber ich sah zum hundertstenmal seinen Ernst, seine Angst, und hörte zum hundertstenmal mein Schweigen, meine Lüge.
Auch ich hatte Angst, Angst um das Glück. Glück heißt, jemanden haben, nicht allein sein, für mich war es Martin, einen Job kann man verlieren, einen Menschen will man nicht verlieren. Wir werden heiraten, ein Zauberspruch, ich bin verwandelt, mein Gewissen ist verwandelt, hört schlecht, sieht schlecht, überhört sogar, was ich ganz innen weiß, was ich ganz schrecklich fürchte, er wird es bemerken, er muß es bemerken.
Das Standesamt ist nur eine Vorbereitung, eine Vorfreude wie das Probieren des Kleides, die Kirche ist die Erfüllung, das Band, die Ringe, die Orgel, mehr gibt es nicht, schon beim Hinausgehen beginnt die Angst, mein Gesicht ist heiß, aber meine Hand, die in seiner Armbeuge liegt, ist kalt.
Das Taxi, ich stolpere, zittere, er drückt sich an mich, im Rückspiegel das zufriedene Lächeln des Chauffeurs. Das Essen hat soviel gekostet und ich probiere nur gerade von allem, auch Martin bringt nicht viel hinunter, bei Mutter ist es genauso, und wenn Jürgen und Onkel Thomas nicht gewesen wären –. Beim Fotografen geht es mir besser, ein fremder Mann, die Lampen, die Stellungen, es ist, als müßte ich zum Theater, ich bin ganz ruhig, ich muß ja nicht zum Theater.
Martin und Mutter waren für einen Ausflug zum See, aber das konnte ich verhindern, ich schwärme für die Reidener Berge, dort gibt es auf einem der Hügel eine Kapelle mit einer Linde und einer Bank, dort möchte ich sitzen und schauen. In Reiden könnten wir abendessen,

von dort nach Hause fahren. Für eine Hochzeitsreise reicht das Geld nicht, Schenker und Co. zahlten viel schlechter als die Amis, Martin bekam überhaupt nichts, wir mußten froh sein, daß wir die Wohnung hatten und sogar Möbel. Wir waren froh, wir waren selig, aber eine Hochzeitsreise hätte uns vielleicht gerettet, ich meine, mich. Eine Nacht in diesem Hotel, eine Nacht in jenem, das kann man vergessen, leichter vergessen als eine Nacht in den Betten, in denen man in tausend weiteren Nächten schläft.

Vielleicht hätten die Wände eine andere Farbe haben müssen. Grün ist keine Farbe für ein Schlafzimmer, grün sind Seen und Teiche, mehr noch Teiche als Seen, die oft blau sind. Aber wir hatten keine Wahl. Grün ist kalt wie Wasser im Teich. Und Martin besteht darauf, daß ich nichts anhabe. Ich kann es ihm nicht abschlagen, ich, bis an den Hals voll mit Angst und Gewissen. Er lacht, es ist Sommer und hat schon lange nicht mehr geregnet, er möchte sogar das Fenster aufmachen, aber er läßt es dann zu, er sieht es ein, die anderen Leute, ein Mietshaus. Ich bin zu langsam, ich komme nicht unter die Decke, er kommt zu mir, vielleicht hätte er mich nicht so halten dürfen, ich hätte ihn nicht so spüren dürfen, aber wie hätte er mich denn halten sollen, er ahnt es zu spät, seine Hände an meinen Wangen, an den Hüften, seine Hände vibrieren, wollen es nicht merken lassen, drücken, pressen, werden zu schnell, ich entgleite, das Fangenspielen, so nennen es die Kinder, das zerrissene Armband, zum erstenmal erschrickt er, will es nicht wissen, aber als er den Schlag meiner Knie im Gesicht hat, ist es entschieden für diese Nacht. Auch hier eine Nickelstange über der Lampe, aber ich halte den Anblick nicht aus. Doch die Stille ist noch schlimmer. Morgen, flüstere ich, und es dröhnt mir wie eine Explosion in den Ohren, so daß ich

ins Echo schnell noch einmal morgen sage und bitte. Das hilft. Angsthase, sagt er und lacht, ich kann es von meinem Weinen kaum unterscheiden.
Immerhin schläft er, viel später, aber er schläft. Dann kann ich denken, kann sogar klar denken, spüre meinen Körper nicht mehr, sehe auch die Nickelstange nicht mehr, bestehe nur aus Gedanken. Angsthase, sein Wort, ich drehe es und betrachte es, poliere es und richte es her, es läßt sich richten, richte es her für morgen. Morgen wird es mich retten, denn morgen wird es geschehen, es darf keine zweite Nacht geben so wie diese, er ist mein Mann.
Mein Schrecken war auch beim zweitenmal groß genug, um es ihm unendlich schwer zu machen, ich wußte nicht, was er dachte, ich wollte es wissen, auch ich, jeder will wissen, was er fürchtet, will es nicht wissen, will es. Seine Anstrengung, war sie Beweis genug, wie erfahre ich es. Nie in meinem Leben habe ich schwerer geredet, nie sinnloser, ich weiß ja heute noch nicht, ob er mir glaubt. Vergessen hat er es nicht, kann er es nicht, er nicht. Also muß ich alles allein tun, ohne ihn tun.
Aber tun muß ich es, das ist das einzig Bestimmte. Mir ist bestimmt, es zu tun. Gott will es. Er hat diesen Mann in diesen Zug einsteigen lassen, in dieses Abteil geführt, auf diesen Platz gesetzt. Nach zwanzig Jahren. Es gibt keinen Zufall, so wie es ist, ist es gewollt. Alles hat einen Sinn, diese Nacht hat den Sinn, daß ich handle. Die Chance, die mir Gott, das Schicksal von mir aus, gibt, darf ich nicht verspielen. Wenn ich jetzt versage, verdiene ich keine Chance mehr. Es ist die letzte. Und ich muß handeln. Schon Gerdas wegen.
Ihre blauen, weißen Augen unter dem Baum, ihre grünen, weißen Wangen, grün wie die Blätter. Blätter werfen grüne Schatten, sagt man, ich weiß es. Ihre blitz-

schnelle Hand, sie hätte ihn zuerst erschossen, wenn sie Zeit gehabt hätte. Aber sie hatte keine Zeit mehr.
Ich habe Zeit. Noch.

Klick, – dann das dunkle Rollen der Tür, die blaue Kappe des Schaffners.
Die Dame schaute hinauf.
»Die nächste Station – in fünf Minuten.«
»Vielen Dank!«
Der Schaffner fuhr mit der Hand an den Schirm seiner Kappe, verbeugte sich sogar ein wenig. »Bitte sehr. Gute Nacht!« Er zog die Tür wieder zurück.

Das Erscheinen des Schaffners hatte auch das Denken des Mannes unterbrochen. Es war meistens ein Denken ohne Lektüre gewesen, meistens, aber nicht immer. Der Mann fühlte sich nicht im gleichen Maße wie die Frau als ein Gejagter und konnte es sich leisten, den einen oder anderen Artikel aus der Zeitung wirklich zu lesen. In der Regel freilich blieb er beim Thema, wobei die Erscheinungen des Bahnfahrens – Signale, Weichen, Bahnhöfe, Weichen, Signale – in sein Bewußtsein fast noch seltener eindrangen als in jenes der Frau, weil er es besser noch als diese verstand, sich von seiner jeweiligen Umgebung zu lösen oder sich mit ihr einzulassen.
Diese Fähigkeit war jedoch nicht der einzige Grund für seine Wendung zu der Dame, die eben ihre Ecke eingenommen und auch schon ihre Augen geschlossen hatte. Ein echtes Interesse kam hinzu, sein grundsätzliches Interesse an jeder Frau, deren Erscheinung es ihm ermöglichte, sich Zärtlichkeiten vorzustellen. Dabei war er nicht beengt durch besondere Empfindlichkeiten, vielmehr empfindlich für Besonderheiten. Weiße Haare um

ein junges Gesicht, das war Besonderes genug, um seine Phantasie – wenn nicht eine schlechte Figur alles verdarb –, anzustacheln. Diese Figur verdarb nichts, und schon fand er sich bei der Frage, die in so einem Fall ihre Banalität verliert, weil der Antwort auf einmal ein viel größerer Spielraum, also ein viel größerer Reizwert eingeräumt ist, der Frage nach dem Alter natürlich. Er machte es wie jeder andere auch und markierte eine untere und eine obere Grenze, er nahm dreißig und fünfzig.

Er entdeckte die Schmalheit der Lippen, ein Faltenbündel über der Schläfe, ein Mosaik kleinster Sprünge auf dem Rücken der Hand. Auch die Frau hatte dieses Mosaik, aber er bemerkte es nicht, vielleicht, weil ihre Haut heller war, vielleicht, weil sie ihm näher war als die Dame.

Aber die Frau starrte ins Buch. Die Dame schlief. Keine brauchte ihn.

Vielleicht haben sie Kinder. Sie denkt an Kinder, sie träumt von ihnen.

Juwelenraub in Paris, das überflog er, Krise der Democrazia Cristiana, das ließ er aus, Zusammenstoß unter Wasser, das schwedische U-Boot Springaren kollidierte am Mittwoch in der Ostsee in getauchtem Zustand mit einem unbekannten Schiff, die Springaren wurde nur leicht beschädigt, die Suche nach dem anderen Schiff blieb erfolglos, das las er zweimal. Dann ging er weiter zu einer anderen Seite.

Ein Bild, ein Flußbett, eine Lokomotive, einige Wagen, ein D-Zug, abgestürzt, mehr oder minder vom Wasser überspült, eigentlich wenig zerstört, wie weggeworfenes Spielzeug, die erste Aufnahme der Katastrophe von Rouen. Aus diesen Fluten gab es keine Rettung. Funkbild UPI-Press.

Er las die Meldung und dachte dabei an seine Frau. Paris – Le Havre, das ist ihre Strecke, einmal in der Woche, wie der Dienst es gerade erlaubt, an keinem bestimmten Tag. Zweiundsiebzig Tote, zahlreiche Vermißte, faktisch alle Reisenden der ersten drei Wagen, hinten Verletzte, schwer und leicht Verletzte, ganz hinten nur Schocks, Galina steigt immer vorne ein, wegen der Heizung, jetzt braucht man keine, sie ist es nicht anders gewohnt, außerdem kann es in der Nacht immer noch kalt sein, das Bild zeigt hellichten Tag, aber was steht hier, der Nachtschnellzug, also doch, aber meistens fährt sie am Ende der Woche, zahlreiche Vermißte, zweiundsiebzig Tote, die Identifizierung ist schwierig, ihr Ausweis liegt in der Handtasche, fortgetrieben vom Wasser, erst im Büro wird man es merken, sie kommt nicht, Pierre weiß, daß sie oft nach Le Havre fährt, aber er weiß es nicht sicher, ob sie diesmal dabei war, er hat sie nicht zum Bahnhof gebracht, in Paris gibt es tausend andere Möglichkeiten, unterzutauchen, zehntausend, es muß ja nicht gerade der Schnellzug sein, außerdem eine geflüchtete Russin, Angestellte der Unesco, Agentin höchstwahrscheinlich, unbequem, fraglich, erledigt, ziemlich klar, nicht schnüffeln, keine Finger verbrennen.

Anrufen, soll ich anrufen, sie würde sich wundern, freuen, sie ist nicht gekommen, das Unglück, nein, keine Ahnung, sehr viele Vermißte, natürlich Tote, aber ohne Leichen, ohne Namen, die Seine ist breit, und das Meer ist nahe.

Er sah seine Frau auf einer Bahre, nur das weiße, grünlich-weiße Gesicht, die blauen Lippen, die nassen, in der Mitte gescheitelten Haare, er dachte, daß er sie niemals mehr sehen würde, und er empfand etwas wie Traurigkeit, dumpf, unklar.

Fünfzehn Jahre verheiratet, dann stürzt sie ins Wasser, schwimmt in den Ozean hinaus, taucht in die grauen Wellen, die immer sind, und ist selber nicht mehr, fährt mit den Wellen von Küste zu Küste, wird müde, sinkt auf den Grund. Das Schicksal hielt einen Abschied für überflüssig, wir haben längst Abschied genommen, – nun ließ die Traurigkeit nach.
Ich darf mir nichts vormachen, kein Theater, keine Erfindungen, keine Retouchen, unwürdig, und es könnte niemandem helfen. Sie war nicht glücklich, und ich war schuld. Ich auch.
Er schüttelte den Kopf, ein klein wenig nur, legte die Zeitung weg und überlegte, mit wieviel Prozent Wahrscheinlichkeit das Gedachte wahr sein könnte. Er schwankte zwischen fünf und zehn, fand aber diese Zahlen dann entschieden zu hoch und schaute zur Lesenden und zur Schlafenden hin. Er bemerkte, daß er nicht bemerkt wurde, und fragte sich noch einmal, ob er telefonieren sollte. Dann würde Pierre oder ein anderer feststellen können, von wo er gesprochen hatte, das kam nicht in Frage. Nicht anrufen also. Zu riskant. Riskieren, ja, aber nicht so was.
Eins zu tausend, gefahren gegen daheimsein. Zwanzig nach zehn, sie schläft oder liest noch. Das gelbe Nachthemd oder das gelbe mit den schwarzen Tupfen, die Haare offen, ein schwacher Glanz auf der Haut, ein schwacher Geruch, ein bißchen Zitronen, ein bißchen Rosen, ein bißchen Kamillen, die Kissen ganz zusammengeschoben, damit der Kopf steil genug liegt, in beiden Händen hält sie ein Buch, einen Marcel oder Claudel oder Eliot oder so einen. Früher lag immer ein Gide oder ein Camus oder ein Sartre auf dem Nachtkästchen, da war sie noch glücklich.
Schon daheim hatte sie von denen gehört, wer weiß

was, mit roten Wangen, die kapitalistische Gesellschaft, der Bankrott, da kann man es lesen. Ihre große Leidenschaft, Literatur, – nach mir. Du frißt ja die Bücher, nein, nein, die Bücher fressen mich. Aber das höre nur ich, nur mir sagt sie das, nicht ihrem Lehrer, wegen des Nachschubs, der Lehrer darf liefern, aber nicht wissen. Er liefert ohnehin nur das Erlaubte, aber er weiß nicht, was zwischen den Zeilen steht für den, der besessen ist. Galina war besessen, ich wollte es zuerst nicht glauben, aber sie konnte es beinahe erklären.
Am Ufer im Gras, über uns nur die Wolken, die Zukunft. Hinter uns die Stadt, das Wichtigste ist eine Wohnung, sagt sie, vor uns der Fluß, auch eine Reise wäre etwas Schönes, sage ich, sie lacht und nimmt meine Hand und ist stolz, mein Lieber, ich mache jeden Tag eine Reise, sagt sie, ich weiß schon, was sie meint, aber das ist ihr egal, wenn sie damit angefangen hat, ist sie nicht mehr zu bremsen. Sie wird rot bei diesen Reden, ich schaue sie gern an. Keine Spur von Eifersucht, es ist ja schön, ein Mädchen zu haben, das hübsch ist und gescheit auch noch, das reden kann und küssen und das über alle Maßen gut phantasieren kann mit roten Wangen und glänzenden Augen. Gestern bin ich mit Hugo fertiggeworden, ich komme direkt aus der Kirche von Notre Dame, ich habe die Loire gesehen und die Mauern von Orléans, vorige Woche war ich in Chicago, du hast ja von Brecht schon gehört, in den Schlachthöfen, ich war Johanna, und eigentlich war es schlimm, aber nun freue ich mich schon auf Gide, eine Geschichte, in der ein Papst umgebracht wird, ich werde also in Rom sein. Die Schlepper da unten kommen bestenfalls bis Odessa, ich bin mit den Schleppern schon den Missouri hinaufgefahren, ich bin an der Reeling gestanden und habe die Neger gehört, die ihre Ver-

zweiflung und ihren Zorn über die Wasser sangen, ich war in Hongkong und habe Rikschas gezogen, meine Haut war gelb und gespannt unter den leicht zu zählenden Rippen. Dafür muß ich ihr einen Kuß geben und meine Hand auf eine ihrer Brüste legen, soll ich leer ausgehen, wenn ihre Wangen glühen? Und wo, meine Herumtreiberin, hast du zuletzt einen Mann geküßt, in Paris oder in Rom? Hier, sagt sie, genau an der Stelle, vor vierundzwanzig Stunden habe ich einen Mann geküßt, einen, der nicht so was Dummes fragt.
Ich sage nichts mehr. Ich bin still, eine ganze Weile still, sie will meine Hand. Schaut mich nicht an, schaut auf den Fluß. Ich weiß nicht, was du denkst, aber ich möchte dir sagen, was ich denke. Ich denke, wen die Bücher fressen, der entdeckt eines Tages, daß er alle Dichter gern haben muß, alle, sie müssen bloß schreiben können, auch wenn ich nicht alles verstehe, ich will nur spüren, sie können schreiben, dann bin ich glücklich, und alles andere ist mir gleich. Ich drücke fest ihre Hand, sie drückt die meine noch fester. Damals, ja, zusammen bleiben oder zusammen gehen, – das war es – damals, ja. Wohin ich gehöre, sie hat es früher gewußt. Aber ich denke, meine Schuld ist bezahlt.

Der Zug rauschte auf eine Brücke. Ein beständiges rhythmisches Donnern begleitete ihn von Ufer zu Ufer. Wie eine Platte aus Blei lag das Wasser unter dem halb verborgenen Mond.

Der Mann beugte sich vor, um besser zu sehen. Dunkel und deutlich, wie weggeworfenes Spielzeug, ragten die Hälften der gestürzten Waggons aus den Fluten, auch die Lokomotive an der Spitze war da, allerdings ziemlich verschwommen, auf dem Funkbild hatte er von

ihr nur die Räder gesehen. Er dachte, jetzt ist die Lokomotive schon drüben, wenn sie jetzt entgleist, stürzt unser Wagen noch in die Flut, er sah das Reißen der Kupplung, das Knicken des zarten Geländers, den Aufprall im Wasser, den schwarzen Sprung in der bleiernen Platte, jetzt immer noch, der Donner verzog sich, jetzt nicht mehr, wir fliegen schon gegen die Böschung, nur die letzten Wagen wirft es hinunter, die Kupplung muß irgendwo hinter uns reißen, eigentlich ist es egal, wo man einsteigt, aber bei Zusammenstößen ist man in der Mitte doch besser dran, ich sitze zwischen Mitte und Ende, aber ich habe das nicht gewählt, schuld ist nur die Frau.
Er schaute die Frau an, die weder von der Brücke noch von ihm Notiz nahm.
Er drückte mit Daumen und mittlerem Finger die Brauen zusammen, legte den Zeigefinger dazu und fuhr über den Rücken der Nase herab. Vielleicht glaubt sie noch an die Liebe, was weiß ich, nichts.
Der letzte Besuch, unsere Wohnung, ihre, die Tür ohne Namen, alles modern, bloß ihr Zimmer so wie daheim, alle Zimmer sind ihre, aber Tee kochen kann sie noch immer, auch in einer Küche, die modern ist. Wenn sie sich auch so gut anziehen könnte, die hellen Sachen gehen ja noch, aber wenn ich an das Schwarze denke – –. Die Dichter sind schuld. In ihrem Zimmer wimmelt es von ihnen, meines hat sie verschont.
Kein Schlafzimmer. Es ist nicht gut, neben einem leeren Bett liegen zu müssen, immer nur Hälfte zu sein ohne die andere Hälfte. In ihrem Zimmer, bei den Dichtern, ist sie ein Ganzes. Das Wohnzimmer hat keinen Charakter, dort ist neutraler Boden. Die französischen Fauteuils, die türkischen Hocker, vor dem Fenster diese komischen Gerippe von Drähten für die Blumen, aber

ich bin ein Meister im Übersehen, schon gar, wenn ich einen guten alten Tee trinke wie daheim, ich meine, wie daheim in Kiew.
Der Mann ist monatelang weg und hat nichts zu erzählen. Aber vielleicht hat er Lust, nach Monaten wieder einmal mit der eigenen Frau zu schlafen. Wer denkt so?
Sie schenkt mir noch eine Tasse ein, ihre Finger sind blaß, nur der Ehering, ein Ring aus Kiew, sie trägt ihn für die Männer von Paris, aber auf russische Art, als Grenze. Dabei könnte sie sich jede Menge von Liebhabern leisten, sie hat keine Begabung für die Mode, aber sie ist attraktiv. Erstens: eine Russin, zweitens: eine schlanke Russin, drittens: große Augen, viertens: eine raffiniert naive Frisur, fünftens: gescheit, sechstens: tugendhaft. Sie hat keinen Liebhaber, sie hat einen Freund. Pierre ist entweder impotent oder schwul oder anderweitig überlastet oder unmenschlich geduldig. Ich verstehe das nicht. Oder sie lügen mich an. Aber wozu? Galina weiß, was ich ihr gönne.
Dein Tee, du hast nichts verlernt, du wirst es nie verlernen. Du wirst es nie verlernen, ihn zu loben. Aber ich meine es ehrlich. Ich mache mir ja jeden Abend einen. Und dann denkst du manchmal an den unmöglichen Mann, der so weit weg ist und nichts von sich hören läßt. Ich weiß gar nicht, ob er weit weg ist. Wie, – du meinst, auch wenn ich in der Nähe wäre, ich würde – –. Ich meine nichts.
Den Zucker aufrühren, der schon zergangen ist. Trinken. Die Tasse hinstellen. Das Geräusch zu laut finden. Sich zurücklehnen. Mit der linken Hand eine Faust machen. Die Fingernägel betrachten. Etliche weiße Flekken, der Magen, ja, nie ein regelmäßiges Essen. Die Schuhspitzen betrachten. Ihre Schuhe, ihre Knöchel, ihre

Unterschenkel, ihre Kniekehlen, den Saum ihres Rockes. Den Arm ausstrecken, als ob man sich räkeln wollte. Ihre Hand finden. Sie drücken. Eine Erregung spüren. Ihre Hand verlieren.
Die neue Platte, möchtest du sie hören?
Karin sagt, *meine* neue Platte, das ist der Unterschied. Galina kauft immer eine, wenn ich weg bin, für das Wiedersehen. Ich schätze, sie hat schon über fünfzig. – Gern, weißt du, daß ich diesmal fast eine Woche bleibe? Also lieber nicht heute. Das kommt darauf an, ist sie sehr traurig? Teils, teils, aber du solltest das Traurige nicht fürchten.
Ich muß nachdenken, dann habe ich es. Galina, ich weiß, wie du das meinst. Du meinst, ich könnte es auf die Musik schieben.
Sie sagt nichts, aber sie verliert doch ein wenig die Gewalt über sich, sie hat feuchte Augen. Also die Platte. Beethoven, ein Klavierkonzert, die Nummer habe ich vergessen. Etwa eine halbe Stunde Waffenstillstand, – falsch, sie kämpft nicht, sie leidet.
Diese Musik, ziemlich am Anfang, das Klavier allein, beinahe wie jene bei ihren Eltern, eine Woche vor der Hochzeit, Stepan am Flügel, damals haben wir die Musik bald vergessen, Stepan konnte nicht nur spielen, er konnte auch erzählen. Von Berlin. Von den Amerikanern, Engländern und Franzosen, am besten von den Deutschen. Wir waren da verschiedener Meinung, ich kannte ja auch die Deutschen. Im Krieg besser als im Frieden. Aber ich sagte nichts mehr von meiner Meinung, als ich merkte, was mit Stepan los war. Da hört jede sachliche Diskussion auf. Ich konnte sachlich sein, auch eine Woche vor der Hochzeit, ich habe das immer gekonnt, aber Stepan wollte es nicht gelingen. Obwohl Berlin so weit weg war. Galina hatte Mitleid mit ihm,

die Eltern Verständnis. Die schickten wir ins Bett, wir wußten, Stepan hatte noch nicht alles erzählt.
Ich kann es machen, aber nur unter ganz bestimmten Voraussetzungen. Erstens: Ihr müßt getrennt hinüber. Zweitens: Ihr werdet euch wochenlang nicht sehen. Drittens: Die Flitterwochen fallen ins Wasser. Viertens: Du mußt den verlängerten Urlaub kriegen. Schon bewilligt. Fein. Pause. Stepan hat ein paar Tropfen auf der Stirn. Er gibt sich einen Ruck. Einfacher, viel einfacher wäre es allerdings, wenn ich in diesem Jahr nur einen hinüberbringen müßte. Das Jahr hat erst angefangen.
Galina schaut niemanden an, sie ist immer fair bis zum Letzten, aber ich sehe, sie zittert am ganzen Körper. Sie will es verbergen, da wird es noch schlimmer. Ich schaue Stepan an, er fährt sich mit dem Taschentuch über die Stirn.
Ein Jahr ist lang, du bist kein Hellseher, du kannst versetzt werden. Er hebt nur die Schultern. Außerdem: Wer zuerst? Er zögert keine Sekunde: Du. Galina müßte warten. Ich brauche ein paar Sekunden. Diese Hitze. Die entscheidenden Dinge passieren zu schnell. Wozu hat man einen Verstand, wenn man Mut hat, wozu einen Willen, wenn man gewollt wird. Man hört sich reden. Mit fester Stimme sogar. Wir gehören zusammen. Verstehst du, Stepan? Zuerst gehören wir zusammen, dann erst fragen wir nach dem Ort.
Er steckt das Taschentuch ein. Ich wußte nicht genau, was euch wichtiger ist. Nun weiß ich es. Ja, dann könnten wir uns mit den Einzelheiten befassen.
Jetzt erst ist es Galina zuviel. Sie weint.
Eigentlich war das unsere Hochzeit. Die Tränen am Standesamt waren ein Teil von den Tränen der Mütter. Die Mütter hätten ganz anders geweint, wenn sie gewußt hätten – –. Die Beamtin, die unsere Hände

zusammenlegt, eine Attrappe, Stepan ist es gewesen. Wäre er zufrieden, wenn er noch leben würde? Wir sind noch verheiratet, ich glaube, sie liebt mich noch immer.
Das ist der Jammer. Wir müssen uns ja nicht scheiden lassen, aber was hat es für einen Sinn, zu leiden.
Wenn Stepan leben würde, hätte ich dann ein schlechtes Gewissen? Er würde mich nicht verstehen, er nicht. Noch am gleichen Abend, ganz zuletzt, bringe ich es heraus, weil es mich beruhigen könnte; du wirst nachkommen, eines Tages? Er lacht. Dann schaut er weg, er krümmt sich zusammen, wie einer, der plötzlich seinen Magen spürt, er sagt nichts, aber ich weiß, was es heißt. Warum nicht? Er schaut mich an. Es ist unmöglich – solange es deshalb wäre. Deshalb? Das Mädchen? Er hebt wieder die Schultern. Wenn du es schon aussprechen mußt, bitte, du hast es erraten. Es kann verschiedene Gründe geben, die Front zu wechseln, aber diesen darf es nicht geben, – Stepan, er ist ja nicht der einzige Grund, er ist nur einer unter anderen. Solange es ihn gibt, kann ich nicht gehen. Das heißt, später, in ein paar Monaten, ein paar Jahren –? Die Frage wurde nicht beantwortet, damals nicht, später nicht, nie mehr. Stepan ist tot. Unfall, Zufall, Umfall, Abfall. Ich glaube, es hing alles zusammen.

Der Mann schaute in die Dunkelheit hinaus. Schwarze Bäume, schwarze Hügel, die Andeutung eines Hauses, noch ein Haus, ein Schuppen, eine Fabrik oder so etwas Ähnliches, spärliche Lampen. Dann mehr Lampen und mit ihnen die Weichen, Stellwerke, Dächer, Masten, Geleise. Dann das Bremsen; schließlich stand der Zug.
Er warf einen Blick auf die Dame im Eck, sie öffnete die Augen, schaute auf ihrer Seite hinaus, lehnte sich

sofort wieder zurück, schloß die Augen, hatte nicht einmal die Arme aus der Verschränkung gelöst. Er betrachtete kurz die Frau und ihr Buch, die Dame wird bald aussteigen, dann werde ich das Gespräch fortsetzen, falls nicht einer von denen, die jetzt vor der Türe vorbeigehen, hereinkommt. Einer von denen am Gang zögerte. Ich werde das Gespräch auf jeden Fall fortsetzen, auch wenn das Coupé komplett besetzt sein sollte. Der draußen ging weiter. Ich habe Zeit, genug Zeit, alles wird leichter sein, wenn ich sie noch ein Weilchen zappeln lasse.

Lautlos begann der Zug wieder zu gleiten, die Weichen machten ihn hörbar und dann die Geschwindigkeit, die er noch vor dem letzten Stellwerk gewann. Schuppen, Hallen, Dächer, eine Mauer, spärliche Lampen. Die schwarzen Bäume wieder, eine Böschung, die Hügel, der Mond, hinter den Wolken zu ahnen, weil die Lampen aufgehört hatten.

Vielleicht hätte Stepan Galina heiraten sollen. Sie kannte ihn genau so lange wie mich. Warum hat das nicht geklappt? Sehr einfach: weil sie mich kannte. Wenn ich nicht existiert hätte? Und sie hätten geheiratet? Sie wären wahrscheinlich auch nicht glücklich geworden. Man müßte fragen, zu welcher Sorte von Frauen Galina gehört, zu jenen, die für Männer gemacht sind oder zu jenen, die nicht für Männer gemacht sind, Unsinn, alle Frauen sind für Männer gemacht, also anders, ist sie eine Frau, für die die Männer gemacht sind, oder eine, für die die Männer nicht gemacht sind, das zweite natürlich. Und heiratet Stepan, für den die Frauen nicht gemacht sind. Alles klar, das ganze ist ein Schachspiel.

Aber mit viel weniger Zügen. Sie wären, ganz logisch,

unglücklich geworden, sie haben also nichts versäumt. Solche Menschen können gar nichts versäumen. Ich jedenfalls bin unschuldig.
Sie hat mir geholfen, dafür habe ich bezahlt. Stepan hat *uns* gerettet, ich habe *sie* gerettet. Ihr Schiff, das gut hinüberkam, wäre mein Schiff gewesen.
Mein Schiff, Bucuresti, in roten Lettern, der Laufsteg, in die Kabine, roter Plüsch, der Blick durch den Glaskreis, werden die den Laufsteg nie weg tun, Galina ist längst schon drüben, spaziert in Istanbul durch die Straßen, schaut in die Auslagen, in die Auslagen der Buchläden, die Männer sehen ihr nach, ich habe das Kostüm ausgesucht, was sind das für Uniformen am Kai, sie kommen zum Steg, Händeschütteln, Hände an die Kappen, ein paar bleiben zurück, ein paar kommen herüber, Rumänen, aber immerhin Uniformen, das Händeschütteln beruhigt, außerdem würden die Jäger in Zivil sein, das heißt, jeder der Zivilisten, die den Steg noch betreten, kann einer sein.
Der Steg ist fort, jetzt noch zehn Stunden. Ich darf nicht immer in der Kabine bleiben, das würde auffallen. Ich kenne einige rumänische Offiziere, vielleicht ein Dutzend, zwölf unter zehntausend, an Bord sind vielleicht fünf oder sechs, aber zwölf ist doppelt so viel wie sechs, schon im Gang begegnet mir einer, beinahe hätte ich gegrüßt, deute ein Kopfnicken an, eine nicht ganz geglückte Verbeugung, das kann ein General immer erwarten, er ist erfreut, fährt lässig mit der Hand an den Schild, hat nicht genau hergesehen. An der Reling darf man allein sein, um das Meer zu erleben, so mancher erlebt es zum erstenmal, das wissen Matrosen und Passagiere. Trotzdem plötzlich eine Stimme neben mir, ich verstehe kaum, lege die Hand zuerst auf den Magen, dann auf den Hals, er begreift, sein Grinsen ist

eine Grimasse, er legt auch die Hand auf den Magen, aber bei ihm ist es echt. Der Jammer macht Brüder, denkt er wahrscheinlich. Ich klopfe ihm auf die Schulter, bedeute ihm, daß ich sein Elend nicht mit ansehen kann und gehe schnell weg.

Im Speisesaal die Brünette, zwei Tische weiter, ganz allein, ein Blick über den Löffel, kurz, flüchtig, vielleicht eine halbe Sekunde, beim Braten schon ein Lächeln, das ist die Verständigung, bei den Birnen ein neuer Ernst, das ist die Sehnsucht, und beim Kaffee ein Strahlen, das ist die Hoffnung. Dunkelbraunes Kleid, herzförmiger Ausschnitt, helle Haut, braune Augen, Haare, voll, an der Seite gescheitelt, lange Wellen, ich brenne darauf, ihre Figur zu sehen, das Tischtuch verdeckt viel zu viel, sie zögert, ich auch.

Nur einmal, bei der Frisur, an Galina gedacht, ihr Haar ist in der Mitte gescheitelt, dann finde ich schnell wieder die richtige Konzentration.

Man muß konzentriert sein bei diesem Spiel über fünf Meter. Sie soll aufstehen und die Treppe hinauf in Richtung Achterdeck gehen, das denken, nur das, immer wieder, nur das. Sie tut es.

Zuerst verschwindet ihr Kopf, die Schultern, sie wird aufgehalten von einem Herrn ohne Oberkörper, Gefahr, sie steigt weiter, ein Blick noch auf die Hüften, die Schenkel, die Kniekehlen, die Waden, die Schuhe, der Herr kommt herunter, nicht viel dran, weit älter als ich, setzt sich, nein, setzt sich nicht an den von ihr verlassenen Tisch, setzt sich am Ende gar zu mir, Gefahr, nein, setzt sich in eine ganz andere Ecke, hinter eine Säule, sieht gar nichts von mir. Ich glaube nicht mehr an diese Gefahr, aber ich frage mich, was ich mir leisten kann.

Keine Antwort, dafür Bilder, sie lehnt irgendwo an der

Reling, der Wind macht aus den Haaren eine kleine, kecke Fahne, sie wartet auf mich, man plaudert, schaut ins Wasser, streift sich an den Armen, entschuldigt sich, schaut sich an, redet von den Fischen, beim nächstenmal bleibt der Arm dort, wo er sein möchte, wird geduldet, noch immer redet man von den Fischen, noch immer sind es von Hand zu Hand ein paar Zentimeter, man hat etwas Lustiges gesagt, sie darf lachen, den Oberkörper vorbeugen, die Haare schütteln wie Wellen, die Gliedmaßen vergessen, man weiß gar nicht, was die tun, man merkt es erst, wenn schon sekundenlang die eine Hand auf der anderen liegt. Man tut erstaunt, man ist glücklich, ein sanfter Druck die Frage, ein sanfter Druck die Antwort, ich möchte Ihre Augen sehen, sie streift sich eine Locke aus der Stirn, ein festerer Druck, Sie tun mir weh, aber die Augen sagen das Gegenteil, es gibt Leute an Deck, also schaut man wieder aufs Wasser, ich darf nichts riskieren, niemand darf mich kennen auf diesem Schiff, niemand darf etwas wissen von mir, wenn wir anlegen, niemand darf an ein Wiedersehen denken.

Man könnte zu den Liegestühlen gehn, sie holt sich eine Wolljacke aus der Kabine, sie hat eine Kabine allein, man geht zu den Liegestühlen, manche besetzt, einige noch frei, du richtest ihr einen her, sie legt sich hin, du breitest eine Decke über sie, schiebst ein zweites Gestell ganz zu ihrem, legst dich neben sie, ziehst eine Decke auch über dich und ein wenig noch über sie, daß die Hände einen Spielplatz haben im Versteckten.

Nein. Es ist zu gefährlich. Selbst wenn sie eine Hure ist, selbst wenn sie nur Geld will, sonst nichts, gerade diese Weiber haben oft einen sechsten Sinn für die schwachen Punkte der anderen. Das kann ich mir nicht leisten.

Den Schnaps trinke ich aus, aber ich stehe nicht auf. Ich

stehe erst auf, wenn ich sicher bin, daß ich die Stiege, die sie benützt hat, nicht benütze. Sie ist keine Agentin, aber selbst einer ganz gewöhnlichen Frau können nachher Dinge einfallen, – ich darf nichts riskieren, sechs Stunden muß ich noch überstehn, dann bin ich gerettet. Galina ist schon gerettet, ich verzichte nicht ihretwegen, das ist die Wahrheit, wenn ich ganz genau wüßte, daß mir nichts passieren kann, stünde ich schon oben an Deck.
Vielleicht war alles nur Täuschung. Sie liebt ein Geflunker mit Blicken, es freut sie, die Männer ein bißchen zu entzünden, sie ist eine Sadistin und hat ein Vergnügen an den verrenkten Augen, den unruhigen Fingern der anderen, sie läßt so schnell keinen weiter als bis zu einem Kuß auf die Hand.
Ach so, der Schnaps ist schon aus, fünf Stunden und sechsundvierzig Minuten, wenn wir ganz pünktlich sind, am besten, ich lege mich ein Weilchen hin, ein kleiner Schlaf zur Verdauung ist die natürlichste Sache der Welt.
Im Gang bin ich ein Held oder ein Feigling, meine Kabine liegt fast in der Mitte, ich habe noch gute zehn Meter, da kommt sie von der anderen Seite, geht gerade auf mich zu, hundert Meter müßten es sein, fünfhundert, nachdenken müßte man können, überlegen, sich was einfallen lassen, gleich stoßen wir zusammen, ihre Augen weichen mir nicht aus, erst auf den letzten zwei Metern schaut sie weg, schaut in ihre Handtasche, holt einen Schlüssel heraus, steckt ihn ins Schloß, einen Meter von dort entfernt, wo ich meinen Schlüssel hineinstecke, nachdem ich mit ihm ein paar Zentimeter entlang des Messingbeschlages gerutscht bin. Hören muß ich, das Knakken ihres Aufsperrens, das Knacken meines Aufsperrens, das Knarren ihrer Klinke, das Knarren meiner Klinke, das Quietschen ihrer Tür, das Quietschen meiner Tür, im letzten Moment entschließe ich mich, hinzuschauen,

sehe eine Hälfte ihres Gesichts, ein braunes Auge, feucht überzogen, einen roten Winkel der Lippen, dieser Winkel bewegt sich, das ist das Letzte, was ich sehe. Zu spät. Ich höre das Geräusch ihres Zusperrens, und auch ich sperre zu.

Werfe mich auf den Diwan und bin froh, daß sie zugesperrt hat. Ich muß nicht mehr überlegen, die Sache ist erledigt. Alles war Täuschung, und sie hatte nie etwas anderes als das Zusperren vor. Oder sie hatte etwas anderes vor und war böse, weil ich feig war. Sinnlos, die Sache ist erledigt. Wenn ich jetzt klopfen würde, sie würde nicht aufmachen, sie würde, wenn ich gleich klopfen würde, ich dürfte keine Minute mehr zögern, ich habe schon zu lange gezögert. Sie hat sich auch hingelegt, sie steht noch vor dem Spiegel, das Kleid zieht sie auf jeden Fall aus, auch wenn sie sich nur auf den Diwan legt, sie schlüpft in einen Morgenmantel, bürstet sich das Haar, tupft sich ein bißchen Creme ins Gesicht, verreibt sie, legt sich auf den Diwan, zieht ihre Beine an, schlägt den Mantel über den Knien zusammen, greift nach einem Buch – – die hier hat auch ein Buch in der Hand und liest nicht darin, sondern denkt an ein Abenteuer mit – mir oder einem anderen –.

Ohne Galina wäre das nicht passiert, ohne Galina wäre ich nicht mit der Bucuresti gefahren. Sicher gibt es Leute, die sagen, ich hätte Galina vergessen, und das wäre dann eben die Strafe gewesen. Ich will mich gar nicht besser machen als ich bin, ich habe sie wirklich vergessen, aber das ist natürlich ein Unsinn. Der Zerstörer kann den Befehl erst erhalten haben, als ich längst in meiner Kabine lag und brav war. Als es im Speisesaal anfing, müssen die in Charkow schon telefoniert gehabt haben, muß der verantwortliche Offizier auf der Krim schon die Position des Kriegsschiffs gesucht haben, das er an-

funken wollte. Wenn dieser Offizier nicht in seinem Büro gewesen wäre, wenn er gerade zehn Minuten vor dem Eintreffen der Meldung plötzlich Bauchschmerzen bekommen hätte und in die Klinik gefahren wäre. Wenn der Arzt einen Blinddarmdurchbruch festgestellt und sofort operiert hätte. Bis der Stellvertreter dagewesen wäre und gehandelt hätte, wären vielleicht Stunden vergangen, der Zerstörer wäre zu spät angefunkt worden und hätte uns nicht mehr vor dem Hafen erreicht. Aber der Offizier hat keine Bauchschmerzen bekommen, sondern den Standort des Kahns in dem Augenblick, in dem ich mein Augen-Blick-Spiel mit der Brünetten begann. Das war die Strafe für den Verrat an Galina.
So. Und warum spürte ich, im Halbschlaf auf dem Diwan, in der Kabine, weit weg von den Maschinen, warum spürte ich plötzlich, daß die Maschinen anders arbeiteten? Und schaute dann ausgerechnet in dem Augenblick durch das Bullauge, als der Zerstörer auf uns zulief? Eine Minute früher hätte ich ihn von diesem Platz nicht gesehen, eine Minute später auch nicht. Warum war es gerade noch so hell, daß ich den Stern und die Flagge deutlich erkannte? Und vor allem, warum sah ich noch das andere Boot, das mit der grünen Flagge? Warum begegnete mir niemand, als ich durch den Gang eilte? In der Halle waren Leute, in der Halle sind immer Leute, ich mußte durch die Halle, warum beachtete mich niemand? Und an Deck, warum liefen alle auf die Seite, auf der der Zerstörer kam? Warum sah mich keiner? Ich hätte jeden niedergeschossen, der mich hätte aufhalten wollen. Aber dann hätte ich nur mehr eine winzige Chance gehabt. Doch es wollte mich keiner aufhalten. Ich steckte die Brieftasche in die Hose und ziehe sogar noch den Rock aus, stopfe ihn unter die Seile, bevor ich springe. Die Schrauben liegen still, ich brauche

keine Angst zu haben vor ihnen. Angst habe ich nur vor dem Zerstörer, ich muß ja auf die andere Seite, der Türke liegt auch dort. Unser Kasten deckt mich nicht mehr, gerade rudern sie einen Kahn hinüber, dreihundert Meter sind es zwischen denen und mir, mir ist es zuwenig, ich lege mich auf den Rücken und paddle davon, ich weiß nicht, daß man in der Dämmerung einen Menschenkopf auf dem Wasser kaum findet, aber auch wenn ich es wüßte, würde ich den Umweg nicht kleiner machen, ich glaube, alle an Deck des Zerstörers schauen in meine Richtung, ich weiß, daß die einen Scheinwerfer haben. Doch als die den einschalten, fehlen mir nur noch hundert Meter bis zum Türken.
Der Kapitän ging sogar mit mir und Galina zum Essen. Wenn der wüßte. Allah wird ihn strafen, doch Allah hat mich nicht gestraft, aber Stepan zum Beispiel, Stepan hat er sterben lassen. Doch für ihn war das vielleicht keine Strafe.
Und selbst, wenn ich bestraft worden wäre, werden würde, was hätte Galina davon? Vielleicht freut es den Lieben Gott nicht, die Bösen zu bestrafen, weil er die Guten nicht glücklich machen kann. Und schließlich, – wenn es ihn wirklich gäbe –, hätte er sie ja in jene Versammlung des Atheistenbundes geführt, wo sie Pawel kennenlernte, mit Pawel hat es angefangen, er hat mir und Stepan von ihr erzählt. Mein Gott, Atheistenbund – und heute liest sie am liebsten diese französischen Betbrüder.
Und kauft sich deutsche Musik dazu, Beethoven, Brahms, Bruckner. Jedesmal, wenn ich komme, eine neue Platte. Bin ja froh, hilft uns die Zeit vertreiben. Manchmal ist sogar eine Musik dabei, die sich hören läßt, diese letzte zum Beispiel, Beethoven, Klavier, Orchester. Wenn bloß der Schluß nicht immer so positiv wäre, ich

kann ja nicht ständig in den Tee hineinstarren, ihr Gesicht ist eine Strafe für den Komponisten und für mich. Alles wäre leichter, wenn sie häßlich wäre. Aber die Falten machen gar nichts, und dick wird sie auch nicht bei dem Jammer. Zum Lachen, das Unglück macht sie schöner, wer weiß, wie sie aussehen würde, wenn wir noch immer ein Liebespaar wären. Moment. Wenn sie gut, wenn sie rund aussehen würde, ein volles Gesicht, viel Busen, breite Hüften, wäre ich aus dem Liebespaar ausgeschieden, total ausgeschieden. So bin ich auch draußen, wann wäre ich nicht draußen, aber wenn ich sie sehe, drei-, viermal im Jahr, ein leidender Engel, kriege ich verdammt Lust auf sie. Das macht den Jammer noch größer, zumindest für sie.
Sie fragt mich, ob ich auch einen Schnaps will, ich danke, ich möchte mir die Erinnerung an den Tee nicht verderben, sie redet was von ihrem leider so komischen Magen und schenkt sich ein, das ist natürlich eine faustdicke Lüge, aber mir ist es recht. Ich zünde mir eine Zigarette an, ich rauche sehr wenig, aber wenn ich schon keinen Schnaps nehme, ich greife nach der Plattenhülle, drehe sie um, lese ein bißchen was, von der Musik steht eine Menge da, vom Dirigenten, Klempinger oder so ähnlich, vom Klavierspieler, Gieserich oder so ähnlich.
Sie setzt sich auf die Kante meines Fauteuils, in der einen Hand hält sie das Glas, bis über die Hälfte ist es gefüllt, goldbraun, die andere Hand legt sie auf meine Schulter, manchmal trinkt sie, bald wird sie mit dieser Hand meinen Hals berühren – –.

Er nahm sich die Zeitung.
Katastrophe von Rouen, zweiundsiebzig Tote, sehr viele Vermißte – –.
Vielleicht wäre es besser, wenn – –.

Er schaute hinaus.
Nur schwarze Bäume, sonst nichts. Er suchte keine Antwort bei diesen Bäumen, aber sie gaben ihm eine.
Er schüttelte den Kopf.

Klick, – dann das dunkle Rollen der Tür, die blaue Kappe des Schaffners.
Die Dame schaute hinauf.
»Die nächste Station, – in fünf Minuten.«
»Vielen Dank.«
Der Schaffner fuhr mit der Hand an den Schirm seiner Kappe, verbeugte sich auch ein wenig. »Bittesehr. Gute Nacht!«
Er zog die Tür wieder zurück.
Die Dame stand auf, nahm ihre Handtasche und ging hinaus. Beide hatten ihr nachgesehn und mußten also lächeln, als ihre Blicke, – von der Türe zurückkehrend –, einander trafen. Worte fanden sie noch keine, das Alleinsein hatte sie überrascht. Natürlich waren sie nicht beunruhigt, sie wußten ja, daß die Dame gleich aussteigen würde. Aber es war ihnen unmöglich, einfach zu lesen. Also begannen sie im Schweigen den Faden wieder zu knüpfen.
Ihre Blicke wichen einander aus, denn sie wollten sich nicht verraten. Diese Frau haben, diesen Mann vernichten, das sind Gedanken, die man verbergen muß. (Noch manches andere muß man verbergen, denn wer wird im Krieg dem Feind die eigene Stellung erklären).

Die Dame kam zurück, ihre Lippen waren etwas voller geworden, ihre Haare etwas lockerer. Sie nahm ihren Mantel vom Haken, der Mann sprang auf und half ihr hinein.

»Vielen Dank!«
Der Mann verbeugte sich knapp und wortlos. Dann holte er schnell ihr Köfferchen aus dem Netz und stellte es auf den Sitz.
»Bitte!«
»Dankesehr!«
Die Dame nahm das Köfferchen und die Handtasche und schenkte den Zurückbleibenden je einen freundlichen Blick.
»Gute Reise!«
»Danke«, sagte die Frau. Der Mann, der noch stand, verbeugte sich nur.
Die Dame ging. Der Zug fuhr über die Weichen.

Jetzt wollte der Mann das Schweigen nicht mehr verlängern. Denn er mußte ja damit rechnen, – eben hörte man die Bremsen – daß Leute zusteigen und durch die Türe schauen würden. Er wollte ihnen die Wahl erleichtern, sie sollten einen Grund haben, Rücksicht zu nehmen. Er setzte sich und schlug ein Bein über das andere.
»Ihr Buch muß ziemlich spannend sein. Sie haben die Seiten ja direkt verschlungen.«
»Warum verspotten Sie mich? Die Zeitung ist sicher spannender, und Sie haben auch kaum was gelesen.«
»Das stimmt. Ich mußte nachdenken. Was glauben Sie, woran ich dachte?«
»Sehr originell sind Sie nicht.«
»Gnädige Frau, Sie stellen zu hohe Ansprüche an mich. Was erwarten Sie? Ich bin kein geistreicher Mensch, überhaupt, wenn ich so beeindruckt bin. Daß ich beeindruckt bin, habe ich ja nie geleugnet.«
»Ich kann mich nicht erinnern, daß ich eine derartige Versicherung von Ihnen verlangt hätte.«

»Aber ich gebe sie ja freiwillig, – immer wieder.«
»Vielen Dank.«
»Sagen Sie, haben Sie in diesem Buch etwas gegen mich gelesen?«
»Was soll das?«
»Ich glaube nämlich, Sie waren früher netter zu mir.«
»Das liegt an Ihnen. Früher haben wir sachlich über gewisse Dinge gesprochen, interessante Dinge, wie ich gern zugebe. Jetzt fangen Sie an, Schmus zu reden.«
»Das ist das Pech eines Mannes, der das Glück hat, mit einer Frau sprechen zu dürfen, die nicht nur gescheit, sondern auch schön ist.«

Die Frau schaute in die Richtung der Wagentür, der nur zwei Leute zustrebten. Der Mann schaute die Frau an.
»Kommen viele?«
»Zwei, – vorläufig.«
Man hörte die Schritte auf dem Gang, und der Mann beugte sich vor.
»Schauen Sie meine Daumen an, dreimal dürfen Sie raten, wozu das gut sein soll.«
Die Schritte entfernten sich. Die Frau lehnte sich wieder zurück.
»Es scheint, daß es wirklich dazu gut war.«
Der Mann hielt seine Daumen immer noch in der Klammer der übrigen Finger.
»Ich warte lieber noch, bis wir fahren. Die zuletzt kommen, haben es eilig, das sind die Schlimmsten, die fallen in ein Abteil, ohne zu wissen, was sie tun.«
Die Frau lächelte.
»Schaut das nicht ziemlich lächerlich aus?«
»Das macht nichts. Hauptsache, es hilft. Das Lächerliche bin ich außerdem schon gewohnt. Wie sollte ein Mann anders aussehen, der einer Frau Komplimente macht,

der von einer Frau beeindruckt ist, die über das alles –
bestenfalls lächelt?«
»Sie Ärmster.«
»Glauben Sie, Gnädigste, ich bedaure mich selber. Leider nützt das aber gar nichts.«
»Dafür haben Ihre Daumen, – die müssen Ihnen ja schon weh tun –, was genützt.«
Jetzt bemerkte auch der Mann, daß der Zug wieder fuhr. Er löste seine Daumen, legte sie aneinander und spürte schon die Versuchung, sich die Hände zu reiben. Er widersetzte sich diesem Drang, lehnte sich zurück und nahm die Zeitung.

»Haben Sie das gelesen?«
»Ich habe heute noch in keine Zeitung gesehen.«
»Bitte!«
Die Frau legte das Buch weg und ergriff das Doppelblatt, zu dem auch die letzte Seite gehörte.
»Das Bild sagt ja alles.«
Die Frau las die Meldung.
»Man glaubt, man ist sicher, aber man ist immer in Gefahr.« Der Frau gab es einen Stich, sie reichte die Zeitung zurück.. »Ich denke, in Frankreich passieren mehr Zugunglücke als bei uns. Aber Sie haben recht, sicher ist man nie.«
Sie sagte das langsamer, als es gewollt war.
»Vielleicht war es nicht richtig von mir, Ihnen das zu zeigen. Vielleicht fürchten Sie sich jetzt.«
»Das wäre sinnlos. Alles ist Schicksal. Dem entkommt keiner.«
»Sie fürchten sich also überhaupt nicht?«
»Nein.«
»Ich bewundere Sie. Aber vielleicht übertreiben Sie. Oder stellen sich nichts vor.«

Die Frau lächelte nur wenig, aber so, daß er sich verspottet fühlte.
»Wir müßten über eine Brücke fahren, Sie müßten zum Fenster hinausschauen, Sie müßten die Wagen im Wasser liegen sehen, die Lokomotive, mit den Rädern nach oben, Sie müßten – –«
Nun lächelte die Frau etwas mehr. »Geben Sie sich keine Mühe. Ich bin einfach nicht in der Stimmung, mich zu fürchten.«
»Sie haben keine Phantasie.«
»Dafür haben Sie recht viel.«
»Ja, leider.«

Galina fiel ihm ein, mit dem Glas in der Hand, auf der Kante des Fauteuils. Aber er brachte es ohne weiteres fertig, weiterzusprechen.

»– Ich bin das Opfer meiner Vorstellungen, ja, nicht ich habe die Vorstellungen, die Vorstellungen haben mich. Dann muß ich gewisse Dinge sehen, ob ich will oder nicht.«
»Und ich dachte, Sie sehen immer genau das, was Sie wollen.«
»Sie machen sich ein falsches Bild von uns Männern. Wir sind nicht so schlau, daß wir uns alles nach dem Willen so gut einteilen können. Glauben Sie mir, ich bemühe mich schon eine Stunde lang, Sie zu vergessen.«
»Ach! Und ich soll glücklich sein, daß es Ihnen nicht gelingt?«
»Ich weiß nicht, wann Sie glücklich sind. Aber für mich gibt es bloß zwei Möglichkeiten: entweder ich sehe ein, daß wir nur eine Weile im Zug zusammenfahren, nur das, oder ich – –«

»Sie machen einen Fehler: Sie denken zuviel an die Zukunft. Lassen Sie das, und Sie haben es leichter.«
Mein Gott, der Kerl zwingt mich zu einem Geschwätz, das nichts einbringt.

»Man sollte nicht vergessen, daß alles plötzlich vorbei sein kann. Wenn ich mir vorstelle, ich könnte im letzten Moment noch etwas denken, so würde ich mir wahrscheinlich denken: du hast das Leben zu wenig ausgenützt.«

Die Frau hatte wieder deutlich den fremdländischen Akzent in der Aussprache des Mannes bemerkt. Das erleichterte es ihr, seine Worte nicht ernst zu nehmen.
»Erzählen Sie mir noch etwas von der UNESCO!«
»Sie verstehen mich sehr gut, aber Sie geben es nicht zu. Wenn einer sagt, man muß das Leben ausnützen, so meint er, man muß alle Möglichkeiten ergreifen, glücklich zu sein. Er bereut am Ende nicht das, was er getan hat, sondern das, was er versäumt hat. Wenn ich es richtig sage.«
»Ich verstehe Sie. Trotzdem würde ich gerne noch etwas von der UNESCO hören.«
»Es kommt darauf an, ob Sie bei dem Worte Glücklichsein das Gleiche denken wie ich.«
»Sehen Sie, darauf kommt es nun gar nicht an.«
»Bitte erklären Sie mir das. Ich beherrsche Ihre Sprache nicht so gut, wie Sie vielleicht glauben.«

Die Frau freute sich. Diese Freude war allerdings genau die Freude des Schachspielers, der einen Zug getan hat, den er beim Auslassen der Figur schon bereut, und der dann den anderen sagen hört: bitte, Sie können diesen Zug zurücknehmen.

»Ich denke: Glück, – mit diesem Wort meinen wohl niemals zwei Leute das Gleiche.«
»Was meinen *Sie* damit?«
»Diese Frage könnte ich in keinem Fall schnell beantworten und zweitens ist sie mir zu privat. Ich glaube nicht, daß eine Frau gern über das spricht, was sie unter Glück versteht.«
»Ausgenommen ist aber der Mann, den sie liebt.«
Die Frau starrte auf das Muster des Polsters neben seinem Kopf.
»Sie sagen nichts.«
Die Frau schaute ihn an.
»Dann werde ich Ihnen sagen, daß ich schon öfters eine Antwort bekommen habe. Neulich sagte eine Frau zu mir: das Glück, das ist ganz einfach, das Glück sind meine Kinder.«
Spätestens bei dem Wörtchen »sind« war die Frau gefaßt gewesen, deshalb holte sie jetzt nur etwas tiefer Atem.
»Sie scheinen öfter solche Gespräche zu führen.«
»Oh, ich muß viel mit der Bahn fahren. Aber ich habe nur selten das Glück, mit einer hübschen, – das Wort ist nicht gut allein –, mit einer, mm, – sympathischen Dame zu fahren. Eigentlich habe ich dieses Glück schon lange nicht mehr gehabt.«
»Sehen Sie, nun wissen wir wenigstens, was Ihr Glück ist: recht oft mit einer hübschen Dame zu fahren. Stimmts?«

»Sie achten zu sehr auf meine Worte. Ich hätte nicht sagen sollen Glück, sondern Vergnügen. Vergnügen, jawohl. Zeigen Sie mir den Mann, für den es kein Vergnügen ist, mit einer hübschen Dame zu reisen.«
»Ich bemerke, daß ich mir von einem Dolmetscher eine

ganz falsche Vorstellung machte. Ich dachte immer, ein Dolmetscher sitzt an einer bestimmten Stelle, in einem bestimmten Büro, und nun höre ich, daß er eigentlich ständig auf Reisen ist.«
»Sie verwechseln einen Dolmetscher mit einem Übersetzer.«
»Ach natürlich, ja, so ist es, ich verwechsle das. Wie komme ich nur dazu? Ach, ich habe es schon: weil Sie doch früher sagten, Ihre Hauptarbeit sei das Schreiben von Briefen, nun, da dachte ich mir, einer, der nur Briefe zu schreiben hat, der sitzt wohl immer am gleichen Ort.«
»Sie haben sich gut gemerkt, was wir gesprochen haben.«
»Früher haben Sie ja auch interessante Dinge erzählt.«
»Und jetzt?«
»Jetzt erzählen Sie, was jeder erzählt.«

Galina hat so viel von der UNESCO erzählt, und ich habe so schlecht aufgepaßt.

»Ich bin also jeder?«
»Das hängt ganz von Ihnen ab.«
»Sie möchten wieder was von meinem Beruf hören, von der UNESCO?«
»Ja. Und was mich jetzt besonders interessiert: warum Sie so viel reisen müssen.«
»Ich fürchte, Sie wollen einen Roman darüber schreiben.«
»Vielleicht. Aber ich verspreche Ihnen, daß niemand Sie darin erkennen wird.«
»Ich würde gerne etwas von Ihnen lesen. Aber dazu müßte ich wissen – –«

»Ich werde Ihnen etwas schicken, Sie brauchen mir nur Ihre Karte zu geben.«
»Wirklich, – Sie wollen mir etwas schicken, das heißt, Sie wollen mir etwas schenken, aber, – das kann ich doch nicht annehmen.«
»Natürlich können Sie, – bei mir zu Hause liegen Dutzende von Freiexemplaren herum, ich bin froh, wenn ich sie loswerde.«
»Das ist sehr lieb von Ihnen. Aber, – ich weiß nicht –«
»Entschließen Sie sich, – aber glauben Sie nicht, daß ich Ihnen etwas aufdrängen möchte.«
Der Mann griff nach der Innenseite seines Rockes, – »Ich habe mich längst entschlossen« – und holte die Brieftasche heraus –, »ich hatte nur noch eine Hemmung« – und entnahm ihr eine Visitenkarte, – »aber wenn Sie es wirklich tun wollen, ich meine, wenn Sie wirklich die Güte haben –«, und hielt sie der Frau hin –, »dann darf ich Ihnen also meine Karte geben.«
»Bitte!« – Die Frau nahm die Karte und warf einen kurzen Blick darauf. »Aber hier steht ja nur Ihr Name und keine Adresse. Wie soll ich da wissen, wohin ich die Sachen schicken muß?«
»Oh, – entschuldigen Sie«, – der Mann streckte die Hand aus –, »das habe ich ganz vergessen«, – und bekam die Karte zurück –, »einen Augenblick bitte«, – und nahm einen eleganten Kugelschreiber aus der Innentasche seines Jacketts –, »die Adresse« und legte die Karte auf das Fensterbrett –, »ist natürlich wichtig« – und schrieb etwas auf die Karte –, »so, bitte« – und gab die Karte wieder der Frau.
Die schaute das Geschriebene an. »Stuttgart, Hotel Regina. Ich dachte, Sie wohnen in Paris.«
»Wenn ich in Frankreich arbeite, ja. Jetzt habe ich längere Zeit in Deutschland zu tun, deshalb würde ich die

Bücher gern an diese Adresse bekommen. Eine Liebesgeschichte?«

Die Frau hatte die Karte in ihre Handtasche gesteckt.

»Nein, keine Liebesgeschichte.«

»Sondern?«

»Eine Abenteuergeschichte.«

»Das ist gut. Ich liebe Geschichten von Abenteuern. Mein Beruf ist langweilig. Also lese ich gern etwas anderes.«

»Von Abenteuern?«

»Ja. Aber man ist auf die Dauer damit nicht zufrieden. Es wird einem – zu billig.«

»So? Was tut man dann?«

Der Mann hob die Schultern.

»Wechselt man den Beruf?«

»Es ist nicht leicht, den Beruf zu wechseln. Meistens ist es unmöglich.«

»Gerade Sie sollten das nicht sagen. Sie haben das Land gewechselt, Sie haben den Beruf gewechselt, Sie sind gewissermaßen schon im Training.«

Der Mann lächelte, wobei er sich um einen etwas wehmütigen Ausdruck bemühte.

»Sie machen ein Gesicht, als ob Sie sagen wollten: Wenn die wüßte –«

Der Mann lächelte etwas mehr.

»Wenn Sie so dreinschauen, könnte man meinen, daß alles, was Sie bisher erzählten, erlogen war.«

Vielleicht ist sie für meine Arbeit zu gebrauchen.

Er lächelte nicht mehr und beugte sich vor.

»Gnädige Frau, wenn Sie ehrlich sind: das glauben Sie doch schon lange.«

»Sie sind gut. Ich soll ehrlich sein, und Sie erzählen mir Märchen.«

»Wir könnten ein Abkommen schließen: daß wir beide Märchen erzählen.«

Ich hatte recht. Er ist ein Spion. Jetzt nicht entwischen lassen.

»Dazu ist kein Abkommen nötig. Fürs Gegenteil, für die Wahrheit, wäre es nötig, aber das scheint mir – bei Ihrem Charakter oder bei Ihrem Beruf – ziemlich aussichtslos.«

»Warum greifen Sie mich an? Erstens wissen Sie nicht, wie oft ich gelogen habe und wie oft ich die Wahrheit gesagt habe.«

»Man weiß also nie, woran man ist?«

»Beim Reden weiß man es nicht. Aber man weiß es, wenn etwas passiert.«

Die Frau nahm ihre Handtasche. »Etwas ist schon passiert. Sie haben mir Ihre Karte gegeben, Namen und Adresse. Stimmen die oder stimmen die nicht?«

»Was glauben Sie, was ich jetzt antworten werde? Natürlich stimmt alles. Wenn Sie es überprüfen wollen, müssen Sie etwas tun. Sie müssen mir ein Buch schicken oder, – wenn es vielleicht kein Buch von Ihnen gibt –, Sie müssen mir einen Brief schreiben oder –, wenn Sie es ganz genau wissen wollen –, Sie müssen mich besuchen.«

»Ich muß gar nichts.«

»Ich verstehe Sie sehr gut. Sie denken, es muß umgekehrt sein: der Mann muß die Frau besuchen. Das ist richtig. Und wenn Sie mir Ihre Adresse geben, werde ich gerne kommen. Sehr gerne.«

Die Frau legte ihre Tasche wieder weg. »Wozu? Damit Sie mir weiter Ihre Märchen erzählen können?«

»Gnädige Frau, man kann an einem Menschen interessiert sein oder man kann an der Wahrheit interessiert sein.«
»Sie glauben, wenn Sie so überzeugt dreinschauen, muß auch ich überzeugt sein. Aber ich bin absolut nicht überzeugt.«
»Sie wollen, daß die Entscheidung über ein Wiedersehen in Ihrer Hand liegt. Ich verstehe Sie.«
»Sie führen, – wahrscheinlich in jeder Beziehung –, ein Leben auf Reisen, ich nicht.«
»Natürlich, Sie sind irgendwo daheim, es gibt eine Stadt, ein Haus, eine Wohnung, einen Mann und Kinder. Oder vielleicht haben Sie geheiratet, als Sie noch sehr jung waren, und haben Ihren Mann im Krieg verloren? Sehr viele Frauen in Deutschland und in Rußland haben Ihren Mann im Krieg verloren.«

Ihn im Krieg verlieren, das ist weniger schlimm.

»Ich dachte, Sie sind an den Menschen interessiert und nicht an der Wahrheit.«

»Gewiß, ich bleibe dabei. Aber es ist möglich, daß ich gar nichts erreiche, weder den Menschen noch die Wahrheit.«

»Man erreicht oft mehr, wenn man sich weniger vornimmt, Ihre Ansprüche sind wahrscheinlich zu hoch.«

Warum habe ich nichts von Martin gesagt? Ich muß frei handeln können. Ganz frei.

»Vielleicht haben Sie recht: ich erwarte zu viel. Aber das ist nicht zu ändern, ich habe eben zu viel Phantasie.

Wenn Sie wirklich Schriftstellerin wären, würden Sie das gut verstehen.«
»Ich bin genau so wenig Schriftstellerin, wie Sie bei der UNESCO sind.«
»Sie haben recht: man muß mit Wenigem zufrieden sein. Man muß die Zukunft vergessen.«

Die vordersten Räder der Lokomotive erreichten die Brücke, der Donner begann, schwoll an und rollte weiter. Der Mond hatte die Wolken abgeschüttelt und schenkte den Wellen sein Licht, die es tausendfach brachen und den Strom zur Wüste machten aus Schwärze und Silber. Das Geländer war nieder, die Brücke war lang.

Es wird nichts passieren. Wenn etwas passieren würde, bei dieser Geschwindigkeit, es wäre aus, todsicher aus. Fünfundvierzig, etwas mehr als die Hälfte eines Lebens gelebt, wozu. Glücklichsein, Minuten, die breiten Schulterklappen, der Kommandeur mit dem Orden in der Hand, seine Worte, der erste Kuß von Galina, der Griff nach der Strickleiter des Türken, spazierengehen, in Hotelbetten liegen, zuerst mit Galina, dann, wenn ich nicht irre, sind es bis jetzt vierunddreißig oder fünfunddreißig, ein paar Minuten für jede, ein paar Stunden kommen heraus, ein paar Stunden in fünfundvierzig Jahren, das ist alles, aber man hofft auf weitere Stunden, man muß denken, viel denken, sich bemühen, sich plagen, sich was einfallen lassen für ein paar Minuten, wie lange werde ich mich mit dieser Frau hier befassen und wie kurz werde ich sie haben, ich kann sagen, es sind sechsunddreißig gewesen, ich bringe es leicht noch auf sechzig oder siebzig, wenn wir nicht jetzt abstürzen in diesen Fluß, ich erreiche noch allerhand, aber dem lieben Gott, wenn es ihn gäbe, wäre es gleich, ob ich

fünfunddreißig erreicht habe oder siebzig, auch Galina ist es egal, entweder ich liebe sie oder ich liebe sie nicht.
Ich bin fünfundvierzig geworden und nichts ist geschehen, nichts ist passiert, die Brücke ist zu Ende und nichts ist passiert, der Zug fährt weiter.

Wenn wir hinunterstürzen, sind wir beide tot. Auf den Steinen des Ufers, da ein Körper, dort ein Körper, vielleicht gar nicht weit auseinander, nehmen wir an, er stirbt früher und ich weiß es, ich bin zufrieden, nein, ich bin nicht zufrieden, er stirbt ohne Strafe, der Tod ist keine Strafe, dieser Tod nicht, er müßte wissen, was er getan hat, knapp vor dem Sterben müßte er es wissen, damit er, was würde geschehen, er würde bereuen, weil er Angst haben würde knapp vor dem Tod, wem würde das nützen, ihm vielleicht, mir nicht. Und wenn es nur mich erwischt, und er mit dem Leben davonkommt? Er wird weiter leben und wird es weiter nicht wissen, denn wie ein Mensch mit Gewissen sieht er nicht aus. Das wäre sehr ungerecht. Gerecht ist, daß ich ihn fand, das ist erst die Hälfte, jetzt muß ich die Strafe noch finden. Eine Aufgabe haben, darauf kommt es an.

Der silberne Riß hatte sich wieder geschlossen, ein Wald begleitete den Zug mit finsteren Mauern und brachte seinen Menschen, – sofern sie nicht schliefen –, das künstliche Licht grünlich und gelb und in manchen Abteilen schon bläulich und grau ins Bewußtsein.
Der Mann spürte eine gewisse Ermüdung. Die Schuld lag vielleicht bei den Zahlen, die er sich vorgesagt hatte.
Die Frau, an der Grenze ihres Bewußtseins ständig das

Wissen besitzend von der Karte in ihrer Tasche, war einigermaßen zufrieden.

»Haben Sie etwas gesehen?«
»Im Wasser?«
»Ja.«
»Nein.«
»So gut geht es Ihnen: Sie sehen nur, was Sie wollen.«

Beide lehnten sich zurück, beide verschränkten die Arme.

»Ich bin eben keine Schriftstellerin.«
»Und ich bin nicht bei der UNESCO.«
»Da haben wir eine Wahrheit.«
»Wir belügen einander, das ist die Wahrheit.«
»Es muß einen Grund dafür geben.«
»Zwei Gründe.«
»Könnte ich Ihren jemals erfahren?«
»Es ist möglich. Vielleicht ist es eine Frage der Zeit. Und Ihren Grund? Könnte ich den erfahren?«
»Oh ja. Eines Tages ist es vielleicht möglich.«
»Das ist schön. Wir haben beide eine Aufgabe: auf den Grund zu kommen.«

Sie hat sich verraten, dachte der Mann, und dieser Gedanke traf zu. Aber er traf nur die Oberfläche. Über den Untergrund dieser Entblößung wußte er nichts. Daß die Frau seiner Arbeit auf der Spur war, nur diese Gewißheit hatte der Mann, – über den Grund gingen seine Vermutungen fehl. Immerhin war ihm klar, daß er vorläufig nur Vermutungen hatte, die einer kritischen Prüfung bedurften. Immerhin ging es stets, wenn ein anderer so weit war, um das Leben. Das erschreckte ihn nicht, er war an solche Augenblicke gewöhnt, aber es zwang ihn, einen Punkt über der jeweiligen Lage zu suchen, wie man in der Ebene auf einen Hügel geht, wenn man was sehen will. Also schwieg er. Er wußte genau, daß er sich das leisten konnte.

Die Frau nahm sein Schweigen an. Sie hätte geredet, wenn er geredet hätte. Sie hatte die Gewißheit, schon weit gekommen zu sein, und die Zuversicht, noch weiter zu kommen, – jetzt oder ein anderesmal. Sie spürte, daß sie sich von nun an beides leisten konnte, das Schweigen und das Reden.

Also betrachteten sie einander, zurückgelehnt sitzend, die Arme verschränkt, – aber mit den Augen des Jägers. Nicht gelassen sitzend, nicht mit lockeren Armen, denn wer auf der Jagd ist, dessen Muskeln sind in Bereitschaft, warten in Braue und Kiefer, in Finger und Schenkel auf den Befehl.

Dieser Mann hier war zum Töten bereit, aufstehen wollte er eines Tages, in seine Hosen steigen, sich eine Zigarette anzünden, den kärglichen Rest von Gefühlen wegblasen mit blauem Rauch und das Zimmer beinahe schwerer verlassen als die Liegengebliebene, glanzlos liegengeblieben im eingetrockneten Schweiß. Die Frau aber wollte nicht seinen Tod, sie dachte an seinen Tod, aber dieser Gedanke gab ihr nichts, was ihr wohltat, sie wollte nur unklar seine Vernichtung und halbwegs klar nur sein Leid, sein lebendiges Leid.

Der Zug fuhr immer noch durch den Wald. Hochstämmige Bäume verdeckten den Mond. Nicht weit sah der

Führer der Lokomotive die Schienen vor sich. Aber das beunruhigte ihn nicht.

Plötzlich traf es den Mann, der geglaubt hatte, sich das Schweigen und das Schauen leisten zu können: ich habe sie schon einmal gesehen. Und sofort erinnerte er sich an das vor zwei, drei Stunden Gedachte: wir kennen einander, – schon tausend Jahre lang, und er lachte mit kaum veränderten Lippen; man glaubt an Geheimnis, an Berührung der Seelen über Jahrhunderte hinweg, man liegt auf den Knien vor dem Wunder, und alles klärt sich so einfach auf: ich habe sie wirklich gesehen, nicht vor dreihundert und nicht vor dreitausend Jahren, sondern vielleicht vor drei oder vor dreizehn, aber da habe ich sie wirklich gesehen, es ist gar kein Zweifel, ich habe sie schon einmal in meinem Leben gesehen, ich weiß noch nicht wo, aber ich werde es wissen.

Hätte die Frau ihn genauso angeschaut wie er sie, hätte sie auch Atem geholt wie ein Jäger, der das Wild heraustreten läßt auf die Lichtung, sie hätte zumindest geahnt, was in ihm vorging. Aber sie war zu sehr mit dem Herrichten des Schießplatzes beschäftigt, also bemerkte sie nichts.

Es muß in Deutschland gewesen sein, in Frankreich gab es keine Frauen dieser Art, wenigstens für mich gab es keine. Oder drüben, eine Amerikanerin könnte so sein, aber das hier ist eine Deutsche, das steht fest, die Deutschen, die ich drüben oder in Paris getroffen habe, sind an den Fingern abzuzählen, und ich mußte sie mir merken, schon aus beruflichen Gründen, nein, es kann nur hier gewesen sein, wo ich deutsche Frauen nicht

nur beruflich sehe. Olgas Party, vor einem Jahr erst, aber es waren so viele Leute dort, so viele Frauen.
Ich muß wissen, woher ich sie kenne. Bei Olgas Party war sie nicht. Und selbst wenn sie dort gewesen wäre, hätte ich sie nicht bemerkt, denn außer der Blonden beim Plattenspieler habe ich keine bemerkt, nur Marianne.
Marianne konnte reden, – über alles, nur nicht über ihren Mann –, ihre Stimme sang immer das gleiche spröde Lied, in moll und am Ende der Sätze mit jenen Rissen und Sprüngen, die mir zeigten, wann sie erregt war. Als ich noch sehr jung war, faßte ich den Vorsatz, keine Frau zu nehmen, die einem anderen gehört. Als ich diesen Vorsatz zum erstenmal brach, machte ich mir noch Gedanken über den Begriff »gehören«, sehr passende Gedanken natürlich, die mir bestätigten, daß ich den Vorsatz eigentlich nicht gebrochen hatte.
Danielle gehörte Jean nur noch auf dem Papier, wer hat das zuerst gesagt, sie oder ich, jedenfalls haben wir es geglaubt, ich habe es jedenfalls geglaubt. Daß er ihr Geld und ein Dienstmädchen gab, daß er für die Kinder sorgte, daß er seine Familie in die Sommerfrische und von dort wieder nach Hause brachte, – lauter Äußerlichkeiten, verachtet von jenen, die auf etwas Edles erpicht sind. Ein-, zweimal vielleicht darf einem so etwas passieren, ein-, zweimal vielleicht darf man sich so belügen, aber wer dann, – als Mann –, noch immer nicht merkt, wie es zugeht, der ist entweder ein Dummkopf oder ein Feigling. Ich habe es bald bemerkt, und Marianne war nicht die erste, bei der es mir einfach Spaß machte, allerdings machte es mir bei ihr besonderen Spaß. Es war kein Zufall, sagte sie, daß erstens das Zündkabel sich von der Kerze löste und zweitens ich in dem Wagen saß, der dann daher-

kam. Schicksal war es, dabei blieb sie, und ich hatte nichts dagegen. Aber als wir eines Tages in einem jener Rasthäuser saßen, die wie eine Brücke über die Straße gebaut sind, fiel es mir ein, mit dem Blick auf die Uhr die unten sausenden Autos zu zählen. Fünfzehn in der Minute, um zwei Uhr mittags. Sie hatte ihre Panne etwas nach drei, da sind es bestimmt nicht weniger. Bei der Ausfahrt aus Verona viermal grüne Ampeln für mich, aber wenn ich im Obstladen nicht das richtige Kleingeld gehabt hätte, wären es garantiert viermal rote gewesen, das heißt, ich wäre meine drei bis vier Minuten später dorthin gekommen, wo sie stand und winkte. Fünfzig Wagen also vor mir, also vielleicht vierzig Männer. Irgendeiner dieser vierzig hätte das Kabel auf die Kerze gesteckt.

Ich habe ihr nichts gesagt von meiner Berechnung. Aber wir sehen einander immer seltener, und einmal werde ich ihr es vielleicht sagen. Vielleicht wird es gar nicht notwendig sein, weil schon einer dieser vierzig aufgetaucht ist. Dann wird meine liebe Marianne wieder vom Schicksal reden. Aber ich urteile nicht, ich weiß nicht einmal, ob sie das glaubt, was sie redet.

Ihr Mann glaubt es, und das macht mir Spaß. Von allem oder beinahe von allem hat er mehr als ich, nur von seiner Fau habe ich mehr. Außerdem haßt er die Russen, und das vergrößert sehr mein Vergnügen, ja vielleicht hätte ich Marianne schon aufgegeben, wenn er mich nicht immer wieder von seinem Haß kosten ließe. Er hat einen Krieg verloren, deshalb haßt er, er würde verachten, wenn er den Krieg gewonnen hätte. Er hat angefangen mit der Verachtung, gern ist er nach Rußland marschiert, und im Grunde verachtet er wohl heute noch immer. Er wird es also eines Tages erfahren müssen. Denn es gehört sich, daß der Verachtende weiß, mit wem seine Frau schläft. Woher kenne ich sie nur?

Kreise zog er, wie Kinder Kreise ziehen im Sand, aber Kinder brauchen keine Mitte dafür, Kinder sind glücklich am Rand. Er aber, dem es aufgegeben war, einen gewissen Tag zu finden, er zog noch immer Kreise, denn die Erinnerung war ihm noch immer nicht mehr als ein Spiel. Plötzlich gelingt der Sprung in die Mitte, weil das Feld auf einmal klein genug ist für die Kraft des Magneten. Wobei es natürlich bedeutungslos ist, ob auch wir gerade diese Bahn als die engste erkennen.

War es beim Vortrag über die Möglichkeiten besserer Ostkontakte? In der Reihe vor mir, auf dem dritten Sessel vom Rand, genau diese Haare, auch die Schultern könnten es gewesen sein, aber ich habe ihren Nakken noch nicht gesehen, sie müßte sich umdrehen, sie müßte sich zumindest zum Fenster hinausbeugen, der andere Nacken war vielleicht schmäler, und die Haare schnitten ihn etwas höher ab, das Vortragspult hätte etwas weiter links stehen müssen, dann hätte ich von ihrem Profil mehr gesehen. Außerdem war ich im Dienst: viele Gesichter ansehen, um das eine zu finden, leider ein Männergesicht, also auf die Männer konzentrieren. Außerdem winkte eine fette Belohnung. Seine Pflicht erfüllen, eine fette Belohnung kassieren, ich bin ein Mensch, der sich konzentrieren kann, das gehört zu meinem Beruf, und ich bin ein Mensch, der sich beherrschen kann, das gehört auch zu meinem Beruf, sagen wir, zu meiner Arbeit. Außerdem kann einer, der sich beherrscht, haben, was er will, Frauen zum Beispiel, ja, es genügt wirklich schon, nicht zu wollen, um sie haben zu können.

Es ist gut, daß ich schweige, ihr Interesse wird steigen. Aber ich will wissen, woher ich sie kenne. Ist sie die aus dem Vortrag? Wenn Friedrich nicht in derselben Reihe gesessen hätte, hätte ich mich vielleicht mehr mit der Frau beschäftigt. Aber Friedrich saß dort, viel weiter links, sein Profil sah ich gut, meine Pflicht saß dort und meine Belohnung, ich bin ein Mensch, der sich konzentrieren kann, der sich beherrschen kann. Ihn mußte ich im Auge behalten, er hätte ja früher weggehen können, er blieb, er blieb auch noch beim Empfang, aber da mußte ich ihn erst recht im Auge behalten. Auch die Blonde war noch beim Empfang, ich glaube, daß sie es war, aber sie machte sich an den Professor heran, für mich uninteressant. Kam nicht einmal dazu, sie richtig von vorne zu sehen, ich kenne bis heute nur ihren Nacken genau, aber von dieser hier kenne ich gerade den Nacken zu wenig. Dafür habe ich Friedrich geschnappt – und fünfzigtausend. Hunderttausend wären es gewesen, wenn auch die Freundin angebissen hätte, aber die roch den Braten und setzte sich ab. Und bei der Frau war gar nichts zu holen. Ich weiß alles und gönne es ihm. Wer so was tut, hat nichts anderes verdient. So was tut, – die Heimat verraten, den Westen, das christliche Abendland, wie fein, daß es das gibt, daß es diese Worte gibt, – er hätte die ganze Welt verraten dürfen, sie hätte ihm gerne verziehen, aber er hatte ja sie verraten.

Fünfzigtausend und einen Stein im Brett beim Chef, da konnte ich die Blonde ohne Schwierigkeiten vergessen.

Fünf bekam Galina, fünfunddreißig die Bank, zehn waren immer noch genug, um diesen See in Kärnten zu genießen, in Österreich lebte man damals ja billig. Daheim gab es einen ähnlichen See, nur ohne Hotels. Wir

hatten ein Floß gebaut, Stepan, Pawel und ich, auch eine Höhle gehörte uns. Das ganze Wasser gehörte uns, wenn auch vor dem anderen Ufer die Rudervereine übten, aber das Wasser war sehr groß, viel größer als es wirklich war. Wir hätten auch einem Ruderverein beitreten können, unsere Lehrer hätten es gerne gesehen, aber wir konnten sagen, daß wir schon bei den Flugmodellbauern waren und zu den Segelfliegern gehen würden, da ließen sie uns in Ruhe. Die Flugmodelle gehörten uns nicht, das Material kam vom Klub, die Ruderboote hätten uns auch nicht gehört, – darum hingen wir ja so an dem Floß. Auch die Zukunft gehörte uns, wenn wir vor der Höhle am Feuer saßen und dem Rauch nachschauten. Doch nicht mehr als vom Rauch wußten wir von der Zukunft. Erst als die Mädchen mit uns am Feuer saßen, bekam die Zukunft eine Gestalt. Aber schüren mußten wir das Feuer auch weiter allein. Heute weiß ich, daß nur Täuschungen das Alleinsein unterbrechen.
Galina mitnehmen an diesen See in Kärnten, ich dachte keine Sekunde daran. Trotzdem habe ich dort nichts erlebt. Ich wollte etwas erleben und ich wollte anspruchsvoll sein, beides war falsch.
Moment, natürlich, die Blonde, die im Gras lag, neben mir, könnte sie es gewesen sein? Die Sonnenbrille, ich kann es nicht sagen, die Frisur war es nicht, aber blaß war sie auch und sehr schlank, die Frisuren ändern sich oft, sie hat mich beobachtet, auch sie beobachtete mich, sie benützte ein Buch, und was sehe ich hier: ein Buch. Die Brille war sehr groß und sehr dunkel, wenn sie jetzt eine solche hätte, Sie irren sich, meine Liebe, wenn Sie glauben, daß ich das Gespräch fortsetzen will, ich will wissen, woher ich Sie kenne, dann werden wir ja sehen, ich setze Ihnen also eine Brille auf, eine große,

dunkle Brille, die Seiten schräg nach oben gezogen, die Stege mit irgendetwas verziert, sind Sie es nun, ich weiß nicht, Ihr Mund scheint mir kleiner als jener, Ihr ganzes Gesicht scheint mir kleiner, aber vielleicht habe ich die Brille zu groß gewählt, doch die Brille damals war groß. Lange und schmale Finger hielten das Buch, auch Ihre Finger sind schmal, aber nicht gerade sehr lang. Ein Ring, jener war ohne Stein, könnten Sie ihn gewechselt haben, sind Sie geschieden, gewiß, ganz ringlos will man nicht gehen. Ich hätte damals nicht warten sollen, dann müßte ich mich jetzt nicht plagen, aber der Ring, nein, der Ring hat mich nur am Anfang gebremst, solange ich noch an den Mann dachte, der jeden Augenblick kommen könnte, der aber nicht kam.
Dann hat mich der Ring nicht mehr gestört, dann war ich entschlossen, ihr ins Wasser zu folgen, beim Schwimmen ein Gespräch zu beginnen, ganz genau hatte ich alles geplant. Ich genoß ihr Liegen und wartete auf ihr Aufstehen. Ich drehe mich auf den Bauch, stütze mit der rechten Hand meine Schläfe und schaue über das verschwimmende Glas meiner Armbanduhr nach links. Die Haare, etwas zu kurz am Beginn – oder müssen sie dort so sein, die vollkommen waagrechte Stirn, die Brille wie ein Bunker am Fuß eines Berges, die Nase, ganz gerade steigend, dann senkrecht fallend, die Lippen wie eine Brandung an steilem Ufer, das Kinn, eine bescheidene Rückfallkuppe, nicht mehr, – alles könnte ich zeichnen, so lange habe ich hinüber geblinzelt. Ich mußte an ein Gebirge denken, das ich beim Vormarsch gesehen hatte, an einen felsigen Rücken, den sie die Schlafende nannten, ich weiß, daß wir uns damals fragten, was nützt uns eine Schlafende aus Felsen und Bäumen. Im Gras war das anders, die Schlafende, – wenn sie überhaupt schlief –, würde erwachen, würde ihre

Haut fühlen, ihre viel zu heiße Haut, würde aufspringen und ins Wasser laufen, würde in einer Wolke aus gläsernen Spritzern verschwinden und diese Wolke würde für mich ein Zeichen sein, – dachte ich. Aber sie stand nicht auf, sie nahm wieder ihr Buch oder schaute durch ihre dunklen Brillen irgendwohin, sie blieb auch liegen, als ich ins Wasser ging und wieder zurückkam und nocheinmal ging und langsam, sie fixierend, zurückkam, sie blieb überhaupt immer liegen. Mein Plan war zerstört, ich fand keinen neuen. Ich glaube, ich fürchtete, daß sie krank war. Vier Stunden im Bad, nur Sonne und eine zitternde Luft, sie war ja auch blaß, es gibt alle möglichen Leiden, und viele sind übertragbar, nein, ich will gesund sein, das ist eine Umarmung nicht wert, oder war ich einfach zu feige für einen neuen Entschluß, jedenfalls ließ ich die Zeit vergehen und stand endgültig auf, als uns der Schatten erreichte. Zuerst wollte ich noch sagen: Sie werden sich verkühlen, das wäre ganz plausibel gewesen, der Schatten war so plötzlich gekommen, aber dann erschien mir jedes Wort wie eine Hand, an die man sich klammern kann, die Kranken sind ja oft wie die Kletten, und ich sagte also nichts, wer weiß, wozu es gut war. Allerdings, ich wüßte gern, ob sie es ist, aber ich glaube nicht, daß sie es ist, sie ist kleiner, hat längere Haare, kürzere Finger und einen ganz anderen Ring.

Noch immer ahnte der Mann so gut wie nichts von der Nähe jenes Tages. Kein Mensch kann sagen, warum das so war. Trotzdem werden wir immer nach Erklärungen suchen. Vielleicht sollte der Mann eine Gelegenheit finden, seine Vergangenheit besser zu nützen. Vorausgesetzt, man würde sich zu der Behauptung bekennen, daß es einen Sinn überall gibt oder nirgends, und weiter vorausgesetzt, man würde sich für den ersten Teil dieser Alternative entscheiden, dann bekäme auch die Vergangenheit einen Sinn und kein Tag unseres bisherigen Lebens wäre ohne Bedeutung. Und der Mann müßte vielleicht seine hinter ihm liegenden Tage aus dem Sack der Vergangenheit herausholen wie ein Puzzlespieler seine Steinchen. Auch der Spieler wird früher oder später jenen Stein ergreifen, der ihm das Unbekannte bekannt macht.

Galina, es ist nicht meine Schuld, daß wir so viel auseinander sind, daheim wäre das anders geworden, eine Kaserne in Nowosibirsk und die Wohnungen der Offiziere gleich daneben, die Frau gießt am Fenster die Blumen und schaut hinüber zum Tor in der Mauer, gleich wird er kommen, es ist seine Zeit, seine Zeit ändert sich nicht, er ändert sich nicht, ich ändere mich nicht, unsere Liebe ändert sich nicht, das wäre auch daheim ein Schwindel gewesen, aber hier, hier gab es ja gar keinen anderen Job für mich, ich mußte Geld verdienen, das muß man immer, lieben muß man nicht immer.
Lieben, – ich weiß immer noch nicht, was das ist, das ist falsch, einmal wußte ich es, ich war sechzehn.

In der Schule, die Tafel, der Lehrer, aber nichts davon sehen, nur ein Gesicht, aber kein klares, und das ist unheimlich, denn man kennt ja seit Wochen nur ein Gesicht, daheim über den Büchern, keine Worte natürlich und kein Sinn, nur das Gesicht, aber es will nicht deutlicher werden, man hofft auf den Abend, im Dunkel über dem Bett ist Platz genug für dieses Gesicht, niemand kann es verdrängen, aber man muß trotzdem immer noch kämpfen um dieses Gesicht. Vielleicht ist

man deshalb so glücklich. Aber das geht vorbei, schon der erste Kuß ist ein Abstieg, damals glaubte ich genau das Verkehrte, heute weiß ich, was los ist. Damals störte mich jener Lehrer, der sich nicht scheute, die Liebe zu definieren, mit einem Achselzucken und einem ganz kleinen Lächeln, die Liebe, das ist das, was man als Verzierung des Fortpflanzungstriebes erlebt, und seine Hände zeigt er dazu wie Schalen, die leer sind. Damals hielt ich den Mann für einen blinden Verrückten, heute weiß ich, wer blind und verrückt war. Und ich sehe keinen Weg, jemals etwas anderes zu wissen.
Schon auf der Flucht, auf der Flucht mit Galina, auf der Flucht zu Galina, auf der Flucht für Galina, habe ich sie betrogen. Und ein Job, der uns beisammen gelassen hätte, wäre zu finden gewesen, aber ich wollte so einen Job gar nicht finden. Wenn ich keine Möglichkeit hätte, weit weg zu sein, fast immer weg zu sein, wäre alles noch schlimmer.
Zum Teufel, weiß ich nichts besseres, als die eigene Frau, ich sollte nur an die Blonde denken.
Ich glaube, es war in Würzburg. Als ich ihr den Schlüssel zurückgab, gelang es mir, ihre Hand zu berühren. Sie schaut erstaunt, sie schaut so, als ob in der Hotelhalle einer zu singen begonnen hätte. Bei einer anderen hätte ich Augen mit Bedeutung gemacht, bei ihr lasse ich das bleiben, sie war ein sachlicher Typ, da konnte nur Fröhlichkeit helfen, warum sollte ich nicht auch einmal eine Sachliche haben. Sachlich ist die hier auch, ja, sie könnte es sein, wenn ich nur wüßte, wann das war, denn die hier ist bestimmt über dreißig, die andere war sicher darunter. Ich lächle so bekümmert wie möglich, bitte sagen Sie es nicht weiter, daß ich verrückt bin, außer Ihnen braucht es niemand

wissen, damit bringe ich ihr Staunen zum Verschwinden, handle einen spöttischen Blick dafür ein, ein großer Fortschritt, so ein Spott ist nur mehr ein Zaun, es kann auch gar niemand wissen, denn ich bin der normalste Mensch, aber wenn ich Ihre Hände sehe, verwandle ich mich sofort in einen Patienten, Ihre Hände haben so etwas Psychotherapeutisches, nur bei den Augen, da fehlts noch ein bißchen, die müßten noch, probieren Sie mal, die müßten noch viel psychothera –, sie schüttelt den Kopf, aber sie lacht, und schon bin ich über den Zaun. Sie paßte gut auf die Autobahn und in meinen offenen Wagen, den ich damals fuhr, ein blaues Kopftuch, ein graues Kostüm, lange, sehr schlanke Beine, ein Gespräch über Wagen und Pferde, man freut sich, daß man einmal Offizier war, man freut sich, daß man es nicht mehr ist, man freut sich, daß man nichts tun muß als plaudern, man plaudert, aber das ist alles nicht wichtig. Erst oben, auf dem Turm, der für die Aussicht gebaut ist, wo man ganz bei der Mauer steht, bei der beinahe brusthohen Mauer, wo sie das Kopftuch herunternimmt und mit schmalen Händen ihr Haar zurechtmacht, wo sie lange auf die Hügel hinunterschaut und auf den spitzen Turm einer Kirche, wo sie eigentlich über alles hinwegschaut, weit hinaus, als gäbe es noch hinter dem Horizont etwas zu sehen, dort erst wird es interessant, denn auf einmal schaut sie, die im Auto, auf dem Waldweg, vor der Mauer, immer nur vorwärtsschaute, schaut sie mich an, nur den Kopf dreht sie dabei und einen Arm legt sie auf die Mauer, dann fragt sie mit sachlicher Stimme: in welcher Armee waren Sie eigentlich Offizier? Ich sage die Wahrheit, es ist ausgeschlossen zu lügen, natürlich, man kann viele Frauen belügen, aber nicht alle, und ich bilde mir sogar noch etwas darauf ein und freue mich schon, auf meiner Wahrheit ins Ziel zu reiten, denn sie schaut wieder weg, sie schweigt, sie muß es hinunterschlucken, vielleicht ist ihr Bruder, ihr Vater, ihr Mann gefallen, gegen uns, auch ich sage nichts, was soll ich denn sagen, aber ich muß etwas sagen, einer muß ja das Schweigen beenden, mir fällt auch etwas ein, ich beuge mich vor auf die Mauer, stütze beide Arme auf die Steine und lege die Finger zusammen, wie die Leute in den Kirchen das machen, und schaue hinaus an den Horizont und weiß, daß auch sie dort hinausschaut. Ich frage sie, ist das so wichtig, ich sage diese Frage hinaus an den Horizont und glaube, der Horizont, das ist die Zukunft, sie antwortet, auch sie sagt es dem Horizont, ja, es ist wichtig, ihr Ton beunruhigt und reizt mich, und ich sage es ganz entschieden der Ferne, nein, es ist nicht mehr wichtig, denn es ist lange vorbei, längst schon vorbei, aber jetzt ist ihre Stimme, eine leise, tiefe, gläserne Stimme, zum Fürchten, sie vergißt sogar, den Kopf zu diesen Worten zu schütteln, ich sehe das, denn ich schiele hinüber, sie vergißt alles, denn sie ist gar nicht mehr da, nur ihre Worte sind da, – es ist niemals vorbei –, nur vier Worte bleiben zwischen mir und der Ferne, und ich weiß ganz genau, daß der Horizont kein Morgen ist, sondern ein Gestern.

Wir steigen von der Warte hinunter auf den festen Boden des Berges, beim Tor kommt uns einer entgegen, der auch hinauf will, schwitzend, rosig, er holt Luft, na, wie ist die Aussicht von oben, muß ja gottvoll sein, sie sagt nichts, ist schon vorüber, ich lächle ihn an, ja, eine schöne Aussicht, dann gehe ich ihr nach.

Sie sagt auch zu mir nichts, und als ich nach ihrer Hand suche, erschrickt sie vor meiner Hand wie vor irgendeinem Reptil, nun weiß ich es ganz genau. Trotzdem hätte ich nicht geglaubt, daß jemand, überhaupt eine

Frau, so lange schweigen kann, ich hatte es noch nicht erlebt, der Weg durch den Wald war nicht kurz, und im Wagen wollte die Zeit schon gar nicht vergehen, ja, im Schweigen hört jede Zeit auf. Sie hat ihr Kopftuch wieder genommen, es scheint fester geknotet, sie schaut genauso wie früher durch die Scheibe hinaus auf die Straße, aber jetzt schweigt sie, und ich möchte um jeden Preis wissen, was sie dort sieht, ich möchte es wissen, was an die Stelle der Bauernhäuser tritt, an die Stelle der Felder und Scheunen, aber dann sehe ich plötzlich die Knochen unter ihrer Haut, die Backenknochen und die Knochen des Kiefers, und dann möchte ich es nicht mehr wissen. Mir wird kalt, und ich möchte das Verdeck zumachen, aber ich lasse es bleiben und steige nur etwas fester auf das Pedal und schaue nicht mehr zu ihr hinüber, sondern nur noch auf die Nadel des Tachos. Auch der Gesang des Motors weiß viel zu erzählen, wenn ich es will, der Motor muß reden, wenn ich es will, in meinem rechten Fuß habe ich die Gewalt über ihn, mein rechter Fuß redet mit ihm, nur mein Fuß, aber das macht nichts, ich probiere und studiere das Gespräch zwischen Fuß und Motor und das genügt mir, um zu wissen, daß es die Zeit gibt und daß sie vergeht. Erst bei der Bahnunterführung sagte sie was. Bitte ins Hotel, wir hatten das Haus ihrer Wohnung ausgemacht, aber nun wunderte mich nichts, ich brachte sie folgsam vor den Eingang, wo sie verschwand, während ich den Wagen in die Garage lenkte.
Am nächsten Tag reiste ich ab.
Im Wagen dachte ich wieder an ihre Knochen unter der Haut und war zufrieden dabei. Ich hatte nichts versäumt. Versäumen kann man ja nur, was man gewünscht hat. Eine gelbe Haut, über weiße Knochen gespannt, zum Zerreißen gespannt, das hatte ich mir nicht gewünscht.

Der Motor surrte wieder, dieses Land ist groß, viele Straßen führen zu vielen Städten, es gibt viele Gesichter, die glatt sind, auch für mich gibt es diese Gesichter, auch für mich.

Manchmal kann die Vergangenheit die Zukunft erschlagen, aber das macht nichts, an der nächsten Ecke wartet schon die andere Zukunft. Manchmal ist es gar nicht weit bis zur nächsten Ecke.

Ich habe die Karte, – das heißt, ich muß etwas tun, morgen schon, ja schon morgen, – zehn vor halb eins, das Morgen hat schon begonnen, und ich weiß noch immer nicht, was ich tun soll. Einfach eine Anzeige machen, nicht wegen mir, mein Gott, was damals alles passiert ist, aber wegen Gerda, schließlich ist ein erzwungener Selbstmord das gleiche wie ein Mord, und Mord kann immer bestraft werden, ich bin kein Jurist, die werden sagen, Mord und Selbstmord sind zwei ganz verschiedene Sachen und außerdem, wer kann es bezeugen, Krista kann es bezeugen, die könnte reden, sie hat es auch Jürgen gesagt, sie war mutiger als ich und klüger, aber Jürgen ist ganz anders als Martin, mit Jürgen reden, das ist keine Kunst, oder glaube ich das nur, weil er nicht mein Mann ist, sondern mein Bruder, aber das nützt jetzt nichts mehr, Krista hat es gesagt, und ich habe es nicht gesagt, sie könnte ohne weiteres reden, sie könnte alles erzählen, aber mit dem Selbstmord kommen wir nicht durch, eine Kurzschlußhandlung, ein geistiger Kurzschluß, eine Verrücktheit, dafür soll man einen anderen bestrafen und nach so vielen Jahren, mein Gott, damals haben sich Tausende umgebracht, die Verzweiflung war ansteckender als die Grippe, dafür kann man doch die Sieger nicht verantwortlich machen, da wären ja die Sieger lauter Mörder, einfach, weil sie gesiegt hatten, und weil sie da waren. Ich bin kein Jurist, aber ich bin sicher, so würden sie reden, sie haben ja die Bücher, sie haben den Verstand und die Logik, und sie waren nicht dabei.

Ich bekomme eine Pause, Krista ist dran, da bekomme ich eine Pause, denn er liebt eine gewisse Ordnung, er hat eine Reihenfolge befohlen, und vor allem, er will sich auf das konzentrieren können, was gerade passiert. Er will alles ganz genau sehen, er will grinsen können und lachen, er will sich freuen über die Ausführung seiner Befehle, er ist ja der Kommandant, und es gibt offenbar keine größere Freude für den Kommandanten als die freudige Ausführung seiner Befehle. Deshalb ist sein Gesicht das schlimmste von allen. Ein weißes Gesicht mit roten Flecken und starren Augen, nur der Mund grinst, nur der Mund lacht, die Augen sind erstarrt in Gemeinheit und Gier, sie haben gar keine Farbe mehr, sie haben nur einen Glanz, schmutzig und naß. Krista preßt die Lippen zusammen, ich sehe nur einen gelben Strich dort, hämmert wie eine Wahnsinnige ihre Fersen auf den Boden, auch die Fersen sind gelb, genau so gelb wie die Fingerspitzen, die sie wild und sinnlos zu mir her spreizt, ich spüre, wie mir schlecht wird, gleich wird es mir hochkommen, die anderen lachen, weil Kristas Fersen den Boden aufwühlen, Zähne, Mäuler, Schweißtropfen auf breiten Stirnen, keine Haare, nur Borsten, dazwischen Gerdas Gesicht, das einzige grüne unter den roten und rosigen, den gelben und braunen, sie hat blaue Augen, sie wollte sie schließen, aber da fuhr ihr schon einer zwischen die Schenkel, sie reißt ihre Augen wieder auf, gut, sagt der Kommandant, Augen offen, anderes zu, wenn Augen zu, anderes offen, sie hat blaue Augen, aber sie schauen nirgends mehr hin, blaue Wüste, blaues Eis, blauer Tod, ich bin verrückt, vollkommen verrückt, ich denke, Blau und Grün passen gut zusammen, nie habe ich so gedacht, ich war immer der Meinung, das könnte man unmöglich zusammen tragen, jetzt sehe ich blaue Kreise über grünen Wangen und merke, das muß dort so sein, genau diese Farben, eine kühne Kombination, aber die einzig mögliche jetzt, ich bin glücklich, so denken zu können, eine Sekunde lang glücklich und leer und verrückt, es ist möglich, weil auch Gerdas Augen ganz leer sind, solange sie leer sind, ist es möglich, solange sie Farbmuster sind, aber auf einmal bewegt sich das Blau, zittert, es muß anfangen, ein Blick zu werden, muß die Welt wieder finden, mich finden und Krista daneben, mehr gibt es nicht auf der Welt, aber das ist genug, das ist so viel, daß es ihr die Ruhe zurückgibt, eine gläserne Ruhe in ihren Fingern, ich kann diese Finger sehen, ich allein, Krista hat die Augen geschlossen, und alle anderen müssen ja schauen, was mit Krista passiert, deshalb weiß niemand etwas von diesen Fingern, nur ich weiß es und ich bleibe stumm.

In unserer Familie hatten die Frauen immer zarte Hände, aber Gerdas Hände waren die zartesten, Papa lachte, wenn er sie in seinen Pranken hielt, und schüttelte den Kopf, wie wirst denn du mit diesen zerbrechlichen Fingern das Leben halten, einen Mann halten, aber Mutter lächelte nur, habe ich dich vielleicht nicht gut gehalten, schaute zufrieden auf ihre unglaublich schmalen Gelenke, während Gerda mit den linken Fingern über den rechten Handrücken, mit den rechten Fingern über den linken tändelte, bis jetzt habe ich eigentlich meine Ziele erreicht, das stimmte auch, sie war die Tüchtigste von uns allen, Papa hielt seine Hand gern an ihre Wange, mir legte er sie meist auf die Schulter, natürlich beneidete ich sie manchmal, ihre kleinen Hände waren das gleiche wie ihr starker Wille, waren etwas ganz Besonderes, auch ich hätte gern etwas ganz Besonderes gehabt.

Damals, als der Schuß gefallen war, dachte ich, nun hat Papa doch recht gehabt, ihre Hände waren viel zu zart für das Leben, aber dann, als meine Pause vorbei war, wußte ich, daß ich etwas ganz Falsches gedacht hatte. Wie der neue Schmerz mich von unten bis oben aufreißt, ich hypnotisiere mich, du hast keinen Körper, es gibt keinen Körper, du hast keinen mehr, nur einen Kopf hast du noch, dann wird auch der Kopf seine Beute, ist nicht mehr sicher vor seinen Zähnen und seinem Speichel, und ich weiß plötzlich genau, hell und klar, Gerdas kleine Hände waren gerade jetzt am stärksten, viel stärker als meine. Das glaube ich heute noch. Sie war *die Besondere*. In ihren schmalen Fingern hielt sie das Leben fester als wir alle, aber nicht irgendein Leben, sondern ein ganz bestimmtes, in dem einfach kein Platz gewesen wäre für jenen Tag, aber diesen Tag gab es, also konnte es das Leben, ihr Leben nicht mehr geben, so einfach ist alles für die Besonderen, für die Menschen mit den ganz kleinen Händen.

Vielleicht hätte ich es ihr nachgemacht, vielleicht hätte ich die Stärke gefunden, mir eine Schnur zu knoten für den Baum, in dessen grünem Licht sie lag, aber das wäre nur eine Stärke aus zweiter Hand gewesen, doch vielleicht hätte ich es doch noch getan, ich war nicht so viel schwächer als sie, auch das Nachahmen braucht Kraft, vielleicht hätte ich die Kraft gehabt, wenn es nicht Krista gegeben hätte. Auch Krista war stärker als ich, aber auf eine ganz andere Art. Kaum hatten sie uns allein gelassen, gab es plötzlich eine riesige Menge zu tun, das war Kristas Entdeckung. Waschen, hieß es zuerst, und weil ich unfähig war, tat sie es bei mir, und sie zerrte mich zurück an den Teich, dort sprang ich ihr nach, unter den Duschen bürsteten wir einander wie die Verrückten, wir zogen die schlechtesten Sachen an und packten die besten

ein, wir schluckten eine Menge Tabletten, wir spannten Ali vor den Wagen, dann holten wir Gerda.
Vielleicht wäre es leichter gewesen, sich aufzuhängen, ich weiß es nicht, aber ich kam gar nicht zum Überlegen, Krista fuhr schon mit beiden Händen unter die Achselhöhlen Gerdas, ich konnte sie nicht allein lassen, ich mußte nach den Kniekehlen fassen, so hoben wir sie auf den Wagen. Dabei sank ihr Kopf auf die Seite, und in ihrem rechten Mundwinkel erschien eine kleine Blume aus Blut, die aber gleich in ein paar ganz schmale Blätter zerfiel, rote Streifen, die sich einen Weg über die Wange suchten. Ich war hypnotisiert vom Blut, Gerdas Gesicht war vorher ganz rein gewesen, die Kruste unter dem Haar habe ich erst viel später gesehen, jetzt aber wurde ihr weißes Gesicht schrecklich verletzt von diesen blauroten Streifen, ich war starr und meine Starrheit war ein Teil ihrer Starrheit, ich spürte das Klebrige, Feuchte an ihrer Wange, spürte es an meiner, aber ich konnte keine Hand rühren gegen diese Beschmutzung, doch Krista hatte gleich einen Lappen geholt, hatte ihn an den Duschen gründlich durchnäßt, und war schon zurück zur Arbeit, Gerdas Gesicht wieder sauber zu machen. Nicht leicht, immer wieder Blut, ich mußte helfen, Gerdas Kopf zu halten, drehen, heben, jetzt erst wurde ich frei. Gerda kalt und steif, ich warm und beweglich. Gerda war nicht mehr hier, ich war hier. Wir legten ein Leintuch über Gerda, schleppten unsere Koffer herbei, verstauten sie auf dem Wagen, stopften sogar noch eine Tasche voll mit Verpflegung, auch für Ali nahmen wir etwas mit, dann setzten wir uns nebeneinander auf das graue, grobgefaserte Brett und verließen für immer den Teich, das Boot und das Haus. Meine Augen brannten, ich weinte nicht. Ich weiß, alles verdanke ich Krista.
Sie würde auch heute sofort wieder helfen, sie würde

alles bezeugen, aber es würde nichts nützen, Selbstmord, – dafür ist nach dem Gesetz keiner zu strafen. Wir müßten sagen, daß es ein Mord war, daß er sie niederschoß, weil sie, weil sie sich wehrte, nein, das geht nicht, man muß nicht schießen, um widerspenstige Mädchen gefügig zu machen, er schoß, weil sie, weil sie ihm in den Bauch trat, nein, das ist nicht gut, sie kratzte ihn, das ist zu wenig, sie, sie spuckte ihn an, das ist gut, sie spuckte ihm genau ins Gesicht, da riß er die Pistole heraus, das müßte man sagen, das müßte man schwören. Krista würde mit Leichtigkeit schwören, ich würde auch schwören, daß die Stimme zittert, darf niemanden wundern, man erinnert sich, das heißt, man erregt sich, zwanzig Jahre sind nicht so lang, auch hundert Jahre wären nicht lang genug, um zu vergessen. Nur wir waren dabei, nur wir müßten schwören, die anderen, Mutter undsoweiter müßten nur sagen, daß wir es ihnen so erzählt haben. Ob Mutter das könnte?

Vollkommen sinnlos. Unzählige Morde sind damals passiert, niemand hat sie bestraft, niemand wird sie bestrafen. Natürlich, den lieben Gott gibt es auch noch, aber der nützt mir gar nichts. Erstens müßte es ihn wirklich geben, was gar nicht so sicher ist, und zweitens müßte er sich um jeden Einzelfall kümmern, was doch sehr unwahrscheinlich ist. Lassen wir das. Außerdem würden für diesen Prozeß alle möglichen Leute gebraucht, es wäre ausgeschlossen, Martin herauszuhalten, er würde alles erfahren, damit ist die Sache von vornherein undiskutabel. Wieso eigentlich? Martin erfährt es, er kann mir das lange Schweigen absolut nicht verzeihen, nein, scheiden lassen wird er sich nicht, das ginge wohl auch gar nicht, aber er, – er würde, – er –, er könnte –, was würde sich ändern, – nichts oder nicht viel, nein, das kann doch nicht wahr sein, ich hoffe ja noch, es wird eine richtige Ehe, dann wäre jede Hoffnung sinnlos, er würde mir überhaupt nichts mehr glauben, er würde überall eine Lüge hören und würde mich nur noch verachten. Dann erst würden die Nächte schrecklich werden. Jetzt ist es die Angst, aber Angst haben wir beide, die Angst ist schlimm, aber sie verbindet, ja, sie ist eine Brücke, es gibt schönere, aber eine Brücke ist auch die Angst, und wir stehen beide darauf, die Verachtung aber ist ein Turm, er würde obenstehen, ganz oben, und würde mit kalten Augen herunterschauen, er würde mich nehmen wie ein Stück Fleisch, das würde alles vernichten, ich würde sehen, wie der Turm immer höher wird, seine Mauern immer dicker, und kein Tor wäre zu finden in den Mauern, da würde ich fortgehen, denn vor so einem Turm kann kein Mensch bleiben. Es gibt ja noch Mutter.

Sie würde es nicht verstehen, und wir würden endlose Debatten haben, eine Ehe ist eine Ehe auch ohne Kinder, man hat füreinander da zu sein, ob einem das nun gerade paßt oder nicht, man hat es schließlich vor Gott versprochen und wenn man ein Versprechen nicht mehr halten will, hört sich alles auf, man ist einfach zu egoistisch geworden, damit fängt jedes Übel an, man sollte aber erkennen, was die Ehe eigentlich ist, ich habe das immer gesagt, die Ehe ist eine Einrichtung zur Überwindung des Egoismus, das kannst du mir glauben, der Egoismus ist der Prüfstein, an dem sich entscheidet, ob es eine Ehe gibt oder nicht, soviel steht fest. Aber die Ehe kann doch nicht nur ein Altar sein zum Opfern, natürlich ist sie das, sie ist es nicht nur, aber sie ist es vor allem, also bitte, von mir aus, aber dann muß es für beide einen Zugang geben zu diesem Altar, nicht nur für einen, natürlich gibt es das, aber das heißt nicht, daß einer den anderen dort sehen kann, zumindest nicht,

wenn es darauf ankommt, glaub mir das, die größten Opfer sind die geheimsten, es gibt keinen Maßstab, es gibt keinen Wettstreit im Opfern, im Grunde weiß keiner, sage ich, was und wieviel der andere opfert, deshalb hat es gar keinen Sinn, darüber zu reden. Es hat keinen Sinn, keiner weiß etwas, nur Mutter weiß auf alles eine Antwort, zu ihr könnte ich nicht gehen.
Wohin könnte ich gehen? Jürgen müßte mir helfen, in seiner Firma würde sich schon was finden, wenn ich für Martin das Finanzielle gemacht habe, würde ich es woanders auch schaffen, eine kleine Einschulung, im Grunde ist es ja immer dasselbe, das wäre das wenigste. Wohnung, mein Gott, ich brauche ja nicht viel, ein anständiges Zimmer mit Kochnische und Bad, aus. Ein Balkon für die Blumen wäre schön, bei Martin können die Blumen nicht bleiben, sie würden verdorren, ich habe so viele Sachen im Kopf, da ist kein Platz mehr für Blumen, dafür gibt es ja dich, ist auch ganz richtig so, sich um Blumen kümmern, das ist ganz und gar eine Sache der Frauen, die wollen ja immer was hegen und pflegen, wir dürfen sie höchstens beschaffen, aber ich weiß ja nie genau, was für eine Sorte du gerade haben möchtest, also ist es auf jeden Fall besser, ich gebe dir das Geld, und du gehst in den schönsten Laden und kaufst nach Herzenslust ein, das heißt, so weit eben meine Brieftasche und dein Taschengeld reichen, aber soviel ich sehe, reichen sie weit genug, denn es steht ja allerhand Grünzeug herum. Grünzeug, – ob es ihm abgehen würde? Ob ich ihm fehlen würde?
Was war das, – Haus oder Scheune? Wo ist der Mond? Auch ohne Mond werde ich dahinterkommen, ich werde gut aufpassen, ich werde genau hinsehen beim nächstenmal, ich werde es wissen, Haus oder Scheune, bleib nur, Mond, bleib ruhig hinter den Wolken, ich verzichte auf

deine Hilfe, meine Augen sind gut, ich muß mich nur konzentrieren, ich werde es bestimmt wissen.

Die Frau starrte hinaus, ihre Brauen schoben eine kleine Falte auf an der Wurzel der Nase, eine Hand lag am Fensterbrett, nein, sie lag nicht, sie drückte den Plastikbezug dieses Brettes, die andere Hand aber verkroch sich in den Schoß, sie versteckte den Daumen zwischen den übrigen Fingern. Doch gerade jetzt nahm wieder ein Wald jenen Zug auf, und es gab weder Häuser noch Scheunen, es gab nur Bäume, und man hätte sich höchstens fragen können, sind es Fichten oder Tannen?
Gefragt ist eigentlich nur die Strafe, das hat mit Martin nichts zu tun, ich kann Martin ruhig aus dem Spiel lassen, diese Vergangenheit interessiert keinen Richter, ich muß absolut aufhören, an Richter zu denken, ich muß alles ganz anders anfangen, dann ist von Martin überhaupt nicht die Rede.
Er ist ein Spion, er hat Feinde, die Amis werden ihn unschädlich machen.
Er lächelt, es sieht aus, als ob er sich an etwas erinnert, oder denkt er an mich, nein, dann würde er jetzt herschauen, er denkt nach rückwärts, vielleicht hat er so was öfter gemacht, aber daran denkt er jetzt nicht, das Lächeln ist nicht wie damals, es ist nicht grausam, es ist nur billig, er denkt an einen billigen Sieg, ein bißchen was zum Essen, ein bißchen Lametta auf der Schulter genügte ja oft schon für einen billigen Sieg, er wäre ja dumm gewesen, wenn er das nicht ausgenützt hätte, jeder hätte das ausgenützt, jeder Mann, die Männer sind so, aber ich hasse dieses Lächeln, und es wird ihm vergehen.
Die Amis brauchen Beweise, ich werde sie liefern müssen. Was er will, ist klar, auf diesem Weg muß ich ihn

fassen, es gibt keinen anderen Weg, das ist schlimm, nein, das sieht nur schlimm aus, wahrscheinlich gibt es für eine Frau überhaupt keinen anderen Weg, und schließlich hängt alles von mir ab. Er wird mir etwas von Liebe erzählen, und ich, ich, – ich werde sagen, daß ich Geld brauche, natürlich, ich bin eine vernachlässigte Frau, ich bin im gefährlichsten Alter, ich will verwöhnt werden, ich will mir etwas leisten können, ich will endlich ein eigenes Auto, ich will dies und will das, aber ich will es nicht geschenkt, ich will es verdienen, nein, mein Lieber, jetzt denken Sie ganz falsch, ich kann alles mögliche sein, aber ich kann unmöglich eine bessere Dirne sein, das wollen Sie auch gar nicht, wenn nur ein Wort von dem wahr ist, was Sie vorhin erzählten, na also, ich wußte es ja, daß wir einander verstehen, wir wollen für unsere Beziehung keine so billige Basis, schließlich haben auch Sie mehr davon, wenn ich mich achten kann, es gibt doch eine sehr schöne Möglichkeit, mir zu helfen, mich etwas verdienen zu lassen, ich habe Verwandte, Bekannte, das heißt ich habe Verbindungen zu ein paar sehr wichtigen Betrieben, zu einigen sehr wichtigen Leuten, ich meine, wichtig für Sie und Ihre Auftraggeber, und ich bin eventuell in der Lage, etwas für Sie zu tun, wenn die Sache anständig bezahlt wird, ja, bei entsprechender Bezahlung bin ich wahrscheinlich durchaus in der Lage, Ihnen zu helfen, Sie müssen mir nur ganz konkret sagen, was Sie brauchen. Ich brauche Ihre Liebe, wird er sagen, nach meiner Hand wird er greifen, behutsam zuerst, dann ein bißchen Druck, mir in die Augen schauen, wie ein Hypnotiseur, dämonisch wie im Film, vielleicht fällt ihm noch etwas mit dem Wort Liebe ein, abscheulich, was hinter diesem Wort sich alles versteckt, eine Maske, die sich die Männer in friedlichen Zeiten aufsetzen, aber es gab auch andere Zeiten, da gingen sie ohne Maske, da zeigten sie ganz genau, was das ist, ein Mann, und Millionen von Frauen haben das lernen müssen, ich habe es auch gelernt, nein, ich bin ungerecht, der Krieg ist nur eine Ausrede, Martin, der Krieg war längst schon vorbei, und wir liebten einander, so sagt man doch, wenn man, wenn man was, wofür muß dieses Wort stehen, wofür, für Martins Augen in jener Nacht, dunkle Flecken, naß und starr, für seine Hände, brutale Zangen, für seine Stimme, vielleicht, Steine und Schleim in der Kehle, am Ende gar für ein wildes Stück Fleisch, ach, die Liebe der Männer, nicht daran denken, nein, aber dieser hier wird auch davon reden, und seine Hand wird auf meine kriechen wie ein feuchtes Reptil, seine Stimme wird sich verfärben zu braunem Samt, außen glatt, innen roh, seine Augen werden sich blähen wie Pfauenaugen, und ich werde lächeln müssen und meine Hand unter der seinen lassen und ein bißchen schneller atmen und überhaupt alles offen lassen, offen lassen, schreckliches Wort, aber er muß hoffen können, sonst geht er mir nie in die Falle.

Kein Hotelzimmer, ich müßte schreien, das würde viel zu früh alles verpatzen, ein Kaffeehaus, eine Konditorei, nicht im Freien, nicht am Waldrand, im Wald, auf gar keinen Fall im Auto, ich greife ins Lenkrad, wenn Sie nicht sofort umkehren, in die Stadt zurückfahren, ich öffne die Tür, am besten in einem Restaurant, in einem Theater, falls es dort Logen gibt, in einem Museum, sehr gut, in einer verlassenen Ecke, aber keine moderne Malerei, ich könnte mich schlecht konzentrieren, irgendein Watteau, ein Poussin, die Landschaft ein Märchen, Menschen und Tiere nur Spielzeuge, alles nicht wahr, davor könnte ich sitzen, könnte ich reden, könnte er reden, kein Mensch weit und breit, an heißen Tagen sind die Museen fast leer, es müßte ein heißer Tag sein, Hitze

macht unvorsichtig, Hitze macht – natürlich würde seine Hand immer wieder nach meiner suchen, würde unzufrieden werden, würde sich auf den Schenkel wagen, scheinbar zerstreut, vielleicht kommt gerade ein Wärter oder ein Interessent für Watteau, wahrscheinlich kommt niemand, ich muß diese Hand nehmen, auf die Bank legen, sanft und mit jenem Druck, den er sofort ausnützen wird für das übliche Mißverständnis, aber eigentlich weiß ich gar nicht, was wirklich üblich ist und was nicht.
Hauptsache, er plappert, – werde ich alles behalten, ich muß mir Notizen machen, nein, besser, er muß schreiben, das Wichtigste des Auftrags bekomme ich schriftlich, er wird sich hüten, er gibt nichts aus der Hand, wie soll ich beweisen, den Amis beweisen, was er gesagt hat, was er verlangt hat, er bestreitet alles, er hat sofort eine Geschichte bereit, die mich bloßstellt, Haß, wo Liebe sein wollte, man kennt ja die Frauen, es ist zum Schreien, nein, so geht es nicht.

Ein Bahnhof glitt beinahe lautlos vorbei, ein in die Länge gezogener Block aus grünlichem Weiß, wie schwarz getupfte Fische im Aquarium, ein paar Schilder dazwischen, Toiletten, Ausgang, Gepäckaufbewahrung, auch eine Telefonzelle schwebt im diffusen Licht, sie ist besetzt, ein Mann im Regenmantel mit hochgestelltem Kragen, auf dem Kopf einen weichen, unscheinbaren Hut, hat die Sprechmuschel dicht vor den Lippen. Diesen Mann sieht die Frau, sie hat die Schilder, die Türen und Fenster nicht wirklich gesehen, sie hat sie ohne Beachtung in ihre Augen gelassen, aber diesen Mann sieht sie wirklich, sein Bild dringt über die Netzhaut vor bis in ihr Hirn, und gewisse Filme fallen ihr ein, Filme, in denen solche Männer telefonieren, Männer, die ihren

Mantelkragen hochschlagen und einen weichen Hut tragen, dessen Krempe man entweder tief in die Stirn ziehen oder lässig nach oben schieben kann, und auf einmal sieht sie noch einen Weg.

Eine Abhöranlage, die Amerikaner werden sie installieren, allerdings in keinem Restaurant, in keinem Museum, jedes Nebengeräusch muß vermieden werden, ein Hotelzimmer ist immer noch das beste, also gut, ein Hotelzimmer, die Anlage wird mit einer getarnten Rufklingel verbunden, dann kann mir eigentlich gar nichts passieren. Nicht beim Bett montieren, auch nicht beim Sofa, eine Sitzgarnitur muß im Zimmer sein, dort soll das Gerät installiert werden, in eine Vase vielleicht oder in einen Aschenbecher, denen wird schon etwas einfallen. Sachlich oder mit Gefühl, am besten gemischt, eine Flasche Wein also dazu, hell, nicht zu schwer, aber auch nicht zu leicht, auf unsere Zukunft, auf unsere Zusammenarbeit oder so ähnlich, Sie dürfen ruhig eindeutig lächeln, dem Gerät ist das egal, mir auch, also ich kann mir ziemlich genau denken, was Sie wollen, aber Sie sind wohl Psychologe genug, um zu wissen, daß ein Mann immer früher will als eine Frau, Männer haben andere Motoren, die beschleunigen besser, Gnädige, ich bin bestürzt über Ihre Sachlichkeit, ach was, ich bin einiges über achtzehn hinaus, außerdem habe ich ein Faible für Autos, gut, ich gebe es zu, mein Ziel ist, oh, er sagt nicht, das Bett, nein, er sagt, daß wir einander mögen, ich meine, daß auch Sie mich mögen, denn ich habe Sie gleich gemocht, damals im Zug, ich trinke einen Schluck und schaue über das Glas, vielleicht drehe ich auch das Glas ein-zweimal zwischen den Fingern, aber dann stelle ich es mit Betonung wieder hin, ich möchte nicht von der Zukunft reden, ich möchte jetzt noch nicht davon reden, ich möchte von der Gegenwart reden, und in der Gegenwart brauche ich Ihre Hilfe. Ganz ruhig muß ich ihn anschauen: ich kenne Ihre Arbeit, aber ich frage mich nicht, warum Sie das tun, ich frage mich nur, was es für mich bedeutet, haben Sie verstanden, ich verlange keine Erklärungen, ich verlange eine Möglichkeit, zu verdienen, machen Sie kein so saures Gesicht, Sie fahren gar nicht schlecht dabei, ich meine, bei den Verbindungen, die ich habe, ja, mein Herr, ich nütze Ihnen, Sie nützen mir, Sie sehen, wir brauchen einander, natürlich, jetzt müssen Sie Ihre Augen ein bißchen anheizen, ein wunderbares Wort, wir brauchen einander, ich spreche vom Geschäftlichen, ziehen Sie ruhig die Mundwinkel herab, strapazieren Sie ihre Mimik, was für Kunststücke werden Ihnen jetzt einfallen, wenn ich zugebe, daß dies ein Satz mit Zukunft ist, dieses: wir brauchen einander, oh, Sie Grimassenschneider, wenn Sie wüßten, was für eine Zukunft ich meine, wenn Sie achtgeben würden, könnten Sie ja merken, daß ich mein Glas jetzt nicht drehe, sondern mit harten Fingern presse, aber an den Fingern sind Sie ja schon vorbei.

Vielleicht ist er ganz anders, vielleicht ist er kalt, er hat längst umgeschaltet auf Arbeit und Geschäft, blitzschnell hat er die Brillen gewechselt, ich habe den Wechsel übersehen, ich muß auf der Hut sein, das ist das Schrecklichste an den Männern, dieser Wechsel, eben noch ein Gebilde aus Fleisch, zuviel Fleisch, Seufzer, Stöhnen, Gestammel, jetzt ein Gestell aus Metall, ein Hirn, das nur perlustriert, registriert, katalogisiert, es ist zum Erbrechen, dieser Wechsel, ein Vulkan, mit Schwüren gefüllt, spuckt auf einmal Eisbrocken aus, ein Mann, das gibt es gar nicht, es sind immer zwei.

Martin steht vor dem Zeichenbrett, zieht seine Striche und betrachtet sie, vielleicht liebt er diese Striche, ich weiß es nicht, aber sie existieren für ihn, während ich um diese Zeit nicht existiere, Gute Nacht, wenn ich gehe, aber es klingt wie vom Tonband, am Telefon bei den überlaufenen Stellen, Auskunft, bitte warten, Landeskrankenhaus, bitte warten, wie die Zeitansage, es wischt mich weg, es verjagt mich ins Schlafzimmer, natürlich kann ich nicht schlafen, bevor er kommt. Wenn ich ihn höre, knipse ich das Licht auf dem Nachtkästchen an und lege mich auf den Rücken, du bist noch wach, und zieht seine Jacke aus, hmm, sage ich, und er, während er aus den Hausschuhen schlüpft, wie kann man nur so lange wachbleiben, spätestens jetzt weiß ich, was geschehen wird, ich höre es und ich sehe es, vielleicht klingt seine Stimme genau wie früher, wie vom Tonband, dann wird gar nichts geschehen, ein paar Minuten wird es noch dauern, bis er sich die Decke an die Schulter heraufzieht, bis er also schlaf gut sagt und sich selber unverzüglich nach diesem Wort richtet, ich muß nur noch das Licht ausknipsen. Manchmal aber höre ich das andere, wie kann man nur so lange wachbleiben, diesen kleinen Sprung, der sich rasch vergrößert, vielleicht habe ich auch schon ein wenig geschlafen, oh, umso besser für mich, erstens, weil du wieder wach bist, und zweitens, weil du schon ein bißchen ausgeruht bist, jetzt klafft schon ein Riß in der Stimme, der sich mit irgendwas füllt, vielleicht mit Schleim, die Stimme klingt so belegt, sie braucht diesen Schleim, sie trocknet sonst aus, dafür sind die Augen schon feucht und machen sich auf den Weg, den kenne ich, mein Gesicht ist nur der Anfang, das Nachthemd hat einen Ausschnitt, und wenn ich den Fuß ein wenig seitwärts stelle, zeichnet er von der Hüfte abwärts alles durch die Decke, er streift seine Hose herunter, vielleicht legt er sie noch gefaltet über den Sessel, aber seine Hände sind nicht mehr dabei, sie sind auch

nicht bei seinem Pyjama, von dem er nur die Jacke anzieht, ich sehe alles, denn ich habe ja das Licht angeknipst, das war mein Fehler, ich bin selber schuld, wenn ich diese Verwandlung mit ansehen muß, diese zweite Verwandlung, denn ich kann ja die Hand, die das Kuvert hielt, die Stimme, die vom Zeichenbrett kam, nicht vergessen, und ich frage mich, was ist das für ein Mensch, der sich ein paarmal am Tag so verändert, einmal der und dann der, und ich frage mich, welchen hab ich eigentlich lieb. Vielleicht könnte ich jeden liebhaben, jeden für sich allein, wenn dieser Wechsel nicht wäre, ich hasse den Wechsel.
Nun lasse ich es dunkel, wenn ich ihn höre, er zieht sich im Dunkeln aus, er ist nur ein Schatten, er bleibt nur ein Schatten, wenn ich es will, aber manchmal strecke ich die Hand nach ihm aus. Er legt seine Wange auf die Hand oder seinen Mund, je nachdem –, ich wollte doch nicht an Martin denken, ich will es nicht.

Die Frau schüttelte ein wenig den Kopf, dann erschrak sie und schaute den Mann an. Dieser bemerkte es nicht. Sie hatte schon lächeln wollen, um das Kopfschütteln ungesehen zu machen, aber nun blieb dieses Lächeln ein Ansatz, ein winziges Zucken im linken Mundwinkel, und dieses Zucken spürte die Frau, und sie sah ihr Gesicht wie in einem Spiegel, ihr Gesicht, dessen Ruhe gestört wurde durch dieses kleine, selbständige Zucken, und plötzlich stieg eine heiße Wut in ihr auf, die das Denken ertränkte in dem Gefühl, an diesen Mann gekettet zu sein. Aber es dauerte nicht lange.

Ich muß ihn loswerden. Ich werde ihn loswerden. Es darf nicht sein, daß ich bei jeder Fahrt ihm begegnen könnte. Ich werde noch oft mit dem Zug fahren,

Auto fahren, fliegen, das gehört auch zu seinem Beruf, ich will ihn nicht mehr sehen. Die Amerikaner werden ihn einsperren, verhören und einsperren, in Amerika. Eine schmale Zelle, feuchte Wände, ein Strohsack, ein Geschirr, nein, in Amerika gibt es nur schöne Gefängnisse, helle Wände, eine Federkernmatratze, aber er kommt nicht heraus, er sieht nur den Wärter, keine Frau, keine Frauen, er braucht eine Frau, verheiratet, nein, vielleicht, die arme Frau, sie weiß nichts von ihm, sie war unglücklich, sie ist es nicht mehr, ich habe keine Ahnung, sie liebt ihn, er hat ihr nichts erzählt, auch er wandelt sich, genau so wie –, ihr macht es nichts aus, sie ist gutmütig, rundes Gesicht, Backenknochen, er ist nicht verheiratet, war es, geschieden, Frauen, keine Frau, viele Frauen, und sieht nur den Wärter, er braucht eine Frau, wieviel Jahre werden sie ihm geben, zehn, fünf, gute Führung, vorzeitig entlassen, Spione werden anders behandelt, vielleicht sitzt er sehr lange, vielleicht nur sehr kurz, er wird ausgetauscht, gegen einen Ami-Spion, bald schon, das Geschäft ist gerade günstig, es hängt von Zufällen ab, wie lange er sitzt, in einem Jahr ist er schon wieder daheim, aber die schicken ihn nicht mehr nach Deutschland, hier hatte er Pech, soll er nach Persien gehen oder nach Japan.

Ohne daß es der Mann oder die Frau bemerkten, schaute der Schaffner herein. Sie schweigen sich an, dachte er. Bei großer Beleuchtung. Fast alle haben längst auf blau geschaltet oder ganz finster gemacht. Ich glaube, da tut sich was.

Aber er kann kein Japanisch. Deutsch kann er am besten. Österreich und die Schweiz. Man fährt auf Urlaub dorthin. Ein Wiedersehen ist möglich. Aber wenn sie ihn

dorthin schicken, schicken sie ihn auch wieder zu uns. Mit einem neuen Gesicht, Bart und so weiter, es läßt sich viel machen. Ich werde ihn bestimmt nicht mehr erkennen, es wird kein Wiedersehen mehr geben, ich bin ihn los. Ein Bart am Kinn, eine neue Frisur, auch die Hautfarbe läßt sich ändern, könnte ich trotzdem, – nein, ich werde ihn nicht mehr erkennen, ich werde in einem Abteil sitzen, er gegenüber, ich werde es nicht wissen, – aber – er wird es wissen, ich habe noch das gleiche Gesicht, er wird es erkennen, er hat es heute auch nicht erkannt, woher weiß ich das, ich weiß es, ich glaube es, ich bin so gut wie sicher, er hat mich nicht erkannt, aber zwanzig Jahre sind lang, in Zukunft werden es weniger Jahre sein, und er wird mich erkennen. Er wird mich erkennen. Ich werde ihn nicht erkennen. Er hat viele Gesichter, ich habe nur eines. Viele Gesichter? Am Ende ist dieses – das falsche. Eine Verwechslung, eine Einbildung? Nein, nein. Ausgeschlossen.
Mit Gewalt wischte die Frau das weg. Wer Rache will, kann keinen Zweifel brauchen.
Er wird sich erinnern. Wissen, ich bin geschnappt worden, nachdem ich mit dieser Frau sprach. Sie ist eine Agentin. Er wird mich für eine Agentin halten, für eine Agentin wird er mich halten, er weiß nicht, warum ich es getan habe, er ist bestraft worden und weiß nicht wofür, was ist das für eine Strafe, die keine Buße ist? Etwas getan haben und nicht wissen, welche Strafe dazu gehört, man muß doch wissen, wie das Böse und die Strafe zusammenpassen, man sollte es wissen, vielleicht hat er schon zehnmal Böses getan und ist erst dreimal bestraft worden, wie soll er es wissen, die Rechnung stimmt nicht, es bleibt etwas offen, ob diese Rechnung offen bleibt, liegt an mir.
Wenn er geplaudert hat, wenn er genügend geplaudert

hat, wenn ich die Abhöranlage wieder abschalte, – ich muß sie abschalten können –, dann werde ich ihn erinnern. Er wird sich verfärben, er wird reden, er wird stottern, er wird schweigen, – dann werde ich ihm von den Amis erzählen. Er wird lachen, ganz falsch wird er lachen, in seiner Jackentasche wird er was suchen, – aber ich werde die Hand auf der Alarmklingel haben.
Und in ein paar Jahren ist er wieder frei. In ein paar Jahren sitzt er wieder im Zug.

Die Frau spürte, wie etwas in ihrer Brust gegen den Hals zu kroch, sie konnte es nicht benennen, aber unter den Worten, die halbwegs brauchbar gewesen wären dafür, hätten solche sein müssen wie Ohnmacht, Verzweiflung, Enttäuschung, Resignation und Angst.

Immer noch starrte die Frau auf den Mann, – bis er es merkte. Ihr Blick war zugleich dicht und diffus, vor allem aber war er so ehrlich wie noch nie in dieser Nacht. Der Mann verstand diesen Blick nicht richtig, aber er zog einen Schluß.

Sie kennt mich.
Aber das war nur die erste, unvollständige Reaktion, die er sofort ergänzte.
Sie erkennt mich wieder.
Er zog die Beine an und griff mit beiden Händen neben den Schenkeln hinunter an die gepolsterte Kante der Bank. Sie ist im Vorteil, – ich muß etwas unternehmen.

Die Frau schaute nicht weg, aber es waren nicht ihre Augen, es war ihre Haut, die seine Anspannung wahrnahm, sie im Aufstellen ihrer Haare unmittelbar spürte und im Reiben dieser Haare an den Stoffen der Klei-

dung. Sie wußte nichts von ihren weißen Fingernägeln, von den Stichen dieser Nägel in die Hände, sie wollte sich mit aller Kraft an den Gedanken klammern, ich bin bekleidet, ich bin vollständig angezogen, aber da stürzte sie schon durch einen Schacht voller Bilder, – der Teich, die Nasenlöcher Kristas, Gerdas Augen, der nasse Fetzen, der Karren, das Pferd, in rasendem Tempo einer Tiefe entgegen, auf deren Grund sie aufschlug mit einer Erkenntnis, die zu schnell kam, um wehtun zu können.
Er wird mich fragen.
Noch schneller die Antwort.
Ich werde nein sagen.

Der Mann spürte, wie sich sein Oberkörper über den angewinkelten Beinen vorbeugen wollte, er wurde sich plötzlich auch seiner Hände bewußt, die sich fest an die Kante der Sitzbank drückten, und er korrigierte sofort mit jener Absichtlichkeit, die durch jahrelange Übung beinahe schon ein Instinkt geworden war. Er schlug also die Beine übereinander, lehnte sich zurück und legte den linken Arm auf das schmale Brett vor dem Fenster. Wohl steckte auch hinter diesen Gesten im Augenblick ein Höchstmaß an Spannung, aber der ihnen durch die Tradition zugesicherte Ausdrucksgehalt ist imstande, das Gegenteil auszusagen. Der Mann tat nur, was jeder Schauspieler tut: den Körper, dessen Sprache bekannt ist, zur Lüge verwenden.

»Wir kennen uns. Ich meine, wir haben uns schon einmal gesehen."

Hätte der Mann nicht seine sichtbare Gespanntheit gegen eine unsichtbare getauscht, hätte er die Frau wahrscheinlich jetzt auf den Höhepunkt ihrer Krise getrieben. So

aber konnte die deutlich gespielte Gelöstheit die ganze Stärke der ihr wie allen klaren Gesten innewohnenden Ansteckungskraft voll zur Wirkung bringen, konnte die Frau also verführen zur Nachahmung einer Bewegung, die sie mit dem Spüren der Weichheit des Rückenpolsters, der Kühle des Fensterbrettes vor Zittern, Schweiß und Tränen bewahrte und ihrer Stimme eine Festigkeit gab, die sie selber am meisten überraschte.
Aber nicht nur von der Form, auch vom Inhalt wurde sie überrumpelt.

»Ich weiß es nicht. Es ist möglich.«

Es nützte nichts, daß sie dachte, ich wollte doch etwas ganz anderes sagen, – mit ihrem letzten Wort hatte sie die Kette der Handlungen wieder geschlossen.

»Wenn Sie sagen, es ist möglich, dann bin ich sicher. Wir sind uns schon einmal begegnet. Ich habe es übrigens schon lange geahnt. Mir fehlten nur – die Details, die Umstände.«

»Und jetzt – haben Sie die Umstände?«
»Ehrlich gesagt, nein. Wissen Sie, ich, ich komme mit sehr vielen Leuten zusammen, aber ich habe es immer noch nicht gelernt, mir Gesichter zu merken, ja, ich merke mir Gesichter sehr schlecht, aber Ihres habe ich behalten, ich habe es irgendwie behalten, das ist schon eine Leistung, und wenn Sie mir nur einen kleinen Tip geben, wirklich nur einen kleinen Tip, Sie brauchen nur zu sagen, die Party bei Direktor Sowieso oder der Vortrag von Herrn Professor Sowieso, und Sie werden sehen, ich habe es.«

Die Frau hörte Party, hörte Vortrag, sie sah Cocktailkleider und Smokings, Halsketten und Frackschleifen, Ohrgehänge, Glatzen und Brillen, Sektgläser und blütenweiße Manschetten, und spürte, daß etwas wie ein Lachen in ihr aufstieg, und spürte gleich darauf, daß es kein Lachen werden würde, sondern ein Beben, ein Schütteln, und sie kämpfte mit aller Kraft und rettete sich in ein Husten, ja, es schüttelte sie, aber man hörte den Husten dabei, sie konnte ein Tuch aus der Handtasche nehmen und sich vor den Mund halten und sie mußte nichts reden.

»Sie haben etwas gedacht und Sie wollten etwas sagen, aber Sie wollten etwas anderes sagen, als Sie gedacht haben, – jetzt müssen Sie husten.«

Die Frau tupfte an ihrer Nase und an ihren Augen herum.

»Ich möchte gar nicht, daß Sie mir ganz genau erklären, woher wir uns kennen, ich möchte nur, daß Sie mir einen kleinen Tip geben, eine kleine Andeutung, alles weitere finde ich dann schon allein, Sie werden sehen, es würde mir Spaß machen, es zu finden.«

Die Frau steckte das Tuch in ihre Tasche zurück. Wenn ich mich nicht beherrsche, ist alles umsonst, ich habe keine Chance mehr, ihn zu erledigen. Sie drückte sich fest gegen den rückwärtigen Polster.

»Sie sind auf einem ganz falschen Weg. Ich habe gesagt, es ist möglich, daß wir uns irgendwo, irgendeinmal gesehen haben, – möglich –, das heißt, ich weiß es nicht genau. Sie glauben, ich erinnere mich genau, aber das ist

ein Irrtum, – ich erinnere mich genau so wenig wie Sie.«
»Gnädige Frau, jetzt muß ich Sie korrigieren. Sie sagen, Sie erinnern sich genau so wenig wie ich. Ich erinnere mich nicht wenig, oder ist das wenig, wenn ich spüre, daß ich Sie kenne, ich meine, daß ich Ihr Gesicht kenne.«
»Ich habe keine Ahnung, ob das viel oder wenig ist. – bei Ihnen. Bei mir ist es wenig. Ich komme auch mit sehr vielen Leuten zusammen, – vielleicht waren Sie einmal dabei, vielleicht auch nicht, das ist alles, was ich weiß, – alles.«

Das letzte Wort war zuviel, – aber wenn das bewußte Ich im Streit liegt mit jenem Teil unserer Nerven, über den wir so beschämend wenig vermögen, sagen wir leicht ein Wort zuviel.
Also beugte der Mann sich vor wie der Lehrer zu einem Kind, das er bei einer Lüge ertappt hat, und mit dem er es gut meint.

»Warum betonen Sie das?«
Die Frau zuckte mit den Schultern, – ihr labiler Zustand hatte sich wenig verändert, so ein Schulterzucken war ein erträglicher Kompromiß.
»Weil Sie mich irreführen wollen? Aber Sie machen es arg."
»Ich will gar nichts.«
»Zwei Fälle sind möglich: Entweder erinnern *Sie* sich nicht gerne an unsere Begegnung oder Sie glauben, daß *ich* mich nicht gerne erinnere.«
»Sie vergessen den dritten Fall.«
Der Mann war interessiert. »Ein dritter Fall?«
»Der Nächstliegende.«

Der Mann war skeptisch. »Ich fürchte, Sie denken sich wieder etwas aus.«
»Wir haben uns gar nicht getroffen. Wir täuschen uns. Unsere Erinnerungen täuschen uns. Schauen Sie, wir sitzen uns schon eine ganze Weile gegenüber, glauben Sie mir, das spielt eine Rolle, das darf man nicht vergessen, man sitzt, man hat eigentlich nichts Richtiges zu tun, man denkt, man phantasiert ein bißchen, man bildet sich etwas ein, ja, und auf einmal bildet man sich ein, man müßte diesen Menschen, der da vis-à-vis sitzt, eigentlich kennen, er kommt einem auf einmal bekannt vor, er ist es gar nicht, aber man bildet es sich immer fester ein, man glaubt es am Ende wirklich, ihn schon zu kennen, vielleicht spielen da irgendwelche Wünsche mit, und schon hat man eine fixe Idee. Ich habe einmal eine psychologische Abhandlung über das Reisen gelesen, da wurde gesagt, daß besonders das Zugfahren eine lebhafte Tätigkeit unserer Phantasie bewirke, und ganz besonders das Zugfahren bei Nacht.«
Die Frau hatte wirklich eine solche Abhandlung gelesen und sie erinnerte sich jetzt genau an einen Abschnitt, eine Stelle, in der zuerst vom Rollen der Räder, von Schwingungen und Vibrationen und zuletzt von ganz bestimmten, präzis lokalisierten Empfindungen die Rede war, und sie schämte sich und wurde ein wenig rot, und sie ärgerte sich, und das Rot wurde stärker, aber der Mann hatte sich zu sehr an ein Wort geklammert, um das zu bemerken.
»Wünsche, Sie sagten Wünsche. Sie haben recht. Was mich betrifft, haben Sie recht. Sicher wünsche ich, Sie zu kennen. Aber ich weiß nicht, ob es einen umgekehrten Wunsch auch bei Ihnen gibt, ich muß es eigentlich bezweifeln, ja, ich bezweifle es. Also: obwohl Sie nicht wünschen, mich zu kennen, kennen Sie mich. Das ist ein

guter Beweis dafür, daß wir uns schon einmal getroffen haben, das ist ein sehr guter Beweis.«

Der Mann wollte provozieren, nichts als provozieren, er hatte wohl das Gefühl, auf jeden Fall zu gewinnen, aber dieses Gefühl war kein Motiv, es lief nur so mit, seine Absicht war, wie gesagt, nur die Provokation.

»Nein! Was Sie da reden, ist Unsinn, Phantasterei.« Im selben Augenblick, in dem die Frau das Unechte ihrer Worte spürte, faßte sie den Entschluß, sich unverzüglich ans Ufer zu retten. Ihre Stimme war brüchig.
»Verzeihen Sie, es ist spät, ich bin müde, ich möchte versuchen, zu schlafen. Vielleicht könnten wir das Licht ein wenig dunkler machen.«
»Aber natürlich. Wenn Sie es wünschen.« Der Mann mußte aufstehen, mußte zur Tür gehen, mußte den Knipser nach unten drücken. Blitzschnell tauschte alles im Coupé das gelblich grüne, leidlich helle Licht gegen ein bläulich graues, ganz gedämpftes. »Ist es Ihnen so recht?«
»Ja, danke.«
Der Mann starrte auf den hellen Gang. »Soll ich die Vorhänge zuziehen?«
»Nein, bitte nicht.«
Der Mann drehte sich halb um. Eine leichte Gereiztheit war nicht so zu hören, wie er sie spürte. »Oder wollen Sie es ganz dunkel haben?«
»Ja, versuchen Sie es einmal!«
Er drehte den Schalter nach links, die Lampe im Abteil verlöschte. »Ist es so besser?«
»Ja, so ist es recht. Vielen Dank.«
»Bitte.« Der Mann zog den Türgriff nach rechts und verließ das Coupé.

Die Frau sah seinen Körper, – er kam ihr breit vor und wuchtig –, seitwärts verschwinden.

Die Lampen auf dem Gang waren so verteilt, daß sie nicht auf der Höhe der Abteiltüren, sondern zwischen denselben lagen, weshalb sie höchstens zu den gangseitigen Sitzen, nicht aber zu den mittleren oder gar zu den am Fenster gelegenen Plätzen ein direktes Licht werfen konnten. So entstanden in einem Abteil, in dem die Lampe nicht mehr brannte, am Rande des Dunkels, also in den Ecken neben der Tür, zwei helle Flecken, die genauso zu beruhigen wie zu irritieren vermochten, – je nach dem Auge, das sie wahrnahm.

Die Frau stand schnell auf und ging zur Tür und zog mit beiden Händen gleichzeitig die schmalen Seitenvorhänge aus den Ecken zur Mitte. Sie drehte sich um und schaute zu den Plätzen am Fenster. Dann verschob sie auch den Türvorhang noch ein wenig. Jetzt fiel nur noch ein schmaler Streifen des indirekten und schwachen Lichtes vom Gang ins Coupé und er fiel ein wenig seitlich der Mitte, so daß der Platz der Frau fast völlig im Dunkeln lag, während jener des Mannes um ein Geringes mehr an Beleuchtung bekam. Die Frau kehrte wieder in ihre Ecke zurück.

Der Mann war auf die Toilette gegangen. Er kehrte nicht ins Abteil zurück, sondern blieb am nächsten Gangfenster stehen und starrte hinaus. Klar, daß ihm jetzt Lydia einfiel.

Aus einem Abteil in der Nähe der Wagenmitte trat ein Mann und ging an ihm vorbei. Als er zurückkam, zog er eine Zigarettenpackung heraus und bat um Feuer.

Die Frau hatte den Mann vorbeigehen sehen, dann den anderen Mann vorbeigehen sehen, dann dessen Rückkehr beobachtet und sah jetzt diesen von der Seite bis etwa zu den Hüften hinab, denn er hatte sich an die äußere Wand des Ganges gelehnt und blies den Rauch seiner Zigarette nach oben. Die Frau sah, daß er sprach, sie konnte sich denken, mit wem, aber sie konnte nichts hören. Manchmal bewegte er sich, dann verschwand er aus ihrem Blickfeld, denn sie hatte ja die Seitenvorhänge zur Mitte gezogen. Aber er bewegte sich nicht nur nach einer Seite, und so erschien er immer wieder in dem ihr verbliebenen Ausschnitt des Ganges.
Er sieht aus wie ein Agent, dachte die Frau, wie ein Spion, ein Detektiv, ein intelligenter Verbrecher, ein tüchtiger Kriminalpolizist, jedenfalls ist er kein Geschäftsmann und kein Gelehrter. Unsinn, dachte sie, auch Geschäftsleute sehen oft aus wie Verbrecher und Verbrecher wie Gelehrte, sie hatte die neuesten Filme gesehen und las gern Kriminalromane.
Sie bemerkte, daß er wenig sprach, daß er meistens rauchte und schwieg, aber mit seinem Blick fast immer an der gleichen Stelle verweilte. Sie folgerte, daß er ihn beobachtete, daß er ihn unablässig und scharf beobachtete, – also doch kein Gelehrter. Sie war nicht so naiv, einfach das zu glauben, was den eigenen Wünschen am besten entsprach, aber immerhin, das ergab sich aus ihrer Lage, sie fing an, in Hypothesen zu denken.
Wenn er ein Agent ist, müßte er ein Ami-Agent sein, wenn er von der Polizei ist, geht es auch, allerdings komplizierter, wenn er ein Verbrecher ist, der Gedanke riß ein Loch in ihr Denken, während ihr Gefühl durchaus zwiespältig war, Abscheu und Neugier, sie hatte

auch schon von bestellten, bezahlten Verbrechen gelesen, Mord auf Bestellung, oder war das ein Film gewesen, sie dachte also wieder, aber stoßweise und lückenhaft.

Der Beobachtete hatte die Zigarette zu Ende geraucht. Wäre er jetzt verschwunden, hätte die Frau wahrscheinlich ihre Kombinationen als verstiegene Wünsche bewertet und verscheucht. Aber er zog sich eine zweite Zigarette aus der Packung und bat wieder um Feuer. Das mußte die Frau zur Fortsetzung ihrer Vermutung verführen. Dabei kam sie bald an jenen Punkt, – man muß das verstehen, ein Mann raucht mitten in der Nacht ohne Pause zwei Zigaretten auf dem Gang eines Waggons, spricht ab und zu und schaut fast immer in die gleiche Richtung –, an jenen Punkt also, wo der Glaube sich zur Überzeugung verfärbt, was in ihrem Fall demnach hieß, daß ein Mann mitten in der Nacht ohne Pause zwei Zigaretten auf dem Gang eines Waggons nur deshalb raucht, um einen anderen Mann, mit dem er ab und zu spricht, beobachten zu können. Von diesem Punkt an ist für eine Weile alles ganz klar.

Er hat ihn erkannt. Vor fünf Minuten hat er sich noch gefragt, woher kenne ich den bloß, woher bloß, aber jetzt hat er den Faden gefunden, den er aufrollt bis zu der Stelle, an der sich dieses Gesicht zum erstenmal zeigte, das Gesicht und vielleicht auch der Name. Jetzt wird er den Faden auf die andere Seite rollen. Er wird sich etwas ausdenken für die Beschattung, für die Verfolgung, wenn er ein Feind ist. Wenn er ein Feind ist, – sie beugte sich vor und bewirkte damit, daß der Mann, der gerade an seiner Zigarette zog, durch das Türfenster schaute.

Ein freudiges Erschrecken erschien sehr deutlich in seinem Gesicht, und im nächsten Moment trat er mit einem Lachen und einem Kopfschütteln in ihr Abteil, wobei er genau darauf achtete, daß die Tür hinter ihm richtig zu war.

»Na so eine Überraschung«, hatte er noch während des Schließens der Tür begonnen, »nicht wahr, da schauen Sie, also Zufälle gibt es«, hatte er noch relativ laut hinzugefügt, jetzt aber setzte er sich schnell neben sie, so daß er in Richtung zum Fenster sprach, und senkte die Stimme. »Wir müssen so tun, als ob wir uns kennen, ich werde gleich alles erklären, aber wenn der Mann hereinkommt, gehen wir hinaus, ich muß mit Ihnen ganz allein sprechen."
Die Frau war so konsterniert, daß sie nur ganz mechanisch sagen konnte: »Bitte. Worum handelt es sich?«
Ebenso mechanisch ging ihr Blick zur Tür, weil sie erwartete, daß diese im nächsten Augenblick geöffnet werden würde. Aber die Tür blieb zu, nicht einmal sichtbar wurde der Mann auf dem Gang.
Der neben ihr hatte die Richtung und das Ergebnis ihres Blickes genau verfolgt. »Wenn er kommt, sagen Sie nur: Er! Ja?«
Er stand auf. »Ich muß das Licht andrehen.« Er schaltete zuerst auf die blaue, dann auf die normale Beleuchtung. Dabei sah er auf den Gang hinaus. Dann kam er wieder zu ihr. »Das paßt besser zu dem Wiedersehen, das wir spielen.«
Sie nickte.
»Ich sehe, ich habe Sie sehr erschreckt. Tut mir leid, aber das läßt sich nicht ändern. Unsere Arbeit verlangt schnelle Entschlüsse.«
Sie überlegte nicht, ob die Frage suggeriert war. »Was für eine Arbeit?"
In seiner Hand blinkte eine Marke. »Geheime Staatspolizei.«

Jetzt erst spürte sie ihr Herzklopfen deutlich. Er zeigte mit dem Kinn auf den leeren Fensterplatz. »Der Mann sitzt hier?«
»Ja.«
»Wie lange kennen Sie ihn schon?«
Die Frage war so schnell gekommen, daß auch ihre Antwort schnell kam. »Ein paar Stunden. Er stieg in Hannover zu.«
»Und Sie, wo stiegen Sie zu?"
»In Hamburg.«
»Waren Sie immer allein mit ihm?«
»Nein. Eine Weile saß ein Herr hier, dann eine Dame. Beide waren aber nicht sehr lange hier, vielleicht ein bis zwei Stunden.«
»Suchte er eine Unterhaltung mit Ihnen oder war er mehr schweigsam?«
»Mal so, mal so.«
»Entschuldigen Sie, wenn meine Fragen indiskret sind, aber das läßt sich nicht vermeiden."
Keine Marke blinkte in seiner Hand, aber so wie er sprach und sie dabei ansah, mußte die Frau an die Marke denken. Außerdem wirkte die Überraschung noch immer. Sie nickte.
»Gab es – außer den üblichen Floskeln –, ein bestimmtes Thema Ihres Gesprächs?«
»Ich weiß nicht, was Sie unter einem bestimmten Thema verstehen, aber er, – wie eben Männer so sind – er –«
»Er versuchte, Ihre Bekanntschaft zu machen?«
»Nnja.«
»Er machte Ihnen Komplimente?«
»Ja.«
»Er sprach von einem Wiedersehen?"
»Nnja.«

»Haben Sie es ihm versprochen?«
»Nein.«
»Es wurde also, was die Zukunft betrifft, zwischen Ihnen nichts vereinbart?«
»Nnein.«
»Sie haben nicht die Absicht, den Mann wiederzusehen?«

Die Frau merkte, daß sie sich jetzt entscheiden mußte. Zum Reden, oder zum Schweigen. Und sie wunderte sich, daß sie überlegte. Aber sie wollte sich nicht drängen, und vor allem, sie wollte sich die Entscheidung nicht abnehmen lassen. Sie dachte an die Marke. Das Gesicht des Fragers war wie die Marke. Eine Sache. Sie kann blinken, aber das Blinken ist aus Metall, ist eine Sache. Sie aber spürte das Herz in ihrer Brust. Das war ihre Sache.

»Der Mann ist Ihnen gleichgültig?"
»Ja.«
»Sie sind verheiratet?«
»Ja.«
»Darf ich um Ihren Ausweis bitten!«

Die Frau griff nach ihrer Tasche, im gleichen Augenblick wurde die Tür zur Seite gezogen. Die Frau hatte nichts mehr, – wie vereinbart –, sagen können, denn sie hatte sich ihrer Tasche zugewendet, die unter der Armstütze an der Fensterwand lag. Der Frager flüsterte blitzschnell ein suggestives »Lassen Sie!« und sagte dann laut:
»Nein, es macht wirklich nichts, wenn Sie keine Bilder von Ihren Kindern dabei haben, ich hoffe doch,

sie bald in Natura zu sehen«, während der Mann eintrat und sich sorgfältig auf seinen Platz setzte.
Die Frau sagte hart: »Ich habe keine Kinder.«

Sie hatte es nicht überlegt, sie hatte es nur aus einem plötzlichen Zorn heraus gesagt, sie hatte auch nichts erreichen wollen damit, und vielleicht bereute sie es schon wieder, aber als der Frager jetzt nach ihrem Arm griff »Kommen Sie, wir gehen ein wenig auf den Gang hinaus!«, da hörte sie gleich den Sprung in seiner Sicherheit, hörte die Nervosität und die Schwäche in seiner Stimme, und auf einmal wußte sie nichts mehr von der Marke, sondern spürte nur einen Mann, der nicht stark war, und ein Trotz stieg in ihr auf, eine Enttäuschung und ein Hochmut, und sie schüttelte den Kopf: »Nein. Ich habe keine Lust, auf den Gang zu gehen, ich möchte lieber hierbleiben.«
Dabei hatte sie die ersten Worte noch nirgendshin, die letzten aber schon in seine Augen gesagt, so sicher fühlte sie sich, so überlegen, und der Funke einer der vollkommenen Überraschung entsprungenen, nur ihr sichtbaren und blitzschnell wieder versteckten Wut, dieser Funke in den Augen des Mannes mit dem Gesicht einer Marke bestätigte nur ihr Gefühl, und genau ihrer Erwartung entsprach seine Reaktion.

Er stand auf: »Natürlich, gnädige Frau, es ist ja schon spät, ich habe das ganz vergessen, Sie wollen vielleicht schlafen, da möchte ich wirklich nicht stören. Jedenfalls hat es mich sehr gefreut, Sie nach so langer Zeit wiederzusehen. Sollte Ihnen noch etwas einfallen, was ich Herrn Doktor Baumann bestellen könnte, sollten Sie also den Wunsch haben, mir noch etwas zu sagen, so stehe ich Ihnen im übernächsten Abteil oder auf dem

Gang jederzeit zur Verfügung«, und machte eine kleine Verbeugung und ging hinaus.

Der Mann lächelte zufrieden und behaglich. »Na, der bringt seine Lügen aber fein heraus, man sieht, er hat ein gutes Training.«
Die Frau hatte etwas anderes erwartet. Aber sie zögerte nicht. »Sie kennen ihn?«
»Nein.«

Er kennt die Menschen nicht, die ihn kennen. Wenn er die Wahrheit sagt, aber ich weiß nicht, ob er die Wahrheit sagt.
»Glauben Sie, daß er Sie kennt?"
»Hat er das gesagt?«
»Nicht gerade direkt. Aber es ist anzunehmen.«
»Vielleicht haben wir uns einmal getroffen, und ich habe es vergessen.«
»Sie vergessen leicht.«
»Ja. Leider. Das heißt, bei ihm tut es mir nicht leid, aber bei Ihnen tut es mir leid.«

Dazu machte der Mann ein herzliches, ein warmes Gesicht. Die Frau wußte genau, daß dieses Gesicht eine Lüge war, und sie bemühte sich sofort, den Nachhall seiner letzten Worte zu ersticken, denn einen Nachhall hatten diese Worte gehabt. Außerdem paßte ihr diese Wendung des Gesprächs nicht.

»Ich glaube, nun spielen Sie wieder einmal Theater. Ich meine nicht das, was mich betrifft, da weiß ich ja, daß alles erlogen ist, ich meine Ihre Beziehung zu diesem Herrn da."
»Theater, gelogen, – woher haben Sie das?«

»Sie lächeln.«
»Na und?«
»Dabei haben Sie Angst.«
»Angst. Ja, ich hatte Angst, als dieser Mann mit Ihnen allein war, und nun ist er fort und ich freue mich. Soll ich da ein trauriges Gesicht machen?«
»Sie freuen sich, daß er fort ist. Warum?"
»Das ist ganz einfach. Ich fürchtete, daß er Ihnen irgendwie nahe steht.«

Die Frau war fest entschlossen, diese Wendung nicht mehr zuzulassen; eher wollte sie abbrechen. Sie schwankte nur noch zwischen den Möglichkeiten, ihm – wie sie meinte – zu drohen oder das bleiben zu lassen.

»Sie wissen genau, daß ich Ihnen diese Sprüche nicht abnehme. Es hat also keinen Sinn, abzulenken.«
»Ablenken? Wovon?«
»Daß Sie, mm, sagen wir, – in einer nicht sehr angenehmen Lage sind.«
»Sehe ich so aus?«

Die Frau sah sein Lächeln, und sie hielt gar nichts davon, denn sie vertraute der Marke. Auch die Flucht jenes Trägers der Marke konnte sie nicht irritieren, diese Flucht war ihre Schuld, aber sie wollte nichts überstürzen, sie hatte ja Zeit, und der Mann mit der Marke saß ja gleich nebenan.
Sie schwieg und setzte seinem – wie sie meinte, – falschen Lächeln ein ebenso falsches entgegen.

»Warum sagen Sie nichts?«
»Weil ich keine Lust habe. Ich möchte ein wenig schla-

fen.« Sie stand auf, um das Licht auszumachen, außerdem wollte sie die Vorhänge richten und einen Blick auf den Gang tun.
Auch er stand auf.

Zum erstenmal standen sie sich gegenüber. Sie war etwa einen halben Kopf kleiner als er, aber mitten in dem Haß, der jetzt vom Scheitel bis zu den Sohlen in ihr vibrierte, spürte sie, daß sie noch kleiner war. Deshalb wurde sie rot. Sie fühlte die Hitze auf ihrer Haut und bekam eine solche Wut gegen ihren Körper, daß in dieser plötzlichen Röte ebenso plötzlich weiße Flecken erschienen, die ihre Wangen, ihren Hals und den Ansatz ihrer Brust aussehen ließen, als seien diese Partien von einer schlimmen Krankheit befallen. Sie preßte ihre Lippen und ihre Fäuste. Wenn er mich anrührt, dachte sie, schlage ich zu, und für einen Augenblick dachte sie noch, ich sollte ein Messer haben.
Er überragte sie, wie schon gesagt, etwa um die Hälfte seines Kopfes, aber sein Gefühl entsprach diesem Verhältnis nur sehr vage. Angst hatte er keine, aber ein Unbehagen, das zum einen aus dem Instinkt, zum anderen aus der Unschlüssigkeit kam. Er schwankte, ob er sie anfassen sollte oder nicht, ob er ganz einfach ihre Schultern ergreifen und an sich ziehen sollte oder nicht, beugte sie sich vor, könnte er sie auf die Haare küssen, lehnte sie sich aber zurück, bekäme er wahrscheinlich nicht ihren Mund, immerhin aber ihre Wange oder ihren Hals –, und weil er sein Schwanken im Schwanken des Wagens, das ihn zum bewußten Erleben seiner Beinstellung zwang, deutlich verspürte, ärgerte er sich. Deshalb wurde das Braune seiner Haut wie durch einen Schatten verdunkelt. Er fühlte die Wärme in seinem Gesicht und konnte einen tieferen

Atemzug nicht verhindern. Tu was, dachte er, und einen Augenblick später: Idiot.

Dieses Gegenüberstehen, das heißt, dieses Kräftemessen, dauerte nicht lange. Kaum wurde die Frau sich nämlich ihres Erfolges bewußt, überlegte sie schon, ob sie auf den Gang hinausgehen sollte. Der Gedanke, daß der Mann mit der Marke noch auf dem Gang sein könnte, hielt sie zurück. Sie ging also nur bis zur Tür, schaute hinaus, sah einen leeren Gangteil, drehte das Licht aus und rückte die Vorhänge zurecht, wie sie es vorhin schon getan hatte. Dann kehrte sie auf ihren Platz zurück, warf einen flüchtigen Blick auf den Mann, der sich wieder gesetzt hatte, und schloß die Augen.

Schloß die Augen, hatte das Licht gelöscht, – so sicher fühlte sie sich. Aber die Sekunden eben hatten es entschieden: er würde es nicht wagen, ihren Schlaf oder das, was wie ein Schlaf aussah, zu stören. In dieser Nacht würde er nichts mehr wagen.
Zum erstenmal in dieser Nacht war die Frau wirklich zufrieden. Sie hatte den Mann gezwungen, wie ein Hund in seine Ecke zu kriechen, und nebenan war der mit der Marke. Sie saß also ganz locker, weil sie auf nichts gespannt war, (– auf etwas gespannt sein, heißt ja, auch in den Muskeln gespannt sein –) und wurde so zum erstenmal in dieser Nacht anfällig für den Schlaf.
Trotzdem wurde es kein richtiger Schlaf; die vergangenen Stunden waren im Weg.

Ich werde gewinnen, sie sind ihm schon auf der Spur. Der mit der Marke wartet auf mich, aber ich habe Zeit, der Zug wird noch lange nicht halten. Ich habe Zeit, wir fahren, ich habe auch seine Adresse, aber vielleicht ist ein Treffen gar nicht mehr nötig, kein Hotelzimmer mit Apparaten, keine Weingläser, kein Händchenhalten. Wir fahren, er wird sich hüten, abzuspringen, irgendwo auf dem Gang steht ein Mann, nur Unauffälligkeit kann ihn retten, kann ihm helfen, kann ihm eine Weile helfen, auf die Dauer gibt es in diesem Beruf keine Rettung. Aber er konnte keinen anständigen Beruf ergreifen, das ist klar, das war damals schon klar, und es hat nichts mit der Uniform zu tun, wenn ich an Stepan denke. Ob es mit dem Krieg was zu tun hat, das möchte ich wissen, das müßte ich wissen, man redet so gern davon, eine Ausrede, vielleicht auch nicht, reden andere, Vater: eine Ausrede, man hat einen Charakter oder man hat keinen, Mutter: das glaube ich nicht, du weißt ja, denk nur an Krönings Leo, wie der sich dreiunddreißig änderte, Vater: ach hör mir auf mit Krönings Leo, der war 'ne Kreatur die ganze Zeit, nur hat man's eben früher nicht bemerkt, Mutter: wann ist früher, wann ist später, – nein, das hat Roland gesagt, Martin ist nicht objektiv, Krönings Emil war mal ganz gut mit mir, die Räder, wir fahren, er hat Felgenbremsen, ich habe eine Trommelbremse, die Auslage, alles Räder, nichts als Räder, das blaue, ja, dieses, der Verkäufer schreibt einen Zettel, der Ladenbesitzer lächelt wie der Weihnachtsmann, aber das ist ja Onkel Robert und der geht auch zu Helga und Willi als Weihnachtsmann, Helga hat mir alles erzählt, wir sind nicht so dumm, oh, nein, Helga ist nicht so dumm, sie hat ein Buch – –

was ist das, träume ich schon – wir fahren –

die Speichen glitzern, Staub, wenn uns einer überholt, wir biegen ab, hier kommen keine Autos her, wir müs-

sen schieben, Emil voraus, meine Trommelbremse, ich schaue sie an, Emils Rücken ist breit, besser auf die Bremse schauen, die Lichtung im Wald, er lehnt sein Rad an den Baum, ich meines an seines, die Trommelbremse ist über mir, auf einmal auch sein Gesicht, seine Hand, du bist wohl verrückt, entweder, oder wir fahren sofort wieder heim, wir fahren sofort – –
fort fahren, Zug fahren, ich habe Zeit, seine Adresse, ein bißchen schlafen – –
schlafen können ist gut, wenn man älter ist, Emil bettelt, mach die Augen zu, schlaf ein bißchen, wieso denn, ich bin gar nicht müde, ich habe ein Rad, ich habe einen Freund, ein Rad mit einer Trommelbremse, stolz bin ich und zufrieden, flüstere mir was ins Ohr, ein Haar in der Muschel, ich lache, du bist unfair, selber schuld, warum zeigst du mir dein Ohr, wenn man sich liebt, kann man sich alles zeigen, ich möchte, du bist wohl verrückt, red nicht so laut, schlaf lieber ein bißchen, ich werde ganz brav sein, Kinder müssen brav sein, bin ich deine Mutti, eine gute Mutti, Mutter, sie ist eine bessere Mutti als Gerda, schau dir nur die Puppen an, Vater: Gerda ist eben nach mir geraten, Mutter: ja natürlich, ganz klar, niemand bezweifelt das, aber die Älteren sind immer die besseren Mütter, wie sie ihre Puppen ins Bettchen legt, die müssen ja brav sein und schlafen, schlafen – –
ich habe Zeit, ein bißchen zu schlafen – –
schlafen können ist gut, schlafen sehen ist besser, Martin hat fast immer eine Strähne quer über die Stirn, die Unterlippe nach vorne verschoben, seine Wimpern länger, als man glaubt, das ist viel besser als der nasse Mund, die nassen Augen, die Falte einer enormen Plage zwischen den Brauen, oder ist es die Falte eines großen Zorns, seine geschlossenen Augen sind die besten,

die der Puppen sind noch besser, Kristas Elke ist wie
eine Puppe, meine liebste Puppe hat Elke geheißen,
mein Kind hätte – –
was ist, wieso Kind, wieso, der Mann ist groß, ich kann
ruhig dösen, die Nacht ist noch lang, ein, zwei, drei
Stunden lang – –
jeder Mann ist groß, aber der ist am größten, die Uniform ist groß, riesengroß, Schulterklappen, Brusttaschen,
ein Riemen, Leder, auch die Tasche an der Seite, auch
die Stiefel, aber die Spitzen sind klein, der Kopf ist
klein, immer kleiner, ein Schrumpfkopf, ein Säugling,
ein boshaftes Lachen, der Kopf schlüpft in den Halsausschnitt, kein Kopf, nur eine Uniform, sie wird noch
größer, ich habe Angst, sie wird immer größer, geh
weg, geh weg, nein – –
Reisen mit der DBB, Gott sei Dank, ich sitze, ich fahre,
ich fahre nach Hause, bald, bald sehe ich dieses Gesicht nicht mehr, ein solides Gesicht, oder ist nur der
Anzug solid, das schneeweiße Hemd, die dunkelblaue
Krawatte, ich werde mir an die Stelle des Anzugs die
Uniform denken, das ist gar nicht so leicht, warum nicht,
sei froh, warum bin ich so dumm, ich fürchte mich doch
vor der Uniform, aber ich fürchte mich gar nicht vor
dem Anzug, ich fürchte mich nicht, ich erlaube es mir,
zu dösen, ich habe keine Angst, er kann gar nichts
machen, er wird sich hüten, er hat Angst, er hat Angst,
das ist gut, er hat Angst, er tut nur so stark, dabei hat
er Angst, das ist gut, das ist Strafe, Angst haben ist
Strafe, ist eine gute Strafe, besser als, im Gefängnis
hat keiner Angst, im Gefängnis ist Ruhe und Wut,
Haß, Rache, die Angst wäre wieder bei mir, die Angst
muß bei ihm sein, was nützt es mir, wenn er im Gefängnis sitzt, was nützt mir seine Gefangenschaft, er
starrt in die blecherne Schüssel und denkt einen Mord,

der Löffel geht in den Mund, aber er weiß es gar nicht, im Hirn gehen die Gedanken auf Mord, er weiß gar nicht richtig, wie grau die Wände der Zelle sind und wie braun die Stäbe vor dem Fenster, sein Hirn hat anderes zu tun, seine Gedanken sind nicht im Gefängnis, er muß draußen sein, dann sind sie drinnen, er wird im Hotelzimmer liegen, aber eigentlich wird er im Gefängnis liegen, jetzt wird er die Wände sehen, die blecherne Schüssel und ganz besonders die Stäbe, und das wird immer so sein, er wird keine Zeitung lesen können, ohne die Stäbe zu sehen, und wenn er durch eine große Stadt fährt, muß er an dicke Mauern denken mit kleinen Fenstern, aber was hat das alles mit mir zu tun?

Die Frau schaute zum Fenster hinaus.
Schwarze Bäume sah sie und manchmal die bleichen Dächer von Häusern. Ein paar einsame Lampen erinnerten sie an die Menschen. Die Welt bewegt sich, dachte sie, und ich schaue ihr zu. Ich sitze fest, wie angewachsen sitze ich und kann gar nichts tun. Das Leben ist jenseits des Fensters. Irgendwo werden jetzt schon die Lampen verlöschen, irgendwo werden die ersten Trambahnen klingeln und sich mit Lieferwagen kreuzen, in denen Brot liegt, das warm ist und weich. Männer werden vor den Rasierspiegeln stehen und Frauen vor den Elektroherden, und manche Kinder werden sich schon die Augen reiben und Mutti rufen oder Mama oder Mam oder Mumi oder irgendwie eben rufen und die Arme ausstrecken dabei. An vielen Stellen werden sich Menschen und Kinder bewegen, aber ich habe damit nichts zu tun. Sie schaute den Mann an.
Soweit es das schmale Licht, das vom Gang durch die Lücke des Vorhangs kam, ihr erlaubte, sah sie, daß

er die Augen geschlossen hielt. Aber sie bezweifelte, daß er schlief, denn seine Stirn, soweit sie überhaupt zu erkennen war, schien ihr nicht ruhig. Es konnte an der Beleuchtung liegen oder daran, daß sie ihm den Schlaf nicht gönnte. Wir beide, dachte sie, müssen hier sitzen, aber die Welt ist weit weg. Wir beide, dachte sie, sitzen in einem Turm, vor dem die Welt sich bewegt mit Bäumen, Häusern und Menschen. Meterdick sind die Mauern des Turms, und das einzige Fenster ist nicht zu öffnen. Niemand kommt. Nur ein Geräusch ist bei uns, aber es ist nicht das Geräusch der Bäume und nicht jenes der Menschen.
Ob der Turm einen Ausgang hat, wußte sie nicht.
Aber sie wollte keine Bäume mehr sehen und hatte geradezu Angst vor den Lampen, und sie schloß ratlos die Augen und suchte nach Schlaf.

Zuerst hatte der Mann sich geärgert über die Dunkelheit. Er sah fast nichts von der Frau, ihr Gesicht war ein leerer Fleck ohne richtigen Rand, ihre Beine ein grauer Streifen, ihre Hände zwei gebleichte Trapeze, er wußte nicht einmal, ob sie die Augen offen hatte oder geschlossen, er bemühte sich eine Weile, die übrigen Teile zu finden, die Brüste etwa oder die Schenkel, und gerade, weil sie nicht da waren, wollte er sie unbedingt haben, nicht in der Vorstellung, in der Wahrnehmung wollte er sie haben, aber der spärliche Rest des Lichtes ließ das einfach nicht zu, und so gab er es endlich auf und dachte an den Mann, der ihn um Feuer gebeten hatte.
Der war ihm gleich sehr bekannt vorgekommen, und noch ehe der andere ins Coupé zu der Frau gegangen war, hatte er es gehabt: ein Agent für die Tschechen, also auch für die Russen. Männer merkte er sich näm-

lich leichter als Frauen. Und er konnte sich jetzt genau an den Abend bei Professor Hollmann erinnern und an die Gespräche über Musik und Ägypten. Für alle Ohren Musik, Ägypten für zwei. Aber das Dienstmädchen hatten die anderen, der »Tscheche« und der Professor, vergessen, er nicht. Schon am nächsten Tag war er in der Zentrale gewesen, bei der großen Kartei. Dort hatte er das Bild, zweimal en face und viermal en profil bald gefunden und hatte sich einfach konzentriert, routinemäßig konzentriert, und also war es für ihn jetzt ein echtes Wiedersehen gewesen, während der andere, dessen war er sicher, noch suchte.
Vor dem »Tschechen« hatte er keine Angst. Sein Erfolg bei Hollmann, die schweren Fehler, die dem anderen dort unterlaufen waren, machten die Stufen deutlich, auf denen man stand. Er stand oben, also hatte er keine Angst, denn Angst gibt es nur in der anderen Richtung.
Natürlich fragte er sich, ob der Mann und die Frau zusammengehörten, ob sie als Verbündete ihr Spiel gegen ihn spielten. Möglich, dachte er, aber nicht wahrscheinlich. Die Frau hatte das Abteil, seit er hier war, nicht ein einziges Mal verlassen, Moment, während er im Clo war, könnte sie draußen gewesen sein. Möglich, aber nicht wahrscheinlich. Das Risiko, gesehen zu werden, war groß, noch größer im nächtlichen Gang eines Waggons, wo man leicht gesehen wird, ohne selber zu sehen, wenn man bedenkt, wie leicht in der Nacht und bei solcher Beleuchtung aus Fenstern Spiegel werden.
Er war selber erstaunt, daß ihn das kaum irritierte. Wenn sie mit dem zusammenspielt, dachte er, dann ist sie keine große Gefahr, – denn die Schwäche seines Feindes läßt auf jeden Bundesgenossen schließen.

Routinemäßig suchte er seine Erinnerung ab nach einer Verbindung der beiden, fand aber nichts. Der »Tscheche« wird nicht genau wissen, wo er mich unterbringen soll, und probiert es eben bei der Frau. Er brauchte eine Erklärung, und das war eine.
Er würde sich merken müssen, wo die anderen den Zug verließen, falls sie ihn früher verließen als er. Denn *er* würde dort aussteigen, wo es der Auftrag verlangte, er hatte sein Ziel bekommen zwei Stunden vor dem Aufbruch zum Bahnhof, und nun war er für mindestens eine Woche versorgt. Ob die den Befehl hatten, ihn an der Erreichung des Zieles zu hindern? Aber der »Tscheche« kannte ihn doch zu wenig, und die Frau hatte früher im Abteil gesessen als er. *Er* hatte sie gesucht, weil er es nicht lassen konnte, nach Frauen zu suchen, und obwohl er diesen Beruf hatte, konnte er es nicht lassen. Sein Ehrgeiz war da im Spiel und seine Verachtung der Frauen. Immer wieder hatte er gehört, daß die Frauen den besten Spion ruinierten, und schon beim erstenmal hatte ihn das gereizt. Ihn würden sie nicht ruinieren.
Mechanisch legte er die rechte Hand an jene Stelle seines Anzugs, wo sich durch die Weichheit des Stoffes die Härte des Metalls leicht ertasten ließ. Oft schon hatte ihn diese Bewegung beruhigt. Diesmal kam ihre Wirkung fast dem Gegenteil gleich.
Warum hatte er diesen Beruf ergriffen? Warum war er bei dieser Arbeit gelandet? Warum war er nicht in der Heimat geblieben? Warum hatte die Freiheit ihm nicht genügt? Warum war sein Ehrgeiz nicht kleiner gewesen? Warum hatte es für diesen Ehrgeiz kein harmloseres Ziel gegeben? Warum hatte er ein Talent für Sprachen und eine Ausbildung als Offizier? Warum gab es Offiziere?

Er dachte an die Schule.
An manchen Stellen hatte der Lehrer gelächelt. Wahrscheinlich träumte er sich Mitwisser, Brüder, Bundesgenossen, Auguren in die Klasse hinein, er mußte es wohl, es hielt ihn am Leben. Lehrer sein heißt ja schlecht sein oder ohnmächtig sein, er war noch rechtzeitig dahinter gekommen. Alle Führer sind Verführer, ob sie es wissen oder nicht. Der Unwissende ist ein Werkzeug, und der Wissende lügt. Logisch war das alles, ganz logisch, aber die Höhle des Ekels in ihm wurde deshalb nicht kleiner. Er sagte sich nicht mehr, der Krieg braucht vielleicht Menschen wie mich, er war auch über das Gegenteil schon hinaus, Menschen wie ich brauchen vielleicht den Krieg, er fühlte sich wieder einmal als großer Durchschauer, der weiß, was gespielt wird, wir alle brauchen den Krieg, und der zumindest sich selbst nicht mehr belügt.
Stepan hätte ihm einfallen müssen, Stepan, der die Musik so liebte. Oder Galina mit ihren Büchern. Oder Galina ganz allein.

Auf dem Gang näherte sich der Schaffner dem Abteil. Er sah die Vorhänge und bemerkte den Spalt. Beim Passieren sah er, der wirklich nicht in jedes Abteil schaute, hinein. Er stellte fest, daß der Mann und die Frau nicht nebeneinander saßen. Vielleicht schlafen sie wirklich, dachte er. Er schüttelte den Kopf schon im Weitergehen zur Verbindungstür. Dort schaltete er das Ganglicht auf Blau, dann verließ er den Wagen und ging in den nächsten hinüber.

Er schaute die Frau an. Als der Schaffner das Ganglicht verdunkelt hatte, war es im Abteil fast finster geworden, aber seine Augen hatten sich ganz instinktiv an die neue Lage gewöhnt, und er sah also dort, wo ihr Gesicht war, immerhin einen mattgrauen Fleck. Freilich, wollte er diesen genauer fixieren, begann der zu zittern und löste sich auf und ging unter in der grauschwarzen Umgebung. Dann mußte er warten und eine Weile in die dunkelste Ecke starren, dann konnte ihm ihr Gesicht wieder erscheinen. Aber je öfter er das probierte, desto weniger wußt er, wie es war, dieses Gesicht. Die Blondheit allein blieb ihm übrig.

Die Deutschen sind blond.
Auch bei uns gibt es Blonde, aber das ist ein anderes Blond, ein ganz anderes. Es ist anständiger. Auch Olga war blond. Aber sie hatte ein Kreuz. Die Deutschen haben auch Kreuze, aber die hängen an ihnen wie ein Hohn, wie ein Scherz, oder wie eine Raffiniertheit, oder wie eine Kindheit, von der man schon längst nichts mehr weiß.
Zu Olga paßt so ein Kreuz. Ein Kreuz haben, das heißt wohl, ein Gewissen haben, mein Gott, wenn ich an ihre Augen denke, nachher, aber, zum Teufel, warum hat sie nachgegeben. Sie mußte es nicht tun, keine Frau muß es tun. Natürlich lag ich auf ihrem linken Arm und zog ihren rechten herauf und hielt ihn fest am Gelenk, aber so hatte ich selber ja auch nur eine Hand frei, eine Hand, das ist gar nichts gegen eine Frau, die nicht will. Man könnte ihr die Kehle zudrücken, aber das könnte ich nie. Eine Hand also gegen zwei Beine, zwei kräftige Beine, und auf einmal gegen eine Hand noch dazu, ich habe mich zu heftig bewegt, habe mich viel zu sehr auf ihre Brust geworfen, statt auf der Seite liegenzubleiben, ihre Linke konnte entschlüpfen, greift sofort in mein Haar, zieht meinen Schädel nach hinten. Wechseln. Ihr Gelenk freigeben, sich auf die Seite zu-

rückrollen lassen. Atmen. Entspannen. Die Arme unter den Kopf legen. Zur Decke starren. Die Unterlippe vorschieben. Die Mundwinkel verziehen. Ein Knie beugen.
Ich will dir nicht wehtun, aber du tust mir weh, ja. Ein Zaubermittel. Ihre Haare über meinem Gesicht. Ein Abrakadabra. Nicht wehtun, nur gut. Nicht reden. Küß mich! Ist das ein Kuß oder ein Stöhnen? Langsam, schwerfällig rollen wir wieder in die Lage zurück, die sich gehört. Mund an Mund. Kein Wort mehr. Als meine Hand sich auf den Weg macht, drückt sie von selber das Becken ein wenig nach oben. Sie ist nicht mehr bei sich.
Ich bin bei mir.
Das kann keine Schuld sein. Sie weiß es. Ihre Traurigkeit gilt nicht mir. Traurigkeit ist manchmal ein Vorwurf, manchmal keiner. Es kommt darauf an, ob ich mir was vorzuwerfen habe. Ich habe nicht. Ein Abend in der Oper, ein Essen, ein Tee vor dem Heimweg. Wer einen Tee riskiert, riskiert viel. Aber nicht alles, – in einem bewohnten Haus. Mit so dünnen Wänden. Auch in einem unbewohnten wäre ich nicht anders gewesen.
Vergewaltigen konnte ich nie.

An dieser Stelle hing eine Lampe besonders nahe am Gleis. Am Vordach eines hölzernen Unterstandes war sie befestigt und warf ein altmodisches, gelbliches Licht. Eine Haltestelle, an der dieser Zug nicht hielt. Mit unvermindertem Tempo fuhr er vorbei.
Für ihn verwandelte sich diese Lampe wie für jeden, der schnell war. Sie, die der Nacht an jenem Ort ein so ruhiges, ein so gemütliches Licht gab, sie zerriß in jedem der abgedunkelten Abteile die Ruhe des Dun-

kels mit einem jähen Blitz, der von der einen Wand zur anderen sprang, da ein Gesicht herausschnitt und dort eine Nummer, hier ein Haar bleichte und dort einen Hals und immer wieder in Träume einging von Gewittern oder vom Krieg.

In dem Coupé, in dem der Mann der Frau gegenübersaß, spaltete dieser Blitz das Gesicht der Frau in eine schwarze und eine weiße Hälfte. Da sie die Grenze zum Schlaf noch immer nicht ganz überschritten hatte, erschrak sie sehr und riß für einen Moment die Augen weit auf und verzog den Mund wie für einen qualvollen Schrei. Nur Masken schreien sonst so, uralte Masken, ewige Schreier vor ewig zugehaltenen Ohren. Blitze braucht es, sie aus der Finsternis ihres Alters herauszuholen in die Hirne der anderen, Blitze, plötzliche Schrecken.
Der Mann sah genau, was der Blitz tat. Und war endlich dort, wohin er gehörte in dieser Nacht. Wohin er gehörte seit vielen Jahren.

Natürlich kann man von Zufällen reden. Aber vorher sollte man sich entscheiden, ob man immer von Zufällen reden will oder nie. Und man sollte sich ein für allemal entscheiden. So oder so. Dabei sollte man bleiben.

Die Wiese.
Meine Leute über den beiden. Stiefel, Lehm auf den Sohlen, die nackten Beine daneben, Flaum auf den Schenkeln, runde Knie, die seitwärts gespreizten Arme, Finger im Gras, wie Krallen, von den Gesichtern immer nur eine Hälfte, einmal die linke, einmal die rechte, je nachdem, auf welche Seite sie den Kopf werfen, wenn der Kerl ihnen zu nahe kommt.

Stinken nach Schnaps, die Burschen, ist ja klar, würden sich vielleicht sonst genieren, so nebeneinander, im Takt wie Maschinen, unter den Rufen derer, die zuschauen, unter den anfeuernden Rufen. Die anderen rufen, ich nicht. Ich hatte keine Lust, ich hatte nur die Idee.
Das ist böse. Sehr böse. Ein ganz böser Zufall.
Sie erinnert sich. Sie erinnert sich an mich. Alles klar. Sie hat mich gleich erkannt. Ihr Gedächtnis ist besser, viel besser. Klar. Aber ich habe auch was gewußt, nur war es nicht so gemeint.
Zum Lachen. Ein Abenteuer habe ich gemeint. Zum Totlachen. Sogar eine Adresse habe ich ihr gegeben. Zum – ach was, aber eine Ahnung hatte ich doch. Ich kenne dich, das war alles, und ihr Blick sagt, ich kenne dich auch, und das war nur ein winziges Stück, das letzte Glied nur des kleinen Fingers, mehr hat sie nicht ausgelassen, ja, die kann sich beherrschen, und so wird die Sache noch schlimmer.
Ruhig sein, ganz ruhig sein. Es ist finster, das ist gut. Noch ist es finster. Zehn vor zwei. In zwei Stunden wird es hell, dann muß ich wissen, was zu tun ist. Spätestens dann. Und wenn sie früher aussteigt? Hat sie nicht gesagt, sie fährt die ganze Nacht?
Wann ist das, das Ende der Nacht?
Wissen, was zu tun ist. Dann kann es hell werden, von mir aus.

Der Mann hatte das Gefühl, es wäre im Abteil etwas kälter geworden. Er fuhr mit seinen linken Fingern an der seitlichen Einfassung des Fensters entlang. Er spürte keine eindringende Luft, er spürte nur eine gewisse Feuchtigkeit an der Innenseite der Hand.

Aber was ist das, – eine gewisse Feuchtigkeit an der Hand, – was ist das vor dem, was geschehen ist – seinerzeit.

Wovon muß ich ausgehen?
Von der Vergeltung. Sie will Vergeltung. Wahrscheinlich. Sicher.
Ich an ihrer Stelle – Unsinn – ich nur ein Stück Fleisch, in das man hineinstößt, – Unsinn – wer weiß, wie oft sie noch nur ein Stück Fleisch war, – zahllose waren damals nur ein Stück Fleisch, immer, überall, aber man hört nichts von zahllosen getöteten Männern, Frauen sind anders, – nicht alle, – es wurden Männer getötet, – aber nicht erst nach zwanzig Jahren, – aber die Jahre spielen keine Rolle für den, der seine Rache will, sie will Rache, was soll sie denn anderes wollen, außerdem stimmt – so betrachtet – ihr Verhalten genau, – ganz klar, sonnenklar, – ihr ganzes Interesse, die ganze Fragerei, nichts anderes als ein Plan für die Rache, – die ist das Ziel, – sie ist auf dem Weg – jetzt –

Der Panzer. Eisen rollt – auf mich.
Unter dem Eisen werde ich liegen, aber die Kanone, das Rohr, das schreckliche Rohr, wird mich immer noch treffen.
Schlitze im Eisen und unter den Schlitzen ein Rohr, wie einen Stachel hat er das Rohr, wie einen Fühler, warum wachsen den Schlitzen Haare wie Brauen, warum zieht das Rohr sich zusammen, – oh, es will nicht über mich, es will nicht weiter, warum rollt das Eisen nicht weiter, das Rohr nicht weiter, es will – –neieiein – – auauau – – ein Blitz – – was ist das – – wo bin ich – – der Mann – – schaut wieder weg – – ein Licht – – schon vorbei – – ein Bahnhof, nein, eine Haltestelle, ein Übergang.

Habe ich wirklich geschlafen? Fünfzehn vor Zwei. Knappe drei Stunden, zwei bis zum Hellwerden. Schlafen, ja, aber ohne Träume. Er ist schuld. Er hockt hier, er lauert, eine Spinne, ein Polyp, ein Gorilla.
Ich mache die Augen zu, er ist weg, ich schlafe ein, er kommt wieder. Der Panzer.
Nein, ich will nicht mehr träumen, – auf keinen Fall.
Licht machen, – das gibt ein Gespräch, – ich will kein Gespräch.
Übersiedeln, – dann sieht mich der Geheime, – auch ein Gespräch, – ich will kein Gespräch.
Auf den Gang spazieren, – das wäre direkt eine Aufforderung für den andern, – nein.
Ich werde zum Fenster hinausschauen.

Kaum hatte der Mond ein paar Wolken abgeschüttelt, lief er den kommenden in die Hände. Bäume und Sträucher tranken von seiner Milch, Zäune und Häuser. Ihre Hände zeigten gegen den Himmel und sie nahmen von dort, und es rann in sie und es wurde grau.
Nur der See mußte nichts trinken. Er, der ganz Ruhige, bot jenem schnell fahrenden Mond das Licht wieder an, das weitgebreitete auf seiner beinahe kreisförmigen Fläche. So zwang er die anderen, denen diese Kraft des Zurückgebens fehlte, so zwang er die Bäume und Sträucher genau so wie Zäune und Häuser ins Dunkel. Er glänzte allein und er glänzte, so lange der Himmel ihn glänzen ließ.
Ein See, – doch viel größer, mehr Wald, aber diese Wiese ist wie jene, sogar ein Haus steht dort, ein Holzhaus wie jenes, und eine Hütte am Ufer. Aber kein Garten, doch, ein Garten ist auch da, Apfelbäume vielleicht, aber keine Straße, doch, da ist eine, läuft auf den Hügel, verschwindet, weiß schon, was hinter dem Hügel

ist, ja, dort, dort über den Hügel werden sie kommen. Nie hätte ich geglaubt, daß ein Hügel, ein Wald, ein Geräusch so aufhalten können.
Wir waren viel zu weit draußen.
Tauchen – Krista hat es geschrien, – hinter das Bootshaus. Aber wir waren viel zu weit draußen. Wir hatten es uns zur Pflicht gemacht, einmal am Tag den See zu überqueren, hin und zurück, ohne drüben zu rasten, man mußte immer in Form sein, ein gesunder Geist in einem gesunden Körper, gelobt sei, was hart macht, das Wasser war aber auch verdammt kalt, wir hatten erst vor zwei Tagen wieder angefangen mit dem Schwimmen, auch Frauen mußten in Form sein, Bräute von heute, Mütter von morgen, alle mußten in Form sein, schon in Sparta mußten alle in Form sein, alle, die zu befehlen hatten, und wir wollten, – nein, befehlen wollte ich eigentlich nicht, vielleicht war Gerda so eine, aber Sport machte mir Spaß, man bleibt bei Figur, Schwimmen, Tennis und Reiten, man gehört zu den besseren Leuten, aber nichts übertreiben, kein hartes Gesicht, keine Muskelpakete, Glaube und Schönheit, Anmut und Reinheit, – oh, was hätten wir damals gegeben für zehnmal so viel Muskeln, für eine zehnmal größere Lunge, wir hätten die Strecke bis zum Bootshaus unter Wasser geschafft, und sie hätten uns nicht gesehen.
Vielleicht hätten wir uns gar nicht bewegen sollen, Wasser treten, auf den Rücken legen, zur Straße waren es dreihundert Meter, der Panzer wäre obengeblieben, auch der Jeep, ja, der Jeep wäre auch nicht heruntergekommen.
Wäre – vielleicht – sinnlos, Krista kann gar nichts dafür, daß sie als erste einen Entschluß fand, – besser ein falscher Entschluß als keiner, – ja, genau so hat es immer geheißen.

Was kann sie machen?
Bei ihren Leuten – gar nichts. Bei den Amis – gar nichts.
Bei meinen, – ja, aber erstens hat sie keine Ahnung, was
ich treibe, und zweitens hat sie dorthin keinen Draht.
Kann sich das ändern? Vielleicht. Möglich ist alles.
Alles. Damit muß ich rechnen.
Es kommt darauf an, wie scharf sie ist. Eine Frau, die
ganz scharf auf was ist, erreicht viel. Aber nicht von
heute auf morgen. Erstens meine Fährte halten und zweitens den Faden zu denen drüben finden, das braucht
eine Menge Zeit, ist gleich Nerven, Geduld. Hat sie
Geduld? Sie kann sich beherrschen, aber das ist nicht
immer dasselbe.
Wenn sie keine Geduld hat, bleibt ihr nur der andere
Weg, der ganz private.
Versuchen, mich umzulegen. Aber wer geht schon gern
hinter Gitter. Versuchen, mich so umzulegen, daß es wie
Notwehr aussieht. Notwehr kaufen sie ihr ab, wenn sie
bloß die Hälfte über mich erfahren. Wenn sie alles erfahren, lassen sie die Finger davon. Sie ist hell genug,
das zu wissen. Es gibt auf der ganzen Welt keinen Menschen, der meinen Tod rächen würde.
Sie geht überhaupt kein Risiko ein, wenn sie die Notwehr schafft. Außerdem ist das der kürzeste Weg. Vor
allem: über das Ziel entscheidet sie selber, sie kann es
genießen. Wenn meine Leute mich schnappen, verliert
sie mich und das Ziel aus den Augen. Klar: sie versucht
es auf die private Tour.
Das heißt, sie wird mich nicht auf der Straße abknallen,
das heißt, sie wird allein sein wollen mit mir. Allein, –
das ist gut. Gut, weil ich weiß, was gespielt wird. Gift
kommt für Notwehr nicht in Frage. Daß ich ihr den
Schädel brav unter eine Vase halte, damit kann sie nicht
rechnen. Bleibt was zum Stechen oder zum Schießen.

Stechen ist besser für Notwehr, Brieföffner, Nagelfeile, Nagelschere, was es eben so geben kann in einem Hotelzimmer, in einem Zimmer. Wer sich nichts Arges denkt, hat wohl keine Pistole dabei. Pistole ist aber sicherer, viel sicherer. Wenn man ganz scharf ist aufs Ziel, nimmt man den sichersten Weg. Sie wird eine Pistole in die Handtasche tun.
Und wenn es mit der Notwehr nicht ganz funktioniert, dann wird sie erzählen, wie es damals war. Verspätete Notwehr sozusagen. Notwehr mit kleiner Verspätung. Zwanzig Jahre. Beweise? Wenn es die andere noch gibt, die danebenlag und die stumm war vom Ersten bis zum Letzten, die Ältere, wenn es die noch gibt, hat sie einen Zeugen. Die Richter werden in den Büchern suchen. Kenne ich zu wenig. Ob es das gibt? Notwehr nach zwanzig Jahren? Notwehr, zu der man sich rechtzeitig eine Pistole einsteckt? Damals hatten ja nur wir die Pistolen. Sie hatten ihre Augen, das war alles.
Sie war benachteiligt, behindert, – zwanzig Jahre behindert. Was meinen die Bücher?
Oder kommt es gar nicht darauf an, was die meinen?

Wir hätten viel früher wegmüssen von dort. Spätestens Mitte April hätten wir uns absetzen müssen. Wer da noch nicht wußte, daß der Krieg verloren war, war selber schuld. Wir wußten es ja, alle drei. Aber keine gab es zu. Wissen und Zugeben waren damals weit auseinander.
Krista war noch die Mutigste. Wie sie die Serviette zusammenlegt, penibel und doch nicht dabei, wie sie die Falten, die gar nicht existieren, zu glätten versucht, wie sie erst mich anschaut und dann Gerda, – die doppelt so lang –, wie sie dann zwischen uns durchstarrt, zum Fenster hinaus, noch weiter hinaus, die Stimme zuerst ganz rauh, sie hustet, sie haben die Oder überschritten, ich

verstehe nichts von Strategie, wir alle verstehen nichts davon, außerdem sind wir ja wohl überzeugt, daß der Führer noch eine Wunderwaffe zurückhält, bis zuletzt, – für den Gegenschlag, der alles entscheiden wird, für den Endsieg, – aber die Oder haben sie nun mal überschritten, und es könnte sein, – Gerda hält es nicht mehr aus, Krista hat so langsam gesprochen, sie ist schneller –, auch im siebenjährigen Krieg haben sie die Oder überschritten, aber dem alten Fritz war das egal, er hat sich nicht unterkriegen lassen, er hat genau gewußt, die gerechte Sache wird siegen, er hat den Riemen enger geschnallt und weitergemacht, und am Ende war der Sieg da, die Vorsehung konnte gar nicht anders entscheiden, es kommt immer nur auf die Zähigkeit an und auf die Härte, wir sind zäh wie Leder und hart wie Kruppstahl, da macht uns keiner was vor und die Amis schon gar nicht, man hat ja gesehen, wie die in den Ardennen gelaufen sind, – Krista rollt die Serviette zusammen, als ob sie sie auspressen möchte, – das wissen wir, aber ich habe nicht von den Ardennen, sondern von der Oder gesprochen, und du könntest mich ausreden lassen, schließlich sitzen wir ja nicht in Westfalen, sondern in Böhmen, – soll das vielleicht heißen, daß wir abhauen sollen –, zum erstenmal, seit ich sie kenne, schlägt Krista mit der Hand auf den Tisch, mit der flachen Hand, es liegt ein Tuch dort, der Ton ist dumpf –, wirst du mich endlich ausreden lassen, ich sage es zum letztenmal, sie haben die Oder überschritten, und es könnte sein, daß es einem jetzt von Tag zu Tag etwas schwerer fällt, an das Wunder zu glauben, ich meine vor allem, den anderen wird es immer schwerer fallen, denen im Dorf. Was wir glauben und was wir denken, ist ganz egal, in unseren Kopf kann sowieso keiner hineinschauen, aber was wir tun, das sehen sie alle. Deshalb, meine liebe Gerda, kann von Abhauen auch gar keine Rede sein, denn wenn's hier leer wird, wird's auch im Dorf leer und im nächsten Dorf, und wenn sich das zu den Landsern durchspricht, dann werden die sich wohl fragen, – na, ihr wißt ja, was ich meine, und damit genug, ich hab keine Lust mehr für das Thema, außerdem gibt's bei den Angeln eine ganze Menge Arbeit –, und legte die Serviette in die Lade und stand auf und ging hinaus und hinunter ans Ufer.

Gerda und ich in die Küche. Schweigen uns an, ich lasse eine Tasse fallen, wir reden, aber ganz was anderes. Erst am Abend, im Bett, Krista schreibt unten einen Brief, sagt Gerda noch was. Krista hat recht, sagt sie, aber man sollte gar nicht anfangen damit. Wenn ich einen Menschen mag, will ich ihn ja nicht unbedingt bei einer Lüge erwischen. Und ich meine, wir mögen uns doch. Ich nicke nur. Ja, so waren wir damals.

Die im Dorf sind trotzdem nicht geblieben, die waren gescheiter, und wir hätten es machen sollen wie sie. Aber wir waren einfach zu schwach für die Wahrheit, dabei kamen wir uns stark vor, wir waren zu feig für die Wahrheit, dabei hielten wir uns für mutig.

Gerda hat immerhin die Konsequenzen gezogen, gezogen paßt gut, wenn ich an die Pistole denke, Krista und ich, wir hätten vielleicht auch, aber für uns gab es nichts mehr zu ziehen.

Doch so weit hätte es gar nicht kommen müssen. Wir hätten einfach nicht mehr da sein dürfen. Wer im Krieg da ist, wo der Feind ist, und wer eine Frau ist – –

Wenn ich sie anreden würde?
Alles zugeben würde?
Zugeben ist gut, – als ob man leugnen könnte – in diesem Fall. Wenn sie alles weiß. Und keinen Richter

braucht für die Rache. Genau: ich weiß nicht, ob sie es weiß. Sie weiß es nicht, sie ahnt nur, ich rede, sie weiß. Leichtsinn. Aber wenn sie es weiß, und ich rede, dann rede ich ihr entweder die Rache aus oder ich kriege Einblick in ihren Plan. Oder sie führt mich an der Nase herum, und ich erfahre gar nichts.
Reden? Aber wie?
Von Sirky erzählen? Meine Herren, Sie wissen, Disziplin geht bei mir über alles. Das hat sich nicht geändert, auch wenn sich der Krieg geändert hat, und das wird sich nie ändern. Aber, meine Herren, wir stehen vor dem Endsieg. Es handelt sich um Wochen, vielleicht um Tage. Wir wissen es, unsere Männer spüren es. Ich erlaube Ihnen, daran zu denken, daß diese Männer vom Krieg bisher nur Dreck und Blut gesehen haben. In Kürze ist der Krieg zu Ende. Ich verstehe es, daß diese Männer, die mit uns den Sieg erkämpft haben, daß diese Männer wenigstens einmal etwas mehr sehen wollen als Dreck und Blut, nämlich Beute. Wer erst nach dem Krieg, wer im Frieden Beute macht, ist ein schlechterer Soldat als jener, der es im Krieg tut. Ich würde mich also nicht wundern, wenn unsere Männer jetzt, da wir endlich auf dem Boden des Feindes stehen, dies oder jenes greifen wollen. Meine Herren, lassen Sie sie greifen, aber unter Ihrer Kontrolle. Ich erwarte von Ihnen, daß Sie auch in diesem Punkt das Heft nie aus der Hand geben. Ich habe nichts dagegen, daß unsere Männer Beute machen, aber ich werde rücksichtslos durchgreifen, gegen die Männer und vor allem gegen Sie, meine Herren, wenn die Disziplin darunter leidet. Denn Disziplin geht bei mir über alles. Bin ich verstanden worden? Jawohl, Herr Major. Na also. Im übrigen kann ich mir vorstellen, daß auch die Herren sich bedienen wollen. Bitte sehr. Aber nicht vor den Männern, das dürfte wohl

klar sein. Jawohl, Herr Major. Na, dann sind wir uns ja wieder einmal einig. Ich danke Ihnen.
Einig ist gut. Jeder im Regiment weiß, daß der Major kein Weib anrührt. Hat er nicht nötig, sagt der Adjutant. Fest steht, daß der Kommandeur sich beherrschen konnte wie kein zweiter. Vielleicht hatte er gar nichts zu beherrschen, – das weiß niemand. Fest steht, daß er in zwei Jahren nicht ein einzigesmal betrunken war, zumindest hat es keiner gesehen, – vielleicht schmeckte ihm das Zeug einfach nicht. Wahrscheinlich schmeckten ihm die Weiber auch nicht. Vielleicht hatten sie ihm einmal in die Hoden geschossen. Niemand weiß was. Egal. Fest steht, daß mir keiner so imponiert hat.
Soll ich ihr das erzählen? Was ich mir vorstellte?
Wie wir alle uns auf die Beute stürzten, dumpf wie das Vieh, während Sirky dabeisteht und uns alle, uns und die Weiber, mit schmalem Lächeln gründlich verachtet.
Sich etwas vorstellen und einen Plan haben, das ging von selbst. Wenn Sirky es immer kann, einmal kann ich es auch, einmal kann ich ihn erreichen, das wäre doch gelacht. Meinen Männern wird es nicht schwerfallen, wie das Vieh zu sein, die Schnapsrationen werden täglich ergänzt, und ich werde dabeistehn wie Sirky, wie der liebe Gott werde ich sein über ihnen, – außerdem ist das einmal ganz was Neues, – außerdem kann Sirky es nur im Geiste tun, wir Offiziere werden uns in seiner Gegenwart hüten, – ich aber kann es wirklich tun.
Das erzählen?

Aber – abgesehen von allem –, hofften wir ja immer noch, daß Unsere kommen würden, zurückmarschieren würden, ordentlich, ein Regiment, eine Division, eine Armee. Sie würden uns mitnehmen. Mit ihnen gehen, das wäre auf jeden Fall in Ordnung gewesen, niemand kann verlangen, daß dort noch Frauen sind, wo keine Soldaten, keine eigenen Soldaten mehr sind. Schörner stand in der Nähe, Ritterkreuz, Eichenlaub, Schwerter, Brillanten, seine Armee war in Ordnung, hieß es, und solange es die gab, gab es für uns einen Schutz. Glaubten wir. Redeten wir uns ein. Vom Kriegführen verstanden wir, obwohl wir uns interessierten, noch immer zu wenig. Meinten, daß eine Front eine Linie sein müsse, eine blaue Linie, gegen die rote Pfeile zeigen, von der anderen Seite. Rote Pfeile, das war alles, was wir wußten. Die Bilder in den Illustrierten, die Aufnahmen der Wochenschau, Kesselschlachten einundvierzig, zweiundvierzig, die Rollbahn, die Gefangenen, Massen, nichts als Massen, wie riesige Herden in der Steppe, aber alles nicht ganz wirklich, irgendwie unwirklich, was tausend Kilometer entfernt im Osten passierte, war unwirklich, was in Rußland passierte, war unwirklich, Rußland selber und die Russen, etwas ganz Unwirkliches, Unfaßbares, da halfen auch Illustrierte nichts oder Wochenschauen, Rot, Linien, Kreise, Ellipsen, Pfeile, die zuerst immer nach rechts und auf einmal immer nach links zeigten, alles in Rot, das war das Einzige, was wir wußten.

Als wir die Schießerei hörten – ziemlich entfernt wohl, aber immerhin –, waren wir direkt beruhigt. Wo geschossen wird, müssen auch Eigene sein. Wir hatten seit einer Weile alles gepackt, natürlich.

Nach dem Frühstück sagt Krista, alle guten Dinge sind drei, wieso, na, heute machen wir erst die dritte Seeüberquerung in diesem Jahr, aber ich habe das Gefühl, daß wir nicht mehr viele dazu machen werden, wenigstens vorläufig nicht. Gegen Mittag dann, wenn der Nebel weg ist, erstens ist es dann wärmer, und zweitens mag ich das nicht, – so ins Uferlose hineinschwimmen.

Gerda lacht, kein Ufer zu sehen, das ist ein Abenteuer, Krista lacht nicht, Abenteuer, ich denke, davon kriegen wir bald jede Menge.

Vielleicht wäre es nicht passiert, wenn es nicht vorher diese Schießerei gegeben hätte. Auf die wir gar nicht gefaßt waren. Schörner stand ja viel weiter im Süden, hier mußte eine Lücke sein, eine ziemlich große Lücke sogar, Sirky hatte es auf der Karte gezeigt, wir verließen uns auf die Karte, obwohl Sirky gesagt hatte, verlaßt euch nicht drauf, mit Versprengten oder mit Fanatikern muß man immer noch rechnen. Aber wir dachten, warum sollen ausgerechnet wir, – jedenfalls war es bitter. Eigentlich war es die bitterste Metzelei, die ich je mitgemacht habe, – und das knapp vor Torschluß. Buben waren das, keine Männer, Buben, denen die Stahlhelme nicht paßten, auch nicht die Uniformen, aber mit diesen Ofenrohren konnten sie umgehen, und gegen den Infanteriezug wehrten sie sich zuletzt noch mit so komischen Messern. Eine Wut hatten wir – und Ausfälle, ziemliche sogar, – und alles knapp vor Torschluß. Keine Gefangenen, sie wollten nicht, wir auch nicht.
Endlich ist es still, Martikoff stöbert mit seinen Leuten bei den Toten der anderen herum. Auf einmal fluchen die, mehr, als ichs gewohnt bin, dann fällt dieses Wort, ich gehe hin, ich schau mir das an, – ein Mädchen, wir hätten es vielleicht gar nicht bemerkt, sie hatte einen Helm auf und war angezogen wie ein Junge, aber blöderweise hatte ein Stich ihre Hose geschlitzt, und ich komme so von der Seite dazu, sehe die Gesichter von Martikoff und seinen Leuten, ich hätte gar nicht auf das Mädchen schauen müssen, verflucht nochmal, zehnmal verflucht, sagen diese Gesichter, warum kriegen wir die erst, wenn sie hin ist, und es sieht fast so aus, als woll-

ten die sich auf die Leiche, die noch warm ist, stürzen, endlich eine Frau – und dann ist sie hin, wenn wenigstens wir sie hingemacht hätten, – nachher.
Hätte ich nicht geglaubt, daß das so aufregen kann, ein totes Weibsstück, ein halbnacktes, was heißt, ein Weibsstück, ein Stück nur von einem Schenkel, wie die das gleich erkannten, daß es kein Männerfleisch war, ich hätte es nicht geglaubt, aber als Martikoff mich bemerkt, wie er herschaut, sich nur in der ersten Sekunde schämt und in der nächsten schon diese gewisse Frechheit im Blick hat, mit der er den Unterschied zwischen uns, einen gewaltigen Unterschied, wegwischt, weil er in meinen Augen das Gleiche gesehn hat wie ich in seinen, da wußte ich, daß es Zeit war, daß es höchste Zeit war, auch die anderen, die bei Martikoff standen, hatten ja diese Augen, diese Feuchtigkeit in den Augen, die nicht vom Schnaps kommt, Schnaps hatte es an dem Tag noch keinen gegeben, ja, genau damals, nach dem Gemetzel, wußte ich, daß etwas passieren wird, passieren muß, bei der erstbesten, nächsten Gelegenheit.

Nach der Schießerei hätte es nicht so ruhig bleiben dürfen bis Mittag. Wir meinten, die Front, wenn sie näherkomme, das gäbe ein Spektakel. Die Schießerei, ja, das verstanden wir, aber dann, diese Stille, und auf einmal die Sonne, das Grün der Gräser, die ersten Blüten, Apfel- und Kirschbäume sind es gewesen, der Glanz auf dem See, der Geruch des Holzes, jahrelang hatte es keinen so schönen Mai gegeben, es war selbstverständlich, daß wir ins Wasser gingen, die Front hatte sich ja beruhigt, die Front war noch woanders, und wir waren ja so mutig, wenn die Front zu uns kommen würde, würden wir bereit sein.
Bereit sein, immer bereit sein, viele sagten es, der Gau-

leiter am liebsten, aber es gab auch andere und die meinten es anders, Urlauber, für drei Wochen heimgeschickt von der Front, sie sagten es nicht, aber in ihren Augen stand es geschrieben, wir sind schließlich auch immer bereit, zum Sterben bereit, ihr daheim, Mädchen, Frauen, könntet wenigstens, – sie sagten es nicht oder sie nannten es anders, Einfühlung, Harmonie, Verstehen, Zärtlichkeit, Sichnahesein, Sichganznahesein, Sichgutestun, Sichangehören, aber am liebsten nannten sie es Liebe und meinten eigentlich, – ach, in ihren Augen stand es ja drin. Eigentlich war es das Gleiche wie in den Augen der andern. Nur der Schnaps kam bei denen dazu.
Wir hätten die zwei Flaschen längst leermachen müssen – oder in den See werfen. Aber wer warf damals schon so was weg.
Der, dieser hier, er allein ist schuld an dem Ganzen, er hatte nichts getrunken oder nur wenig.

Falsch. Ich sage: die Deutschen, und meine: jetzt. Ich müßte damals meinen. Die Deutschen damals, das war etwas anderes. Zumindest für uns. Nur die Primitivsten unter uns glaubten unseren Plakaten, glaubten an diese Bestien, Wölfe, Hunde, Hyänen, wir aber wußten es anders, wir hatten genug von ihnen gesehen. Es war ja auch viel besser, nicht an diese primitiven Plakate zu glauben, einen Hund zu besiegen, eine Hyäne, das ist keine Leistung. Wer diese Plakate befahl, hatte wohl schon vergessen oder wollte es uns vergessen lassen, wer die Lehrer unserer Lehrer waren. Ich wußte es noch, in Kriegsgeschichte hatte ich Sehrgut, immer.
Deshalb mußten auch die Frauen dieser Deutschen mehr sein, logisch. Je mehr sie sind, desto mehr können wir davon haben – wenn wir sie nehmen. Blond, mit blauen Augen, und groß.

Sirky schaut ganz nüchtern, sachlich, wenn der Krieg aus ist, werden wir noch eine Weile hier bleiben, wir werden wieder ein Kasino einrichten, es wird nicht zu vermeiden sein, daß wir deutsche Mädchen haben, in der Küche und zum Putzen, der Schimmer, die Spur nur eines Lächelns erscheint in seinem Gesicht, hübsche, blonde Mädchen, so ist es ja dann auch gewesen, zumindest waren Blonde dabei, und Sirky war sehr zufrieden, wenn sie Kartoffeln schälten und den Boden aufwischten, für ihn war das genug, – vielleicht, was Genaues weiß keiner. Jedenfalls hat er sich nach der Herkunft erkundigt und war glücklich, als er die Tochter eines Majors in der Liste entdeckte, und war enttäuscht, als er dahinterkam, daß gerade die am schnellsten ins Bett ging. Der Adjutant kann alles erklären, wozu wäre er sonst Adjutant, damals, in diesem polnischen Dorf, in dieser Hütte, in der es noch einen Ofen gab und ein paar Kerzen, eine Flasche hatten wir selber dabei, mir könnt ihr glauben, ich kenne den Chef wie keiner von euch, nein, er spricht nicht, davon bestimmt nicht, aber sein Tagebuch hat er liegen lassen, ich rede nur von Dingen, die ich weiß, und ich kann euch verraten, er mag es absolut nicht, wenn ein Weib scharf ist auf das, absolut nicht, sie muß dagegen sein, bis zuletzt dagegen sein, sonst macht das Ganze keinen Spaß, Spaß hat er nicht geschrieben, irgendwas anderes, ist ja gleichgültig, ich sage euch, für den wird es jetzt, wenn wir nach Deutschland kommen, richtig, der Ahnungslose, – aber damals, auf der Wiese, das wäre was für Sirky gewesen, aber Sirky war nicht dabei, ich war an seiner Stelle, aber vielleicht stand er hinter mir, man denkt viel zu wenig daran, wie so was abfärbt, im Lauf der Zeit,

Die waren jedenfalls blond, beide. Als ich sie im Fadenkreuz hatte, wußte ich alles, wußte ich die ganze nächste

Stunde schon voraus. Dabei hatte ich für den Tag nichts mehr erwartet. Nach der Schießerei noch zwei Dörfer, aber beide ganz leer, auch die alleinstehenden Höfe, alle verlassen, nicht eine Seele, nicht einmal eine Alte, geschweige denn eine Junge, alle beim Teufel, na ja, das war vorauszusehen, wer weiß, wie lange es noch dauern wird, bis wir welche finden, und dann dieser Hügel, die Straße bleibt am Fuß, biegt in einen Wald ein, aber ein Feldweg läuft hinauf, Martikoff hat seine Kiste schon gegen die Bäume gesteuert, aber ich, – ich denke gar nicht nach, ich sage einfach zu Juri, links, und schon brummen wir den Weg hinauf.

Hätten sie es auch getan ohne ihn? Wahrscheinlich. Sicher. Überhaupt mit den Flaschen.
Aber *gegen* ihn, – hätten sie es nicht getan. Wenn er es verboten hätte.
Aber so weit hätte es gar nicht kommen müssen. Nur er hatte ein Fernglas, er allein, die anderen wußten gar nichts von uns. Er hätte sagen können, wir fahren vorbei, oder, besser noch, wir fahren zur Straße zurück, das wäre ganz logisch gewesen, die Straße führt ins nächste Dorf, in die Stadt, zur großen Brücke, zu wichtigen Zielen, der Feldweg führt eigentlich nirgends hin, – nur zu uns.
Er hat uns gesehen und hat seinen Plan gehabt. Als der Jeep ankam und der zweite Panzer, hat er den Arm ausgestreckt, – damit war es entschieden. Er kam sich wohl wie ein Feldherr vor, als er die Leute auf das Haus zuschleichen ließ, ein leeres Haus, das heißt, ein Haus ohne Männer, ohne bewaffnete Männer. Die Flaschen tragen sie heraus wie ein Pfand auf den Sieg, sie schwenken sie und winken uns, winken uns mit den Flaschen.

Das Wasser ist auf einmal irrsinnig kalt, auch Krista und Gerda haben ganz blaue Lippen. Sie gehen mit den Flaschen zum Abhang zurück, wo er unter der Eiche steht, mit dem Fernglas, und herschaut. Krista schwimmt ganz zu mir, auch Gerda kommt her, Krista traut sich nur mehr zu flüstern, obwohl es mehr als hundert Meter sind, vielleicht sind sie mit dieser Beute zufrieden, vielleicht müssen sie weiter, sicher müssen sie weiter, vielleicht sofort, bald, wir dürfen auf keinen Fall jetzt heraus, wir müssen es noch eine Weile aushalten. Ihr seid doch nicht müde, nein, wir sind nicht müde, aber in meinen Beinen ist lauter Blei, am besten, wir legen uns auf den Rücken, so halten wir es noch lang aus, wir sollten vielleicht ans andere Ufer schwimmen, dorthin, wo das Gebüsch am weitesten heranwächst, nein, damit reizen wir sie nur, dort hinüber zu fahren, am besten ist, keine Bewegung, so wenig Bewegung wie möglich, sie stehen um ihren Führer herum, dort bei der Eiche, gleich wird er das Einsteigen befehlen, der eine Motor heult schon auf, auch der andere, einsteigen, heißt das, sie rühren sich nicht, der eine Motor ist still und jetzt ist auch der andere still, vollkommen still.
Und wieder die Kälte des Wassers, gerade so, als würde genau unter uns eine eiskalte Quelle aufbrechen.
Die bei der Eiche setzen sich nieder, nicht im Kreis, nein, in einer Reihe nebeneinander, und alle schauen aufs Wasser und sie reichen sich etwas zu, das müssen die Flaschen sein, die eine kommt von links, die andere von rechts, von der Mitte wandern sie wieder zurück an die Ränder und von dort wieder zur Mitte und wieder zurück und noch einmal das Ganze, sie machen also nur kleine Schlucke, um die Sache zu verlängern, sie haben Zeit, und jetzt, was reichen sie jetzt von einem zum andern, das Fernglas muß es sein, das ist viel schlimmer

noch als die Flaschen. Jeder hält sich das Glas an die Augen, jeder, der trinken durfte, darf jetzt auch schauen, ihr Führer hat ihnen das Glas gegeben, ein sehr kollegialer Mann, dieser Führer, er tut was für seine Leute. Zweimal wandert das Glas die Reihe entlang, einmal hin und einmal zurück, und immer, bei jeder Station hat es die gleiche Richtung, und zuletzt landet es wieder beim Führer, und der schaut am längsten, ihm gehört ja das Glas. Ich fühle genau, weder das Wasser, noch der Badeanzug können mich jetzt noch bedecken, ich fühle genau, ich bin ganz und gar nackt und wenn ich Krista und Gerda ansehe, dann weiß ich, ihnen geht es gerade so. Ich merke, daß die Kälte des Wassers noch zunehmen kann, ich hätte es nicht geglaubt, aber ich spüre es ganz genau und ich habe Angst, daß ich es nicht mehr lang aushalten werde.

Gerda hält es noch weniger lang aus, ihre Schultern sind eine Gänsehaut, ich muß schwimmen, ich muß, ich erfriere sonst, sie macht ein paar kräftige Züge, taucht unter, kommt wieder hoch, schüttelt das Wasser aus den Haaren, das macht sie immer, jetzt lachen die draußen und rufen, und einer schwenkt die Flasche hoch über sich wie eine Fahne, Krista, es hat keinen Sinn, wir müssen es mit dem anderen Ufer probieren, probier es, ich lasse mir das nicht ein zweitesmal sagen und schnelle mich weg, lege das Gesicht aufs Wasser, zweihundert Meter Brust schaffe ich gleich, aber dann höre ich den Ruf, das war Krista, ich drehe mich auf den Rücken und sehe, daß einer zum See geht in der Richtung, in der ich schwimme, schwimmen wollte. Ich kehre zu Krista und Gerda zurück, auch der Mann kehrt zu denen zurück, die sitzen, und setzt sich wieder zu ihnen. Die Kälte, wenn diese Kälte nicht wäre.

Ich bewundere Krista, die gar nichts tut, nur mit den

unsichtbaren Füßen das Wasser tritt oder auf dem Rücken liegt und mit den Händen plätschert, es sieht ganz leicht aus, wie ein Spiel, ein fröhliches Spiel unter einer fröhlichen Sonne, aber wenn ich näher bei ihr bin und ihre Augen sehe, dann sehe ich, was es ist, ein Wille, ein harter, schrecklicher Wille, aber dahinter, hinter dem Willen, der nichts tun kann, sehe ich, oder täusche ich mich, sehe ich die Verzweiflung. Ich bewundere sie und weiß, daß ich sie bald noch mehr bewundern werde.
Vielleicht hat es Gerda am schwersten, sie ist schlanker als wir, die Kälte dringt schneller durch. Sie macht auch die meiste Bewegung, dreht sich vom Rücken auf den Bauch und wieder zurück, zieht die Beine an, stößt sie weg, dreht sogar eine Rolle, das gibt Spritzer, und jetzt lachen die draußen wieder, heiser und zugleich übermütig, übermütig wie Kinder, und wenn es das gäbe, daß einer gar nicht wüßte, was los ist, dann könnte er meinen, hier würden Spiele gespielt, harmlose Spiele des Sommers, Geplantsche im Wasser, Gelächter am Ufer, Nixen und Nymphen und einer, der im Gebüsch sitzt mit einer Flöte, es ist keine Flöte, es sind Flaschen und ein Fernglas, und es ist unmöglich, daß es einen gibt, der nicht weiß, was los ist.
Er mußte es wissen.
Er verhinderte es nicht.

Hier werden wir rasten, ja, das war mein erster Gedanke. Ich wußte, daß ich mindestens eine Stunde frei geben konnte, um vier mußten wir an der Kreuzung sein, jetzt war es elf, ein bis zwei Stunden konnte ich für die Pause und fürs Essen verbrauchen. Eine herrliche Wiese, Sträucher, ein Brunnen, ein paar Bäume, was wollte ich mehr.
Es war still, ganz still, ich weiß genau, was ich dachte:

den Dreck abwaschen, im Gras liegen, in die Blätter schauen, mehr dachte ich nicht.
Ich lasse Martikoff rufen und den Jeep, bis die kommen, genieße ich alles allein, schaue für alle Fälle mit dem Glas auf das Haus, das einzige Haus weit und breit, unten gelb, oben braun, ich bin sicher, es ist verlassen, verlassen wie die anderen Häuser, alles geflüchtet, bloß routinemäßig schaue ich hin, ein Fenster ist offen und oben noch eins, na ja, wer es eilig hat, an der Leine hängt was, kann eine Decke sein oder ein Badetuch, dann das Kleine dort, wie ein Wäschestück, aber nicht von einem Mann, ich lege das Fadenkreuz auf die Tür, nichts, ich nehme das Glas weg, nichts, ich schaue auf die Wiese, nichts, schaue zu den Sträuchern und entdecke jetzt erst, daß es Flecken gibt dort im Grünen, bunte Flecken, Menschen, Frauen.
Es dauert eine Weile, bis ich das Fadenkreuz an der richtigen Stelle habe, das Glas vibriert, ich kann es nicht leugnen, ja, – und dann – dann vibriert es noch mehr. Martikoff ist nun da und der Jeep, und jetzt ist ohnehin alles zu spät, nichts ist mehr aufzuhalten, aber vielleicht habe ich das damals gar nicht gedacht, ich weiß es nicht mehr, vielleicht habe ich nur gedacht, ich bin der Chef und bin der Entdecker, ich kann was bieten als Chef und Entdecker, und habe deshalb den Arm ausgestreckt. Genau zu den Punkten habe ich meine Finger gehalten, und so war alles entschieden.
Martikoff, der genau so im Turm steht wie ich, natürlich, so ein Wetter und kein Feind mehr, Martikoff lacht, ich nehme den Hörer ab, er nimmt ihn auch ab, dann rollen wir den Hügel hinunter, zu den Bäumen hin.
Die Punkte bewegen sich nicht, na, was ist denn?
Nicolai mit denen vom Jeep ging ins Haus, wir bleiben hier, unsere Spritzen sind Schutz genug, meine zeigt auf

die Tür, die von Martikoff auf die Fenster, aber das ist alles nur Gewohnheit, die mit den Ofenrohren setzen sich nicht in die Häuser und schon gar nicht in so eins, das allein steht auf weiter Flur, nein, eine Metzelei, so eine Metzelei wie heute morgen, wird es hier nicht geben.
Warum rühren die bei den Sträuchern sich nicht? Sind jetzt nahe beisammen, aber was nützt ihnen das.
Flaschen hinstellen, zwei gute, randvolle Flaschen, wer das tut, ist selber schuld. Nicolai hat seinen Haufen in der Hand, sie bringen die Flaschen unversehrt bis zu den Bäumen, Sirky, das verdanken wir alles nur Sirky, aber soviel Disziplin schreit geradezu nach einer Belohnung. Ich bin froh, daß es die Punkte dort gibt und eine Gerechtigkeit.
Ihr das erzählen?
Ihr sagen, was ein Mann ist?
Ein Mann, der sich tausend Kilometer, der sich ein Jahr lang vorwärtsgekämpft hat, ein dreckiger Mann unter dreckigen Männern, brennende Häuser und brennende Panzer, und immer wieder Leichen, stinkende und gefrorene. So ein Mann und dann ein Weib, nach fünf, nach zehn, nach zwanzig Monaten ein Weib. Ein Weib aus dem Land, das die ganze Schuld hat und das endlich die Rache spürt.
Die da drüben – Amerikanerinnen, Engländerinnen? Meinen Männern wäre das gleich gewesen, überhaupt nach dem Schnaps, – mir nicht. Amerikanerinnen – Unsinn.
Aber Polen, Franzosen und Juden haben die verschleppt. Wenn es Polinnen, Französinnen, Jüdinnen gewesen wären? Blonde gibt es überall, – woran hätten wir es gemerkt? Viele Weiber haben ein Sprachentalent, bloß Russisch, das lernen sie nie. Und ich, wenn ich nichts

anderes gelernt hätte als Russisch, so wie Martikoff und der ganze Verein? Wir hätten gar nicht gewußt, wer die Flecken eigentlich sind. Nicht gewußt.
Moment. Wußten wir es? Nachher. Erst nachher machten die den Mund auf.
Alles Unsinn. In diesem Land saßen Polinnen und Jüdinnen nicht in Wochenendhäusern.
Wußten wir das?
Unsinn. Wer in diesem Land war und frei war, war unsere Beute, stand uns zu – rechtmäßig.

Es gibt Strecken des Denkens, auf denen Millionen von Hirnen in einem einzigen Geleise nur fahren.

Strafe. Seine Strafe.
Seine Strafe für uns. Warum fällt seine Strafe auf uns?
Gerade auf uns. Auf drei Mädchen, die niemandem, – ich kenne doch Gerda, ich kenne doch Krista –, die niemandem etwas getan haben.
Andere haben etwas getan, heute weiß ich es, Männer haben etwas getan, aber nicht unsere Männer, nicht unsere, das steht fest, Martin, Jürgen, Roland, keiner war bei der SS, Jürgen und Roland kümmerten sich überhaupt nicht um Politik und Martin war sogar dagegen, wenn er etwas von Auschwitz gewußt hätte, hätte er das hundertprozentig verurteilt, auch Jürgen und Roland hätten das verurteilt, wir alle hätten das verurteilt, aber es wußte ja keiner was davon, keiner von uns, wir haben nichts gewußt und wir haben nichts getan, wir Mädchen sowieso nicht, aber auch die Männer nicht, die zu uns gehörten.
Aber bestraft worden sind wir trotzdem.
Soll das heißen, daß man für Fremde büßt? Für Wild-

fremde? Daß heute und hier einer was Böses tut, und in zehn Jahren, in zehntausend Kilometer Entfernung muß ein ganz anderer das büßen? Was Napoleon getan hat, oh, ich weiß noch genau, Ägypten, Rußland, eine halbe Million Tote, aber die Gesundheit Seiner Majestät ist besser denn je, wir hatten einen sehr guten Geschichtsprofessor, – dafür soll ich heute bezahlen? Oder für Iwan Grosnyi, für Dschingis Khan, für Attila, für Nebukadnezar, – ich, ausgerechnet ich? Nebukadnezar ist von mir genau so weit weg wie Hitler. Aber ich soll büßen. Das ist doch nicht möglich.

Wir sind bestraft worden, alles ist möglich. Er ist die Strafe, wenn es ihn gibt. Wenn es ihn gibt, dann ist er also in den Augen der Männer, als wir aus dem Wasser gehn. Er – in diesen Augen, – darf ich das denken, aber ich sagte ja, er ist die Strafe, das heißt, wenn es ihn überhaupt gibt. In diesen Augen.

Jeder Tropfen ein eiskalter Stich in die Haut. Sonst rinnen die Tropfen an einem hinunter in langen Schnüren vom Hals bis zu den Fersen, diesmal bleiben sie stehen, gefrieren auf der Stelle, wachsen zusammen zu einem Panzer aus Eis, zu einem Panzer vom Hals bis zu den Fersen, mit jedem Augenpaar, das uns anschaut, wird der Panzer um eine ganze Schicht stärker, wir stecken in lauter Eisen, lauter eiskaltem Eisen, gleich werden wir nicht mehr gehen können, aber die Männer können gehen, langsam zwar, aber sicher, sie tragen keine Flaschen, sie haben die Flaschen den Sitzenden gelassen, sie aber sind aufgestanden, ausgeschickt vielleicht von ihm, die sitzen nicht mehr, sie gehen, drei, drei so wie wir, zwanzig Meter, zehn, fünf, im Gras bleibt eine Spur, wie lange wohl bleibt sie, fünf Meter, das ist sehr weit und ganz nah, unser Panzer aus Eis ist schon fünf Meter dick oder sind es fünf Millimeter, egal, wer uns anrührt, wird erfrieren, wird brechen wie Glas in der Kälte, wir sind unverletzlich, wir sind sicher, sicher eingesperrt in diesem eiskalten Eisen, was immer sie uns tun, sie können uns gar nichts tun, das habe ich gehört, das habe ich wirklich gehört, aus einem halben Meter Entfernung, von der Seite, Krista hat es gesagt.

Einen Augenblick dachte ich, die bleiben ja ewig bei den Büschen, die kommen überhaupt nicht mehr heraus. Vielleicht haben sie eine Pistole, damals hatten auch Frauen Pistolen, überhaupt Frauen in Wochenendhäusern.
Oder Gift?
Von Selbstmorden haben wir schon gehört, Oleg wußte darüber von den Infanteristen. Die durften die Häuser ausräumen, zu so was kommen die Panzerleute ja nie.
Jetzt waren wir die Glückspilze. Die Frauen waren gesund und munter, hübsch und jung, trotzdem nicht mager, und wir hatten Zeit, soviel Zeit, daß wir warten konnten, soviel Zeit, daß die, die später drankamen, vorher in Ruhe zuschauen konnten, und Chef konnte auch keiner kommen, der Chef war ich selber. Das Warten allerdings, bis die herauskamen, dauerte lange genug. Und ich weiß genau, daß ich nervös wurde. Wenn man zuviel Zeit hat, schleichen sich komische Gedanken ins Hirn, wenn Galina da wäre, dachte ich einmal, das war ein ziemlich blöder Gedanke, ungut war das, aber dann dachte ich weiter, dann wären wir Deutsche, und ich erinnerte mich, daß die Deutschen sowas ja tausendmal gemacht hatten, jeder Politoffizier wußte eine ganze Menge solcher Geschichten. Wie du mir, so ich dir, das war gottseidank ein ziemlich klarer Gedanke, der konnte Ordnung stiften im Hirn, ein Glück, daß es auf der

Welt wenigstens ein paar ganz einfache, schlichte, solide Grundsätze gibt, wie du mir, so ich dir, darauf kann man bauen, das bringt Ordnung, Klarheit und System in die Welt.
Ihr das erzählen?
Oder sagen, daß mir auch Stepan einfiel, daß ich genau wußte, der hätte mich nicht sehen dürfen – damals unter den Bäumen.
Ja, wenn Stepan der Chef dieses Haufens gewesen wäre, dann hätte es dort gar nichts gegeben. Das steht fest. Auch Martikoff hätte da nichts erreicht, auch Nikolai nicht. Sie hätten vielleicht das Haus durchsuchen dürfen nach solchen mit Ofenrohren, aber die Flaschen hätten sie nicht aufmachen dürfen, nur mitnehmen für später, vor allem hätten sie nicht warten dürfen, bis die aus den Büschen heraußen waren, sie hätten gleich weiterfahren müssen, oder Stepan hätte sie, wenn er die bei den Büschen auch so früh bemerkt hätte wie ich, gar nicht auf den Hügel heraufkommen lassen, sondern wäre zurückgerollt, er meinte, man soll den Leuten gar keine Gelegenheit geben, ihren Charakter auszuprobieren.
Eigentlich hätte es leicht sein können, daß er dort kommandiert hätte, Sirky liebte das Wechseln, und wenn es Leonid eine Woche früher erwischt hätte, wenn ich seinen Verein schon eine Woche früher hätte übernehmen müssen, dann hätte Stepan damals schon den meinen geführt, damals – unter den Bäumen. Dabei hätte es Leonid ganz leicht früher erwischen können, wenn ich an die zwei Streifschüsse denke, die sie ihm da verpaßt hatten, ein paar Tage vorher, am rechten Ohr und an der linken Schulter. Merkwürdiger Gedanke: einer hält seine Knalle ein wenig anders, verschiebt sie nur um ein paar Zentimeter, und schon passiert den Mädchen überhaupt nichts. Ja, bei dem Schützen, der es auf Leo-

nid abgesehen hatte, können sie sich bedanken, daß ihnen das passiert ist.
Ihr das erzählen?
Vielleicht glaubt sie an den lieben Gott. Der liebe Gott führt allen Schützen die Hände, er hätte das Gewehr des Mannes ein bißchen anders legen können, er hätte es auch direkter machen und eine Kugel gleich auf mich lenken können, aber er hat nichts von all dem getan, das heißt er wollte unter den Bäumen nicht Stepan haben, sondern mich.
Vielleicht hat ihr Mann oder ihr Bruder vorher bei unseren Mädchen das gleiche getan. Ja, so ist es wahrscheinlich gewesen. Einer muß dann die Bestrafung übernehmen, und ich bin ausgesucht werden. So hätte die ganze Geschichte gleich einen Sinn. Ich werde Sie fragen, wie das mit ihrem Mann war oder mit ihrem Bruder oder mit sonst einem Deutschen, den sie kennt. Natürlich wird keiner was getan haben, sie wird es sagen, vielleicht sogar glauben, ehrlich glauben, ich werde nie wissen, was die Wahrheit ist.

Und es stimmte, wenn ich in Kristas Augen schaute, das heißt, in ihren Augen stimmte es, das heißt, so lange sie die Augen noch offen hatte, das heißt, es stimmte zumindest noch, als sie ihr den Badeanzug auszogen. Zuerst wollten sie, daß wir uns selber ausziehen, seine Leute fuchtelten bloß mit den Händen, aber er, er sprach ja schon damals einwandfrei deutsch, er sagte es direkt, er lächelte sogar dabei, wir wollen Sie nicht zu sehr belästigen oder wir wollen Ihnen nicht zu sehr wehtun oder so ähnlich, und er sah aus, als ob er eine Antwort erwarte, aber gottseidank hatten wir Krista, die alles vormachte, und der wir alles nachmachen konnten wie die Maschinen. Krista aber hatte das letztemal geredet, als wir am Ufer waren und die drei herankamen, was immer sie uns tun, sie können uns gar nichts tun, ja, das weiß ich genau, und dann nur noch eines, und jetzt kein Wort mehr, und dabei ist es auch geblieben, da konnte er Krista noch so freundlich ansehen, ja er hat sie freundlich angesehen, sie war die schönste von uns, Krista blieb stumm, und wir blieben genau so stumm, und ich beiße schon deshalb die Lippen zusammen, damit er das Aufeinanderschlagen der Zähne nicht bemerkt. Er sagt was zu den Männern, und dann kommen drei auf uns zu, einer nur für jede, sie grinsen und greifen nach den Trägern auf unseren Schultern. Er denkt wohl, wir würden uns wehren, er freut sich schon darauf, es ist gar nicht so leicht für einen allein, mit einem Mädchen fertig zu werden, das kann einen langen Kampf geben, eine wilde Balgerei, wenn das Mädchen trainiert ist, wir waren trainiert, das hat er schon bemerkt, und nun will er was sehen, er wollte ja immer nur sehen, und nun war er zum erstenmal enttäuscht, er konnte das nicht verbergen, denn wir rühren uns nicht, wir haben zu Krista geschaut und haben gesehen, wie die ins Leere starrt und sich nicht im geringsten bewegt. Den Männern gefiel das besser, sie zerrten unsere Kostüme hinunter, sie lachten, klingt wie das Gebell großer Hunde, und reden heiseres Zeug. Als die Kostüme auf unseren Knöcheln liegen, wollen die Männer, daß wir die Füße heben, daß wir heraussteigen aus den nassen Fetzen da unten. Wir aber rühren uns nicht, wir waren wie Statuen, denen Uniformierte aus unerfindlichen Gründen die Beine massieren. Sie schauen zu ihm, er sagt was, und sie stellen sich hinter uns, packen uns an den Haaren und reißen uns nieder.

Ich wollte die Augen schließen, aber ich konnte es nicht,

ich versuchte es, aber ich spürte den Mann vor mir, gleich werden seine Hände, ich wollte nicht blind sein vor diesen Händen, ich wollte wissen, wann kommen sie, ich wollte nicht zucken müssen unter ihrer Berührung, nicht schreien müssen aus immer neuem Erschrekken, ich war ja nur Haut, nackte Haut, ein weites Feld für diese Hände, ein Platz für tausend Schmerzen, für tausend Schreie, ich wollte nicht schreien, also mußte ich sehen, wo kommen sie, wo greifen sie an, um rechtzeitig die Kiefer noch mehr spannen zu können und die Fäuste, ja, solange man Kiefer hat und Fäuste, solange ist es möglich, den Schmerz einzusperren und den Schrei, aber man muß gefaßt sein, man darf nicht überrumpelt werden, man muß den Kiefern und den Fäusten Befehle geben können, ehe noch der Haut etwas geschieht, oder man müßte so stark sein wie Krista oder so unempfindlich wie sie, aber ich war nicht so stark, ich habe es versucht, aber die Hand zwischen den Knien, ein Stich, das Kratzen des Stoffes an der Innenseite der Schenkel, noch ein Stich, das riß mir die Augen auf, sonst hätte es mir den Mund aufgerissen, aber der mußte zubleiben unter allen Umständen, kein Laut, wenigstens in dem Punkt wollte ich Krista nicht enttäuschen, ich war nicht so stark wie sie, aber heute bin ich froh, so habe wenigstens ich die letzten Minuten von Gerda gesehen.

Außerdem habe ich noch gebremst. Die Männer wollten ja mehr, jeder wollte jede haben, und die hätten das auch fertiggebracht, alle waren jung und stark und nicht empfindlich, und wir hatten damals ein kräftiges Essen, die hätten nicht schlapp gemacht, sie meinten, eine Hellblonde ist was anderes als eine Dunkelblonde, aber ich habe gesagt, jeder nur einmal, das ist genug.

Wenn Leonid kommandiert hätte oder Martikoff oder Nikolai, dann wären sie nicht so billig davongekommen, das steht fest. Es war ihr Glück, daß ich der Chef war, und sie sollten mir dankbar sein. Es ist doch ein Unterschied, ob man von fünf oder von zehn, – na ja, vielleicht –.

Als sie plötzlich wieder hochgezerrt wird, weil er was gesagt hat, als sie zu ihm geführt wird, als sie bei ihm stehen muß, schaut sie noch schmäler aus, ihre Brüste sind noch klein, an den Hüften sieht man die Knochen, trotzdem hat sie eine gute Figur, er weiß nicht recht, wo er hinschauen soll, zu uns, zu den Männern, die es schon begonnen haben mit uns, oder zu ihr, er ist einen Kopf größer als sie, seine Uniform wie Schmutz neben dem Glanz ihrer Haut, er packt sie an der Schulter, er dreht sie so, daß auch sie herschauen muß zu uns, sie schließt sofort die Augen, er legt seine Hand auf ihren Bauch, ganz unten, sie macht die Augen wieder auf und schaut her, jetzt ist er zufrieden, er nickt, er lächelt sogar, ganz böse lächelt er und verschränkt seine Arme, der Schmutz ist in seinem Gesicht, ihre Stirn wird immer heller, ein Teufel, ein Engel, nein, kein Engel, dafür sind die Augen zu hart, oder gibt es Engel mit solchen Augen, im Religionsbuch habe ich Bilder gesehen, sie haben mir nicht gefallen, Engel mit harten Augen und Schwertern, ich mag das nicht, ich fürchtete mich, ich fürchtete mich auch vor Gerda, aber vielleicht bin ich selber schuld, ich hätte sie nicht anschauen dürfen, nicht so anschauen dürfen, aber was hätte ich machen sollen, das Keuchen des Mannes im Ohr, seine Zähne am Hals und diese schreckliche Wunde, was hätte ich machen sollen, um dem zu entkommen, ich klammere mich an ihre Augen, die werden

noch härter, wie dunkles Glas, steif und glänzend, wie die Augen von Puppen, und wie eine Puppe so steif bewegt sie ihren Arm hin zu seinem Gürtel, mich wundert noch heute, daß er es nicht bemerkte, dieser Idiot, dieser verdammte Idiot, er hätte sie wahrscheinlich verprügelt oder sie gleich wieder auf den Boden werfen lassen zu uns, hätte sie durch eines dieser herumstehenden Tiere feststampfen lassen am Boden, genau so wie uns, aber sie könnte noch leben.
Sie wäre Rolands Frau, nicht Helene, da hätte es Roland besser, aber er hängt sehr an den Kindern, wer weiß, ob Gerda welche bekommen hätte, ich habe ja auch keine.

Die Frau hatte auf einmal ganz schmale Lippen, alles Weiche und Lockere dort war eingeklemmt und verborgen, hart und glatt war die Haut über dem Kinn und genau so gespannt wie die an den Schläfen.

Liegt es an mir?
Die Frau riß die Augen auf.

Ich will diesen Mann anschauen, nichts anderes will ich, diesen Mann, alles wäre anders gekommen, wenn –.
Wäre – – wenn –.
Ja, ja, ja, ja. Wenn das nicht passiert wäre, wäre ich ganz anders gewesen in jener Nacht, das Nasse in Martins Augen, das Feuchte auf seiner Stirn, das Klebrige an seinen Händen, das Rohe in seiner Stimme, ich hätte, ich hätte, ich hätte – – es nicht bemerkt, es anders bemerkt, ich hätte nichts zum Erinnern gehabt, nichts hätte ich gehabt, gar nichts, einfach gar nichts aus der Vergangenheit, ein leeres Gehirn, ein leeres

Gedächtnis, nur meine Liebe zu Martin, warum kann man gewisse Kammern des Hirns nicht verriegeln, vernichten, ich hätte mehr trinken sollen – vielleicht, nein, dann wäre es eben beim nächstenmal so passiert, man kann sich nicht immer betrinken, bevor man zu Bett geht.
Betrinken.
Deshalb hat Martin angefangen.

Die Augen der Frau starrten ins Dunkel vor dem Fenster, ihre Lider hatten sich fast wieder geschlossen. Sie bemerkte es und sie ärgerte sich, und mit gespannten Sehnen drehte sie den Kopf ein wenig nach links. Sie wollte die Gegenwart spüren oder das, was ihr das Wirkliche schien, und sie stemmte die kleinen Fäuste neben den Schenkeln auf das Polster der Bank. Das Wirkliche, meinte sie, saß ihr ja gegenüber, und wenn sie es ansah, war es kein Heute, sondern ein Gestern. So wollte sie es noch immer. Die Gegenwart hatte – noch immer – nur eine Tür – noch immer.
Ihre Blicke griffen – noch einmal – die Realitäten dieser Behausung ab, kleine graue Fische im Dunklen, das Email eines Nummernschildes, das Messing eines Gepäcknetzhalters, den Lack eines Notbremsenhebels, die kaum erkennbare Wölbung der Decke, ja diese vor allem, denn sie war verzweifelt bemüht, sich das Abteil, das ganze Abteil, über den Kopf und die Schultern zu ziehen wie einen großen schwarzen Sack.
Aber ihre Haut, ihre Muskeln und Sehnen, ihre weißen Fingerspitzen genauso wie ihre versteckten Lippen ahnten das Neue schon.

Ich sehe, was Gerda plötzlich in der Hand hat, und schreie, der Klumpen auf mir, der keuchende, glaubt, er hat es bewirkt, er freut sich, er stößt mir ein Lachen ins Ohr zwischen dem Keuchen, er weiß nicht, warum ich schreie, niemand noch weiß es, jetzt weiß es der Kommandant, jetzt hat er die Bewegung bemerkt, Gerda mußte den Arm blitzschnell bewegen, aber es ist schon zu spät, der Knall ist früher, dann erst sein Schlag auf ihre Hand, dann erst fällt die Pistole, schlägt auf den Boden, fast gleichzeitig mit ihr. Er bückt sich nach der Pistole, dann kniet er sich neben sie. Auch die anderen sind alle dort, bis auf die zwei, den bei Krista und den bei mir. Das ist das Schlimmste. Ich biege den Kopf auf die Seite, aber ich sehe gar nichts von Gerda, ich sehe nur Stiefel und Hosen, das ist das Schlimmste, der Klumpen auf mir ist wohl erschrocken beim Knall, er hat sein Gesicht nach hinten gedreht, er hat bemerkt, daß für ihn keine Gefahr besteht, niemand schießt mehr, niemand befiehlt was, ein Kreis dort von Stiefeln, ihn geht es nichts an, schon habe ich den Dampf seines Keuchens wieder im Ohr, das ist das Schlimmste, die Mauer dort aus den Stiefeln, hinter der Gerda – lebt sie oder ist sie schon tot, aber die Zähne dieses Klumpens reißen mir die Haut von den Schultern, sein Fleisch ist rasend geworden, ein Messer mit hundert Stößen, und dort ist die Mauer der Stiefel, das ist das Schlimmste. Der Klumpen ist ruhig, sein Speichel rinnt mir über die Wange, die Mauer zerbröckelt, steif und weiß liegt Gerda im Grünen, der Klumpen ist schwer, ich kann gar nichts tun, der auf Krista ist leichter, er war auch schon fertig, sie hat ihn abschütteln können, sie ist viel stärker als ich, außerdem ist ihrer noch mehr betrunken als meiner, noch mehr schläfrig, sie kommt hoch, aber zwei andere sind schon bei ihr und reißen sie nieder, sie schauen zurück zu ihm, er nickt nur, das genügt ihnen,

aber sie haben es nicht leicht, Krista ist jetzt ganz anders als früher, sie schlägt, beißt, kratzt, stößt, stampft, windet sich, zuckt, wirft sich herum, der Film, vor ein paar Jahren, Richard der Dritte am Ende, aufwollen, nichts als das, auf, sie sagt nichts, sie will zu Gerda, wie eine Verrückte will sie, Verrückte sind stärker, aber den Männern gefällt es, fünf sind schon dabei und andere möchten, aber es ist kein Platz mehr, doch, jetzt ist Platz für den Sechsten, einer sitzt auf dem linken Fuß, einer auf dem rechten, auf jedem Arm sitzt einer, und einer zieht an den Haaren den Kopf, der noch auf will, ins Gras, nichts kann sie rühren, so ist Platz für den Sechsten, er hat Streifen am Ärmel, die anderen haben keine, aber er zieht sich die Bluse aus, langsam, er verlangt nach der Flasche, er trinkt und gibt die Flasche zurück, die fast leere, er rollt sich die Ärmel hinauf und grinst, er sagt was, die Sitzenden lachen, jetzt erst geht einer zu mir und gibt dem Klumpen einen Tritt, der röchelt und rollt sich hinab, der andere hat noch die Flasche in der Hand, trinkt sie aus, wirft sie weg, lacht gemütlich, nickt. Du bist brav, soll das heißen, denn ich rühre mich nicht, ich bin steif und gefroren wie Gerda, ich weiß jetzt, sie ist tot, der Mann kniet sich nieder, und ich beneide sie sehr, ihr ist es möglich, noch steifer zu sein und noch kälter.
Wieso muß ich leben?
Wann leben?
Wir mußten Gerda begraben, in Leintücher mußten wir sie wickeln, wir waren zu schwach, ihr ein Kleid anzuziehen, ins Dorf mußten wir sie führen, alles leer, auch der Friedhof, das machte uns nichts, im Gegenteil, wichtig war nur ein Pickel, eine Schaufel, wir durchsuchten die Kapelle, wir hatten Glück, Krista den Pickel, ich die Schaufel, aber wo, alles voll, nur in der

dritten Reihe, ganz am Rand, könnte man vielleicht, wir überlegten nicht mehr, es war spät, wir müssen fort, heute noch, wir fangen an, Krista fängt an mit dem Pickel, dann komme ich mit der Schaufel, es geht gut, aber bald bin ich müde, wir machen eine Pause, dann tauschen wir, ich nehme den Pickel, das ist leichter, man muß ihn nur heben, herunter fällt er von selber, dringt in die Erde, die trocken ist und bröselt, in kleinen Knollen, ein kurzes Zerren und wieder ein Heben, wieder ein Fallen, eine Maschine, nur der Arm tut mir weh, aber er kann sich erholen, wenn Krista schaufelt, schaufeln ist schwerer, man muß mit dem Blatt immer ganz am Boden bleiben, sonst preßt man das, was man wegbringen will und was locker sein soll, nur umso fester zusammen, man muß wuchtig hineinstechen in den Schutt, ein wenig zurückgleiten dann, heben und werfen, über die richtige Schulter, es ist schwerer als Pickeln, man spürt es bald, im Bauch und im Kreuz, auch braucht es mehr Zeit als das Pickeln, der, der pickelt, kann sich immer ein wenig länger erholen, ich habe das nötig, ich bin längst nicht so kräftig wie Krista, aber ich will nicht schlapp machen, hinter uns liegt das Bündel, wir drehen uns nicht ein einziges Mal um, wir arbeiten, sonst nichts, schwitzen und keuchen, streichen uns die Haare aus der Stirn und drücken immer öfter das Kreuz durch, es muß schon ganz krumm sein, meinen wir, als mir der Saum der Grube bis zur Mitte der Waden reicht, habe ich die erste Blase, dort, wo der Daumen ansetzt, später kommt noch eine dazu, knapp unter dem Mittelfinger, es brennt ganz gemein, aber ich kann Krista nicht allein arbeiten lassen, eigentlich wundert es mich, daß ich das Brennen zweier Blasen so spüre, nach dem, was ich schon spürte, nur ein paar Stunden vorher, ich glaubte, ich

würde überhaupt nichts mehr spüren, und jetzt, zwei kleine Blasen, zwei lächerliche, ich beiße die Zähne zusammen, Krista hat auch Blasen, sie hat sie hergezeigt, als ich damit anfing, es nützt nichts, wir müssen heute noch weiter, hinter uns wartet das Bündel, ich weiß nicht, wie tief wir noch sollen, ich verlasse mich ganz auf Krista, und als mir der Saum der Grube bis über die Knie reicht, sagt sie: genug.
Eigentlich muß man viel tiefer hinunter, aber wir waren erschöpft und es war spät. Auch das Zuschaufeln braucht seine Zeit. Wir haben nur eine Schaufel, Krista fängt also an, ich gehe, eine zweite zu suchen, und wie ich zurückkomme, ich habe eine gefunden, ist von den Tüchern bereits nichts mehr zu sehen, ich muß nur noch Erde auf Erde werfen, Krista ist gut.
Sie holt sogar noch zwei Bretter vom nächsten Hof, während ich das Werkzeug zurücktrage, ein längeres und ein ganz kurzes Brett, mit einer Schnur binden wir sie zum Kreuz, Nägel haben wir keine, dann stößt Krista es tief in den zusammengeschaufelten Hügel, draufgeschrieben haben wir nichts.
Heute kann man wieder dorthin, genügend Geld muß man haben und ein Visum.
Den Friedhof wird es noch geben, vielleicht auch das Grab, wer wird sich schon plagen, ein neues zu schaufeln. Vielleicht hat man die Grube vertieft, vielleicht liegen jetzt mehrere drin, ich will es nicht wissen, bestimmt ist unser Kreuz nicht mehr dort, sondern ein anderes oder ein Stein, ein fremder Name, und ich weiß nicht, ich weiß es nicht im geringsten, ob er auch Gerda behütet.
Wenig Leute sollen jetzt dort sein, ganz wenig Leute, viele Dörfer verlassen. Niemand braucht mehr ein Grab. Alles bleibt so, wie es war. Zwanzig Jahre, und alles

bleibt gleich. Nein, der Weg hinauf zum eisernen Gitter würde voll Unkraut sein, das Gitter selber voll Rost, es würde kreischen und stöhnen beim Öffnen, das würde der einzige Laut sein außer dem Knirschen der Schritte. Die dritte Reihe wäre schnell wieder gefunden, ganz am Rand, aber die Schnur würde bestimmt vermorscht sein, und abgefallen und mit ihr das kürzere Brett, nur das lange würde noch in der Erde stekken wie ein Schwert ohne Griff.
Vielleicht könnte Mutter dort stehen, vor dem Brett in der Erde, aber wir haben ihr den Ort nicht gesagt, vielleicht auch Jürgen, auch Roland. Krista, – ich weiß nicht. Ich könnte es nicht.
Ich habe geschaufelt, ich habe gepickelt, ich habe geholfen, die Bretter zu binden zum Kreuz, ich habe geschwitzt und Blasen gehabt, ich habe, – nur hinuntergelegt habe ich sie nicht, aber ich hätte auch das noch getan, Krista ist mir zuvorgekommen, auf den Wagen haben wir sie zu zweit gehoben, ich habe mich bemüht, alles zu tun.
Dort habe ich nichts mehr zu tun.
Ich habe nichts mehr zu tun.
O ja, – ich muß, ich – – diesen Mann – –

Eigentlich wollte ich bald aufhören lassen. Aber die Männer hatten mehr getrunken als ich. Und die meisten waren noch gar nicht drangekommen.
Außerdem. Heute haben wir Zeit, einen guten Platz, schönes Wetter, wer weiß, wann wir so was wieder bekommen.
Außerdem: Nur wenn sie alle drankamen, war ich gerecht. Ein Offizier muß gerecht sein.
Außerdem: Wenn alle drankamen, hatten alle genug, – – für eine Weile. Ich konnte sie leichter stoppen – –

in den nächsten Tagen. Das heißt, andere Frauen, andere Mädchen waren sicher – – zumindest vor uns. War das vielleicht nichts wert? Man muß an das Kollektiv denken. Weil sie erwischt wurden, blieb es anderen erspart. Auch die Deutschen mußten an das Kollektiv denken, die braven Deutschen, – die gehörten dazu, Ilja wußte es, er hat das Hitlerbild mitgenommen aus dem Haus, für eine kleine Schießübung. Wer vorne steht, hält hin für den andern, der hinten steht, warum blieben sie so weit vorn, wahrscheinlich glaubten sie an den Endsieg, sicher, das muß es gewesen sein, der Endsieg, alle Dörfer schon leer, aber die waren so dumm, wer so dumm war, der mußte belehrt werden, – mit kräftigen Mitteln, deutlich und wirksam.
Glauben – – an den Endsieg. Soll ich sie fragen? Das wäre ein Weg. Ihr beweisen, daß man nicht ungestraft so borniert sein durfte. Beweisen, – ich habe es ihr schon bewiesen. Also nur fragen, ob sie es einsieht. Daß sie sehr dumm waren, alle, sehr dumm – weil sie glaubten.
Aber: Was hat man von unseren Frauen verlangt? Und: Könnte man von Frauen überhaupt etwas anderes verlangen, sollte man?
Nein.
Dumm ist nicht das richtige Wort, zu wenig, – für diese Strafe. Die braucht einen stärkeren Anlaß, einen, der paßt. Dumm, – hier zu schwach. Besser passen würde, würde – fanatisch, klar, das ist es. Hyänen, KZ, Stiefel und Peitsche, SS-Weiber, Edelrasse, nur für Edelrasse zu haben, kennt man am Totenkopf, nichts für uns, für Untermenschen, niemals für uns, ha, ha. Wenn sie so eine war, dann ist sie noch sehr billig davongekommen.
Soll ich sie fragen?

Sinnlos. Ich höre nur nein, was anderes gibt es ja gar nicht, und ich habe keine Ahnung, ist es die Wahrheit oder gelogen.
Warum will ich es überhaupt wissen?
Wenn das Hitlerbild nur eine Tarnung gewesen wäre, eine höchst notwendige Tarnung besonders für solche, die am stärksten dagegen waren. Wenn die deshalb das Haus nicht verließen, weil sie schon auf uns warteten, voller Hoffnung auf uns, auf die Befreier. Unsinn, dann wären sie nicht so lange bei den Büschen geblieben.
Ich muß mich erinnern, ich muß mich genau erinnern, ich muß wissen, wie ihre Augen waren, damals, dort steht die Wahrheit, nicht in den Büchern.
– – wir, ich habe nur zugeschaut.
Ich habe gar nichts getan.
Was in den Büchern steht, als ob die Weiber ganz drinnen gar nicht so böse wären darüber, – das verbrannte Dorf, in den Ruinen die rußigen Weiber, Dreck in den Haaren, Fetzen am Leib, aber sie fragen, wann kommen denn endlich die Vergewaltiger, solche Witze erzählen sich gut, aber wer dabei war, – –
– – ich war dabei.
Getan habe ich nichts.
Ich habe es nur nicht verhindert, – das ist alles.
Ich hätte es verhindern können – damals. Auf die Dauer hätte es keiner verhindern können.
Zwei Wochen später kam ich weg von dem Haufen. Zum Stab. Direkt unter die Augen von Rostevzeff. Da gab es nichts mehr zu verhindern.
Wenn ich es damals verhindert hätte, dann hätte ich nie – –.
Aber was wäre das für ein Sieg – – ohne das? Vier Jahre Krieg, überfallen werden mitten im Frieden, alles

kaputt im eigenen Land, dann ihn hinauswerfen, alles kaputtmachen in seinem Land, nicht mehr als billig ist das, ihn endlich besiegen, total besiegen, – und da sollte das nicht dabei sein? Es war immer dabei, alle haben es getan, – immer, es gehört einfach dazu, zu den Siegern, wie das Amen zum Gebet.
Schuldig ist, wer den Krieg macht. Ich habe ihn nicht gemacht. Faschisten und Kapitalisten haben ihn gemacht, – ich nicht.

Der Streifen aus Licht, der die Tür in der Mitte teilte, verdunkelte sich. Beide, der Mann und die Frau, drehten, gezogen wie von zwei Schnüren aus einer Hand, den Kopf hin zur Tür. Auf dem Gang stand ein Mensch und schaute herein. Als er die Blicke der beiden bemerkte, ging er weiter. Die im Abteil hatten ihn zu kurz und zu ausschnitthaft nur gesehen, um ihn sicher erkennen zu können, aber sie ahnten beide, wer es war.

Der mit der Marke. Sein Feind. Noch ist er da. Noch kann ich reden mit ihm. Ich brauche nur aufzustehen. Vielleicht steigt er aus. Keine Lichter, keine Häuser, wir fahren schnell, freie Strecke. Vielleicht steigt er bald aus, aber für ein Gespräch ist noch Zeit. Nur aufstehen muß ich.

Doch die Frau wußte genau, daß sie nicht aufstehen würde. Ganz deutlich und jeden Zweifel verdrängend spürte sie die Schwere in sich, spürte wie Blei in ihrem Körper das Wissen, daß dies kein Weg war für sie.
Es ist möglich, im Fleisch, in den Adern, in der Haut, in den Knochen etwas zu spüren, etwas, das eigentlich in den Kopf gehört, ins Gehirn, besonders den Frauen

ist es möglich. Im Gehirn selber spüren wir ja nichts, keiner spürt was im Gehirn. Aber es laufen wohl tausend Fäden vom Gehirn weg ins Fleisch, und bei den Frauen laufen vielleicht ein paar mehr. Ein Wissen zuerst in den Adern haben, zuerst in der Haut, – Frauen können das besser. Und besser ist auch die Wahrheit der Frauen, wenn auch die Worte die schlechteren sind.

Es gab für diese Frau keinen Zweifel mehr. Sitzen bleiben, während vor der Tür die Rache vorbeigeht, der man nachlaufen, die man an der Hand nehmen müßte, wozu man als erstes aufstehen müßte, – einfach sitzen bleiben, weil der Körper so schwer ist, ja eigentlich nur deshalb sitzen bleiben, weil der Körper so schwer ist, – das ist die Entscheidung und das Wissen von der Entscheidung in einem. Trotzdem sollte man das keine schnelle Entscheidung nennen.

Der Tscheche. Von ihm droht keine Gefahr, nur von ihr. Sie könnte den Tschechen benützen, sie könnte viele benützen. Wer die Rache will, findet hundert Wege, und eine Frau findet noch ein paar mehr. Ich habe Feinde genug –, lauter Männer. Wirklich?

Männer zum Feind haben, wenn man ein Mann ist, das ist Schicksal. Frauen zum Feind haben, wenn man ein Mann ist, das ist Dummheit. Wer als Mann eine Frau zum Feind hat, ist selber schuld. Es kommt nur auf eines an, – sich richtig zu lösen, sich richtig zu trennen, nur das muß man können, ich habe es immer gekonnt. Der letzte Kuß ins Haar, auf die Stirn, auf die Schläfe, man kann ruhig die Tapete studieren, es genügt, wenn der Mund sein Theater spielt, er muß erzählen, wie – das ist gleich, mit Worten, ohne Worte, eine gute Atemtechnik tut's auch, muß erzählen, daß es ein Opfer ist, ein Verzicht, daß man ja im Grunde nichts heißer will als die Fortsetzung der ganzen Geschichte, kurz gesagt, daß die Begierde noch da ist. Das ist alles, was Frauen brauchen. Ja, ich glaube sogar, heute glaube ich sogar, daß die Frauen eigentlich nur das wollen: unsere Begierde sehen. Von Zeit zu Zeit, nicht zu oft, wollen sie vielleicht ein bißchen mehr als nur sehen, aber meistens genügt ihnen das. Frauen sind ja viel anspruchsloser.

Wer das weiß, hat's leicht. Begierde zeigen, das ist alles. Dann glaubt die Frau, sie hat Macht, und wer Macht hat, braucht nicht zu hassen. Also keine Feindschaft. Verlangen zeigen, das ist alles.

Gar nicht schwer, ein einfacher Trick: daran denken, wie es beim erstenmal war. Ein bißchen Gedächtnis, ein bißchen Konzentration, – der erste Kuß, die Hand zum erstenmal an den Brüsten, an der Außenseite der Schenkel, an der Innenseite, – sich nicht ablenken lassen von schmal gewordenen Lippen, von Falten, von Krähenfüßen, Konzentration kann man lernen, Vorstellungen bauen, eindeutige Vorstellungen, das hat Folgen, ausgezeichnete Folgen, das bringt jenes gewisse Etwas in die Augen, jenen Glanz, jene Feuchte, eigentlich sollte man es gar kein Theater nennen, es ist nur Erinnerung, Rekonstruktion, Echtes, nur aufgewärmt, aber immerhin, es war ja einmal etwas da, Begierde, echte Begierde, war ja da, wer kann schon entscheiden, in welcher Sekunde ein Gefühl am echtesten ist.

Glauben, das genügt. Die Frau muß glauben können, das genügt ihr. Ans Gefühl glauben können, ob es nun da ist oder nicht. Ich muß ein gewisses Gesicht machen können, ob was dahinter ist oder nicht. Wenn ich ein gewisses Gesicht mache, oft genug, glaube ich manchmal selber, es ist was dahinter. Das ist das beste: selber glauben. Das hilft immer, das hat Wirkung.

Aus den Gedanken preßte der Mann eine Wahrheit heraus; muß man sagen, daß es nur eine subjektive war, gibt es in diesem Bereich überhaupt eine objektive?

Galina? Ich gehe so oft fort – und komme immer wieder. Beim Kommen ist es leicht, ich rufe jedesmal an, ihre Augen sollen sich schmücken können, habe ich Angst, sie zu erwischen, ich muß fair sein, und ich habe Angst, ein klein wenig nur, wirklich nur ein ganz klein wenig, denn ich weiß, wenn es einmal so weit ist, wird sie mir alles erzählen, und ich werde alles verstehen, ein Mann wie ich hat kein Recht, hat nicht das geringste Recht, eine Frau zu behalten, er muß fair sein und ihr jede peinliche Lage ersparen, deshalb rufe ich jedesmal vorher an, außerdem brachte mir das bis jetzt immer einen guten Empfang, Freude in den Augen, ein schönes Kleid, eine neue, eine wunderbare Fisur, eine Kette, Perlen oder Eisen in großen Klammern, auch das mag ich, den Ehering, die Hände an meinen Armen, an meinen Schultern, dann im Nacken, wenn meine auf ihrem Kreuz sich verschränken, es an mich drücken, schon im Vorzimmer hat sich entschieden, ob es ein schöner Abend wird.
Das ist es – ein schöner Abend. Wenn ich monatelang fort war, habe ich das Recht auf einen schönen Abend.
Das Recht.
Ich gebe zu, daß es ein Wunsch ist.
Auch fortgehen können – ist nur ein Wunsch, der Beruf eine Ausrede. Wir wissen es beide und umso besser, je länger ich da war. Sie sieht es in meinem Ge-

sicht, ich mache kein Theater, das ist lange vorbei, komisch, bei anderen Frauen mache ich gern ein Theater, wenn ich gehe, hier nicht, aber hier liegen die Dinge auch anders, Galina weiß, ich komme wieder, sie weiß es genau, es wird wieder einen schönen Abend geben. Deshalb weint sie auch nicht, das heißt, früher hat sie geweint, das ist lange vorbei, aber manchmal wäre es mir lieber, sie würde wieder weinen, das heißt, nicht im Vorzimmer wäre es mir lieber, aber später, im Wagen, im Zug. Eine Weile noch geht mir das Gesicht nach, der Mittelscheitel, die Backenknochen, der Mund, alles höflich, freundlich, lauwarm, ruhig, nur die Augen finde ich schwer, und wenn ich sie finde, kann ich nicht lesen.
Mag ich nicht lesen. Ja, ich mag mich nicht plagen, es gibt so viel anderes, womit ich mich plagen muß.
Ich lese nicht mehr in diesen Augen, das ist lange vorbei, ich lese nicht mehr, das ist das Beste, denn es führt zu nichts.
Deshalb weiß ich auch nicht, ob sie mein Feind ist, ich weiß es nicht. Aber fürchten, fürchten muß ich sie nicht, das weiß ich, das genügt mir. Deshalb komme ich immer wieder, ich könnte es mir nicht leisten, auch bei ihr denken zu müssen, wo ist eigentlich meine Pistole, es muß Zimmer geben, in denen man nicht an die Pistole denkt, es muß Menschen geben, bei denen man nicht –, bei denen man –
Immerhin ist sie meine Frau.
Wir sind keine Ausnahme. Viele solche Ehen gibt es. Viele Leute sind jetzt unterwegs, in Flugzeugen, Autos, Zügen, Schiffen, fahren dem Geld nach, Männer und Frauen, blättern im Kalender, finden einen, sogar zwei Termine im Jahr für die Ehe, mehr läßt sich beim besten Willen nicht machen.

Termine habe nur ich, sie hat keine. Sie bleibt am Ort. Sie würde mich auch begleiten, wenn das ginge, das heißt, wenn ich es wollte, aber sie weiß, es ist unmöglich, sie muß daheimbleiben, und so bleibt sie eben daheim.

Der Zug fuhr in Deutschland von Norden nach Süden, der Mann fuhr schon acht Stunden mit ihm und auf einmal fällt ihm das Wort ein: Daheim.
Er konnte nicht sehen, daß die Sonne dem Horizont näher kam, er dachte auch gar nicht daran, aber das machte der Sonne nichts aus, sie kam trotzdem.

Für sie gibt es keine Termine, keine Züge und Autos – nur einen Mann.
Meine Frau muß ich nicht fürchten.
Keine Frau mußte ich fürchten.
Diese da?
Sie ist keine Agentin, und sie ist in keiner Weise an mir interessiert außer in einer, – soviel steht fest.
Wenigstens Klarheit habe ich.
Wieso mußte sie ausgerechnet in diesem Zug sitzen, in diesem Waggon, in diesem Abteil?

Würde der Mann sich richtig erinnern? Jetzt? Manches, vieles, vielleicht alles, hing davon ab. Wählerischer als der verwöhnteste Gaumen ist ja das Gedächtnis.
Es kam darauf an, daß er jetzt, acht Stunden später, noch wußte, wie es gewesen war am Ende des dritten Waggons. Wie er schon zum Koffer hatte greifen wollen und wie sein Blick dann auf die Nummerntafel gefallen war. Sechshundertsechsundsechzigtausendsechshundertsechsundsechzig. Sechs Sechser und ein Punkt, nein, zweimal drei Sechser und dazwischen ein Punkt,

nein, drei Sechser, ein Punkt, drei Sechser. Aus Metall, bräunlich rot, Buchstaben darüber, Buchstaben darunter, unerkannte. Das zu sehen, wieder zu sehen, acht Stunden später, war nicht so schwer und war nicht genug. Aber die Kraft noch zu spüren, acht Stunden später, die Kraft, die von den Ziffern ausgegangen war, denn zuerst waren es Ziffern gewesen, dann eine Zahl, die aber sofort wieder zerfallen war in die Ziffern, von denen die Kraft gekommen war, und die Macht, die in seine Muskeln gefahren war und die ihn den Koffer hatte aufnehmen lassen und ihn hatte hinübergehen lassen in den vierten Waggon, die ihn also bewegt hatte wie eine Marionette, – diese Kraft noch zu spüren, wenn das Gedächtnis schon so brav war, das Bild wieder zu liefern, diese Kraft, die ja weit wichtiger war als das Bild, – darauf kam es an.

Er spürte die Kraft. Ob er sie genau so spürte wie vor acht Stunden, war nicht so wichtig, es genügte, wenn er es jetzt noch wußte: ich bin bewegt worden – wie eine Marionette – und das wußte er in dem Augenblick, in dem ihm die Nummerntafel einfiel.

Noch einmal wehrte er sich. So eine Zahl, dachte er, muß ja wie ein Magnet wirken, so viele Sechser auf einem Haufen, die Sechser sind es gewesen, nichts anderes.

Auch auf dieser Bahn aber liefen die Gedanken ins gleiche Ziel. Natürlich, die Zusammenballung der Sechser, aber warum saß die Frau gerade in diesem Waggon, sie hätte ja auch erst im fünften oder im sechsten sitzen können, und so weit wäre er bestimmt nicht gegangen, denn am Ende dieses Wagens hätte ihn bestimmt kein verrücktes Schild noch weiter gelockt. Bestimmt nicht.

Blitzartig fiel es ihm ein, die Probe zu machen. So sehr

stand er im Bann der Kombination – – und unter dem Zwang, sich entscheiden zu müssen, für den Sinn oder den Unsinn, unter der Ahnung, sich schon entschieden zu haben. Es hätte genau so gut eine Qual sein können, dieses: es ist so, wie ich es weiß, – aber es war eine Lust, und sie beflügelte ihn.

Schnell stand er auf, ging zur Tür, teilte mit beiden Händen den Vorhang, schob mit energischem Ruck den Riegel zur Seite, das Geräusch der Tür tat ihm gut, gab ihm Kraft, er trat hinaus auf den Gang, wandte sich nach rechts und war mit wenigen Schritten am Ende des Wagens. Schaute hinüber zum Anfang des nächsten und sah auch sofort eine Nummer. Zweihundertvierzehn Punkt fünfhundertneunundzwanzig. Er las noch einmal, ganz langsam: Zweihundertvierzehntausendfünfhundertneunundzwanzig, – und war zufrieden.
Er lächelte sogar.
Dann drehte er sich um, aber nicht um zurückzugehen, sondern um den Vergleich zu kosten zwischen jener unbedeutenden Nummer und dieser bedeutenden. Jeder Waggon trägt ja sein Zeichen zweimal. Er las: Sechshundertsechsundsechzig Punkt sechshundertsechsundfünfzig. Er bekam schmale Augen und eine scharfe Falte zwischen den Brauen. Noch einmal, ganz langsam: Sechs, sechs, sechs, Punkt, sechs, fünf, sechs, – sechs, fünf, sechs, sechs, fünf, sechs, kein Zweifel.
Er eilte durch den Waggon zur anderen Seite, zu jenem Ende, von dem er nach dem Einsteigen gekommen war. Schaute dort auf das Schild. Las: Sechs, fünf, sechs, sechs, sechs, sechs, – er hatte die zweite Dreiergruppe zuerst gelesen. Noch einmal, ganz langsam: Sechs, fünf, sechs, sechs, fünf, sechs, sechshundertsechsundfünfzig, sechshundertsechsundfünfzig.

Er wußte noch gar nichts. Er ging noch hinüber in den dritten Waggon und stellte sich genau auf den Platz, an dem er vor acht Stunden umgekehrt wäre, wenn er nicht eben jene Nummer gesehen hätte. Und er mußte zugeben, nein, gerne gab er es zu, daß die Ziffern von hier aus weniger deutlich waren, daß die vorletzte, die Fünf, von hier aus tatsächlich einen Schatten bekam, einen schattigen Strich, der sie einer Sechs wohl ähnlich machte, er dachte, verteufelt ähnlich. Wieder lächelte er, aber es war doch ein anderes Lächeln, ein viel schmäleres Lächeln als drüben vor der unbedeutenden Zahl.

Langsam ging er zurück, mechanisch, unbewußt.

Denn er mußte denken, mußte vor allem einen Platz ausfindig machen in seinem Wissen, wo das Neue unterzubringen war, dieses Sperrige, Ungefüge.

Das Objektive zuerst: Die Frau und der Wagen gehörten zusammen, genau so wie die Nummer und der Wagen zusammengehörten, das heißt, daß die Frau und die Nummer, die verrückte Nummer, zusammengehörten.

Weiter: Der nächste Wagen mit seiner normalen Nummer hätte ihn bestimmt nicht mehr gelockt, dieses Bestimmt stand jetzt fest. Hier also, in diesem Wagen, mußte sich alles entscheiden, er dachte: mußte, und damit war die Zukunft gemeint, nicht die Vergangenheit.

In diesem Augenblick stand er wieder vor seinem Coupé. Den einzigen Unterschied, – vor acht Stunden brannte auch drinnen die Lampe, jetzt brannte nur die auf dem Gang, – übersah er, leicht übersprang er die Stunden. Es gab keine Zeit mehr. So wie er hier stand und die Frau drinnen saß, so war es gewollt vom An-

fang an, seit zwanzig Jahren war es gewollt, nein, keine Zahlen, Zahlen reichen nicht aus, den wirklichen Anfang zu finden, immer schon war es gewollt, vom Anfang bis zum Ende, dies war das Ende, der Anfang war dunkel, das Ende war hell, er dachte, hell, denn er hatte ja die Stunden bis dorthin, wo die Lampe auch drinnen gebrannt hatte, leicht übersprungen, aber dann fiel ihm ein, daß er eintreten mußte – ins Dunkle, denn jetzt brannte ja dort keine Lampe mehr, und er griff zum Riegel der Tür und schalt sich einen, der mit den Worten spielt.
Er zog den Riegel behutsam zur Seite, vielleicht schlief die Frau, er wollte sie auf keinen Fall wecken, ging zögernd hinein, schob den Riegel behutsam wieder zurück, hakte ihn vorsichtig ein, schloß dann die Vorhänge völlig und tappte sich leise zu seinem Platz.
Es war finster.

Aber die Frau fürchtete sich nicht. Unter halbgeöffneten Lidern hatte sie alles bemerkt. Sie dachte, dieses Hinausgehen betraf den Mann mit der Marke, aber der Gedanke berührte sie kaum. Sie hätte sich vorhin, als der Mann draußen war, nicht besonders gewundert, wenn sie einen Schuß gehört hätte, sie nahm es zur Kenntnis, daß keiner gefallen war, sie dachte, eines Tages wird einer fallen.
Sie war müde, aber wieder ganz wach, ihr Körper war schwer, aber im Kopf, ganz am Rande des Körpers, fühlte sie sich irgendwie leicht und irgendwie leer.

Für den Mann, sein Streben nach Ordnung, war diese Dunkelheit günstig. Nichts störte die Ordnung. Wenn der Tag fern ist, die Welt fern ist, gedeihen die Ordnungen, die Systeme.

Er wiederholte:
der nächste unbedeutende Wagen,
dieser Wagen und die Frau,
die Frau und die Nummer,
und wandte sich dann dem Wichtigsten zu:
die veränderte Nummer.
Er hatte eine Sechs gesehen, wo eine Fünf war, eine Fünf war es immer gewesen, er bezweifelte das nicht, eine Maschine hatte vor x Jahren genau diese Nummer gepreßt, sechs, sechs, sechs, Punkt, sechs, fünf, sechs, das stand fest, es gab für diesen Wagen nie eine andere Nummer, aber er hatte eine andere gesehen.
Er dachte an die Schule, sein Gedächtnis war ja an sich sehr tüchtig, sie hatten es gleich zweimal gehört, einmal in Biologie und einmal in Psychologie, auf der Netzhaut ist es so und im Gehirn kann es gleich sein oder anders, die Netzhaut, seine Netzhaut hatte eine Fünf empfangen und hatte also weitergemeldet, ich trage eine Fünf, nichts anderes konnte sie weitermelden, aber das Gehirn war nicht in der Laune gewesen, eine Fünf zu sehen, es hatte die Meldung der Netzhaut ignoriert oder anders verstanden, verbogen, verändert, zurechtgebastelt, das Gehirn macht, was ihm paßt, und hatte klipp und klar festgestellt: ich sehe eine Sechs, das Gehirn macht, was ihm paßt.
Ich wollte eine Sechs, etwas Besonderes wollte ich, eine Fünf, das ist gar nichts unter sovielen Sechsern, aber sechs Sechser in einer Reihe, *das* ist eine Verheißung, *das* ist ein Abenteuer, ich wollte ein Abenteuer, und ich habe es bekommen. Eine Verheißung.
Wenn der Mann an Gott dachte, was nur selten geschah, setzte er gern das Wörtchen »lieber« davor, so wurde er leichter fertig mit diesem. Leichter fügte sich alles dann in die Laune: Der liebe Gott hätte ja eine Tafel mit

lauter Sechsern in den Waggon hängen lassen können, er tat es nicht. Er nahm eine ganz gewöhnliche Tafel und ließ mich eine ungewöhnliche sehen. Der liebe Gott arbeitet nicht mit Sachen, er arbeitet mit Gehirnen. Er hat es nicht nötig, mit leblosen Dingen zu zaubern, ihm genügen die Charaktere. Er ist kein Magier, er besitzt weder Stab noch Kugeln, aber er kennt meine Nerven, meine Seele. Der liebe Gott oder was man eben so nennt, das Schicksal oder die Urkraft oder die Allmacht oder der die das – meint mich mit solchen Faxen wie Nummernverwechseln. So spielte er das Gedankenspiel.
Aber was auch mit einer Laune beginnt, am Ende fügt sich alles der Ordnung. Das Ziel ist von Anfang an da, von jeder Stelle des Weges kann man es sehen. Kann man, aber man muß nicht. Der Mann war so weit, daß er nicht mehr haltmachen konnte, ohne zu ahnen, wie sinnlos es ist, den lieben Gott einen lieben zu nennen. Aber er sagte sich noch, alle Begriffe sind sinnlos in diesem Bereich.
Jemand, es ist falsch, »jemand« zu sagen, aber ich muß etwas nehmen, weil ich den Platz nicht leer lassen kann in meinem Denken, jemand spielt sein Spiel mit mir, und ich weiß nicht, spielt er allein, oder spiele ich mit, ich möchte es wissen.
Den Platz nicht leer lassen können.
Spiele ich mit?
Es ist schon viel, wenn einer meint, diesen Platz nicht leer lassen zu können. Es ist schon sehr viel, wenn er fragt, ob er mitspielt.

Beide hatten die Augen offen. Vorhin, als der Mann beim Hereinkommen die Vorhänge ganz zugezogen hatte, waren sie eine Weile wie die Blinden gewesen. Der Zug

war gerade am Fuß eines steilen Hügels vorbeigefahren, eine lange Mauer hatte ihn gegen Erdrutsche geschützt, ihm aber auch jedes Licht von dieser Seite genommen, und gerade nach dieser Seite zeigte das Fenster ihres Coupes. Jetzt aber sahen sie wieder, nicht viel, aber von Minute zu Minute ein wenig mehr, denn erstens paßten ihre Augen sich an, zweitens nahm der Hügel und mit ihm die lange Mauer ein Ende, und drittens rückte aus dem Osten der Tag diesem Land immer näher.
Draußen, auf dem Gang, kehrte der Mann mit der Marke, der »Tscheche«, in sein Abteil zurück. Aber die beiden bemerkten ihn nicht.

Wenn jetzt Krieg wäre, wenn Martin wieder Soldat wäre, die Uniform würde ihm auch jetzt noch gut stehn, sie müßte nur etwas weiter geschnitten sein, nicht mehr so tailliert wie damals, wenn er einquartiert wäre in einem Haus mit Frauen oder Mädchen, wenn er getrunken hätte, die Flasche in der Hand, die obersten Knöpfe, der am Kragen und der darunter, sind offen, ein Mädchen hat ihm noch was zu bringen, ein Glas Wasser oder irgend so was Blödes, während sie zum Tisch geht, geht er zur Tür. Schreien ist sinnlos, niemand kann helfen, er macht auch gar kein böses Gesicht, nur so ein feuchtes, mit so glänzenden Augen, auf der linken Wange breitet sich langsam ein roter Fleck aus und an der Schläfe darüber ist eine Ader deutlich zu sehen, wie ein dicker Wurm kriecht sie heraus aus dem Haar, das Mädchen sucht etwas für die Hände, die Tischkante vielleicht oder die Wand, ich weiß, wie ihm zumute ist, ich weiß es genau, aber es kann gar nichts tun, die Augen schließen, den Mund, leider verstärkt das den Atem, und sie möchte gar keinen Atem mehr haben, denn der Atem bringt seinen Geruch, er ist ja auf einmal ganz nahe, eine warme Brühe aus Kognak und Schweiß, nicht mehr einatmen müssen, aber das geht nicht, sie kann gar nichts mehr tun, die Augen schließen, das ist alles.

Sie will nicht, sie will absolut nicht, aber Martin ist das egal. Wenn er so ein Gesicht hat, ist ihm alles egal. Uniformen, Flaschen, Männer, Mädchen, Frauen, in Büchern kann man es lesen, in Filmen wird es gezeigt und im Fernsehen, manchmal haben sie grüne Uniformen, manchmal braune, altmodische oder moderne, manchmal wollen die Mädchen sogar, aber meistens wollen sie nicht, den Uniformen ist das egal, sie wollen immer, das genügt. Es ist Krieg, das genügt.

Wenn jetzt Krieg wäre und Martin – –

Männer sind so.

Krönings Emil war erst siebzehn, aber der wußte schon, warum er mit mir in den Wald fuhr. Wald, Wiese, Gräser, Blumen, davon sah der wohl gar nichts, zumindest nicht mit den Augen, die er hatte, als er mit seiner Hand –, auch Martin wollte mit seiner Hand, und als ich sie wegtat, riß er einen Grashalm ab, damals am Feldherrnhügel, unser erster Ausflug ins Grüne, Grashalme abreißen, das können die Männer, wenn sie sie wegwerfen, später, wissen sie gar nichts mehr von ihnen, wozu gibt es für Männer einen Wald, eine Wiese, wenn sie mit einem Mädchen gehen, nur für das, umsonst stehen Bäume und Sträucher herum, wenn sie nicht als Versteck taugen, Martin war viel klüger als Emil, er konnte gut reden, aber im Grunde ist es das gleiche, denn aufs Reden kommt es ja doch nie an, keinem einzigen Mann kommt es aufs Reden an, und wenn er noch so viel plappert, zumindest vorher kommt es aufs Reden nicht an, vorher ist alles nur ein Umweg, und das Reden ist der beliebteste Umweg, das Wandern, das Kinogehen,

ja sogar das Klavierspielen, denn auch Stepan hatte wohl am Ende nur das gewollt.
Aber so was hätte er nicht gemacht. Wenn *er* zum Teich gekommen wäre, wenn er betrunken gewesen wäre, er wäre nicht betrunken gewesen. Komisch, daß ich für ihn die Hand ins Feuer legen würde. Für Martin –, ich weiß nicht, früher einmal, ja, ganz am Anfang, aber jetzt, wenn jetzt Krieg wäre –.
Stepan am Klavier, ich im Fauteuil, nur wenig Licht, er braucht keine Noten, wie sitze ich, wo schaue ich hin, wir müßten diesen Gobelin haben, den mit den dunklen Blumen, er müßte die Pathetique spielen oder die Appassionata, zu dunklen Blumen, möchte ich ihn sehen, manchmal schon, der Fauteuil müßte vor dem Bücherschrank stehen, ich würde manchmal zu den Blumen schauen und manchmal zu ihm, weil ich weiß, er schaut nicht her, nein, keine Blicke tauschen, die Musik ist genug, Augen, Hände, Lippen sind nicht mehr nötig, Musik ist genug, ist eine – eine Wolke, auf der wir beisammen liegen und einander nicht spüren. Wir haben nichts mehr, mit dem wir spüren könnten, wir haben nur die Wolke, sind selber wie eine Wolke geworden, weiß, locker, ohne Gewicht.
Und wenn er aufhört? Wenn er den Deckel herunterklappt, wenn er sich dreht auf seinem Sessel, wenn er aufsteht, wenn er zu mir kommt? Zu mir kommt. Seine Hände auf den Lehnen meines Fauteuils, sein Oberkörper beugt sich, sein Gesicht über mir, der Mund ist noch zu, aber in den Augen sehe ich schon die Frage, den Wunsch, den Willen, vielleicht schon die Gier, das Tier, – ich falle, falle ganz plötzlich aus dieser Wolke, falle zurück in meinen Körper, es ist schlimm, wieder einen Körper zu haben, seine Augen haben mir meinen Körper wiedergegeben, seine Augen sind schuld, –

schuld, – er zittert, er will es verbergen, indem er die Lehnen des Sessels noch fester packt, aber ich spüre es von seinen Händen über das Holz und den Stoff her, meine Haut ist auf einmal sehr empfindlich geworden, ich weiß nicht, soll ich mich fürchten, die Haut, ja, die Haut möchte sich fürchten, sonst nichts, ich aber will nicht, ich will ruhig sein, wenn er zittert, er zittert, vielleicht will auch er ruhig sein, er plagt sich, aber es gelingt nicht, er muß zittern, er muß diese Augen haben, er muß, – auch er ist ein Mann – nur ein Mann.
Wolken sind nichts für Männer.
Das muß man wissen. Das ist nicht zu ändern. Damit muß man sich abfinden.
Wie, – soll das eine Entschuldigung sein – für diesen?

Nach längerer Zeit schaute die Frau den Mann wieder an. Vom Fenster her kam gerade so viel Helligkeit, daß die Linien seiner Gestalt zu erkennen, die seines Gesichts nur zu ahnen waren. Viele Gesichter ließen sich aus den Andeutungen machen. Viele Gesichter, aber nur eine Gestalt, die Gestalt eines Mannes, jedes Mannes, aller Männer. Das Licht jener Minuten beförderte das. – Oder wünschte es das?

Wenn ich diesen Auftrag nicht bekommen hätte, wenn der Chauffeur an der Kreuzung nicht so schnell gebremst hätte, wenn ich hier einen anderen Job ergriffen hätte, wenn ich nicht die Flucht ergriffen hätte, wenn Stepan mich nicht bestärkt hätte, wenn Galina nicht so gut ausgesehen hätte, wenn ich nicht so ein Talent für Sprachen gehabt hätte, – – wenn meine Mutter mich nicht geboren hätte.
Soll das vielleicht heißen, daß meine Mutter schuld ist,

mein Vater? Der Pope und andere, – nennen sie ihn deshalb Vater? Sagen sie deshalb: »Vater unser –?«
Muß ich entscheiden, wer schuld ist? Kann ich? Ich bin doch nicht – –.
Wenn Sirky mich zur Karte ruft, dort einen Punkt antippt und sagt, Sie nehmen dieses Dorf, – und ich nehme es *nicht:* wer ist schuld, Sirky, ich, meine Leute, der Feind, die Kisten, das Wetter? Das Wetter, die Kisten, der Feind können sich nicht wehren, aber von uns anderen – ist es keiner gewesen, wenns geht, – keiner. Und *wenn* ich es nehme: wer kriegt ein schönes Blech für die Brust und eine Zeile im Heeresbericht? Das Wetter, die Kisten, der Feind scheiden aus, aber von uns anderen – jeder, wenns geht, – jeder.
Unsinn. Sirky tippt ja nicht nur auf den Punkt, – zuerst, ja, tippt er auf ihn, aber dann, bevor ich gehe, schaut er mich an: ist alles klar, jawohl, Herr Major, noch eine Frage, nein, Herr Major. Sirky weiß, wen er meint, und ich weiß, wer gemeint ist, alles ist klar, keine Frage mehr. Sich anschauen, das genügt. Sich anschauen.

Nach längerer Zeit schaute der Mann die Frau wieder an. Die Helligkeit, die vom Fenster her in das Abteil fiel, erlaubte es ihm nicht, ihr Gesicht zu erkennen. Nur die Umrisse ihrer Gestalt konnte er sehen, aber die brauchte er nicht, was er brauchte, war ihr Gesicht.
Denn an der Stelle dieser einen Gestalt sah er viele Gestalten, und sie erschreckten ihn. Kostüme und Kleider, Blusen und Röcke und Seidenstrümpfe sah er, und sie erschreckten ihn. Wie die Girls einer großen Revue sich aus der Tiefe der Bühne als flitternder Fächer nach vorn entfalten, als Woge von Leibern einander verdeckend und wieder entblößend gegen die Rampe branden, so drängten sich ihm die Gestalten auf und manch-

mal nur ihre Teile, Arme, Busen und Schenkel. Kein einziges Gesicht war dabei, – das erschreckte ihn am meisten. Es zwang ihn, aus den bloßen Leibern, aus gewissen Stellen jener Leiber Gesichter zu machen, aber er brachte es nur zu Grimassen und Fratzen, zu den immer gleichen Grimassen aus Falten und Schleim. Seinerzeit hätte ihn das beglückt, jetzt erschreckte es ihn. Für dieses Glück war er plötzlich zu alt geworden, alt genug für das Erschrecken.
Er wollte keine Gestalten mehr, er wollte nur ein Gesicht, dieses Gesicht. In die Augen der Frau wollte er schauen, das heißt, er wollte eine Entscheidung. Er bedachte die Wendung und fand sie moralisch, aber im nächsten Moment überlegte er schon, ob sich nicht einfach der Wunsch nach dem Lösen der Spannung, der *Drang nach dem Schlußstrich als der Motor* seines Willens *entpuppte*, ja, er drang sogar bis zu der Frage vor, inwiefern jede moralische Handlung genau so in den Wünschen der Drüsen und Nerven daheim ist wie jede unmoralische, aber er wagte sich nicht an die Antwort, sie schien ihm auf einmal zu schwierig.
Er blieb auf der Stufe der Wünsche. Er wünschte sich, was ihm die Augen der Frau bringen konnte, das Licht wünschte er sich, den neuen Tag.

Wenn ich nicht Martin geheiratet hätte, sondern Stepan? Er hätte die Uniform ausgezogen, hätte das genügt, die Uniform zu vergessen? Wenn dieser sein Freund gewesen wäre, eine Armee ist groß, aber nichts ist unmöglich. Dieser – sein Freund? Warum nicht? Freundschaften unter Männern, ich weiß nicht, wie das zugeht, manchmal wundere ich mich sehr, manchmal weniger, sehr Verschiedene sind manchmal Freunde, manchmal sehr Ähnliche, es ist unmöglich, dahinterzukommen. Stepan

könnte sein Freund sein. Vielleicht liebt er auch die Musik, vielleicht lieben sie beide gewisse Bücher, das Kegeln, das Autofahren, das Fischen, – das alles hat nichts mit Frauen zu tun, was Männer tun, wenn wir nicht dabei sind, hat nichts mit Frauen zu tun, die Männer gehen von einem Zimmer ins andere, da gibt es Frauen und dort gibt es keine, es wäre möglich, daß es ein Zimmer gibt für Stepan und ihn – – und für Martin. Martin. Martin. Stepan, – er. Warum erschrecke ich nicht? Bin ich zu müde?
Es ist gar nicht so übel, müde zu sein.

Vor dem Fenster standen wie dunkle Stäbe Schornsteine gegen den Himmel, Wände glitten vorbei, hundert Meter aus Glas, fünfzig Meter aus Stein, Punkte aus Licht, Kugeln und Streifen, die beweisen wollten, daß es noch Nacht war, Begleiter der Straßen, der parallelen und der kreuzenden, die plötzlich unter den Geleisen verschwanden, unter den Feldern der Weichen.

Im Rücken und in den Beinen spürte die Frau das Bremsen, aber sie dachte sich nichts dabei außer dem Üblichen: wir werden gleich stehn. Mechanisch drehte sie ihr Gesicht gegen die Scheibe, gleichmütig schaute sie auf den Bahnsteig. Nur wenige Menschen sah sie, die Mehrzahl in der Uniform dieser Bahn. Niemand schien ihren Waggon zum Einsteigen erwählt zu haben, niemand eilte der immer langsamer rollenden Tür entgegen oder nach. Die Frau sah den Schaffner abspringen und hörte aus einem Lautsprecher die Ortsansage. Dann bemerkte sie direkt vor sich den Mann, der für sie der Mann mit der Marke war, und kniff die Augen ein wenig zusammen. Kein Zweifel: er trug Mantel, Hut und Aktentasche und ging mit schnellen Schritten zur Treppe. Sie schaute ihm

zu, wie er im Tiefersteigen verschwand, sie schaute ihm zu, so wie man vielleicht im Bad einem Wildfremden zuschaut, der zufällig vor der Stelle, an der man sitzt, ins Wasser hinabsteigt. Das Zusammenschieben der Brauen war ihre einzige Reaktion, und sie hatte nicht einmal so lange gedauert wie der Weg des Mannes von der Wagentür bis zur Stiege.
Sie dachte, den habe ich ganz vergessen, aber dieser Gedanke hatte keinerlei Folgen.
Als der Zug wieder zu rollen begann und eine flache Kurve ihr den Bahnsteig entführte, dachte sie nur: in der nächsten Station steige ich aus.

Der Mann hatte den andern, den er den Tschechen nannte, gar nicht bemerkt, da ihm das vom Bahnhof gespendete Licht plötzlich die Gelegenheit gab, die Frau, das heißt ihr Gesicht, deutlich zu sehen. Der Bahnsteig interessierte ihn überhaupt nicht.
Er wartete auf ihren Blick. Er freute sich über das Licht, denn es drängte ihn weiter, es stieß ihn vorwärts, einem Ziel zu, das er für das Ziel dieser Nacht hielt, während es das Ziel vieler Jahre war. Er dachte, wenn sie mich anschaut, werde ich reden. Er dachte es, ohne zu wissen, welche Worte, welche Sätze er finden mußte. Aber die Frau bot ihm nur ihr Profil. Sie lehnte sich erst in das Polster zurück, als vor dem Fenster die Signale vorbeihuschten und die Räder meldeten, daß der Zug das zweite Weichenfeld dieser Station überfuhr. Mit den Signalen verschwanden die nahen Lampen, die entfernten blieben noch eine kurze Weile und sanken dann mit dem Ende der Straßen ins Dunkel zurück.
Doch es war nicht mehr das gleiche Dunkel wie früher. Es hatte seine Kraft schon verloren. Der kommende Tag, der den Zug mit den ersten flachen Wellen seines Lichts

in der Flanke traf, hatte sie ihm geraubt. Die Nacht schloß mit dem Tag einen Kompromiß, der schon der Anfang war ihrer Niederlage.
Also sah der Mann mehr als früher, aber doch noch zu wenig. Gut sah er nur ihr Gesicht, nicht ihre Augen. Aber er konnte nicht länger warten und beugte sich vor.

»Schlafen Sie, ich meine, möchten Sie noch schlafen?« Keine Floskel, kein »Gnädige Frau«, kein »Gnädigste«, kein »Verzeihen Sie«, dafür eine Stimme, die belegt war und rauh. Er mußte sich räuspern.
Die Frau erschrak, aber er bemerkte nur, daß sie die Arme verschränkte und ein klein wenig nickte.
»Ja.«
Es traf ihn ganz unvorbereitet wie jeden, den die Ungeduld hindert, sich vorzubereiten. Er warf ihr ein »Pardon« hin, aber das hatte überhaupt keine Bedeutung. Dann drückte er seinen Rücken mit einer gewissen Härte an das Polster zurück. Für einen Augenblick war er froh, daß es nicht heller war. Er schaute beim Fenster hinaus, dann auf die Phosphorziffern der Uhr. Und war entschlossen, den Kampf wieder aufzunehmen. Er wußte, es gab kein Zurück. Das war genug für den Anfang.

Es wird hell, sie steigt aus, ich muß wissen, wie es weitergeht, ich habe keine Sicherheit, daß es nicht weitergeht, ich muß auf alles gefaßt sein, ich kann es mir nicht leisten, im Dunkeln zu sitzen, ich brauche eine Fährte für die Zukunft, ich bin es gewohnt, Fährten zu haben, diese ist genau so wichtig wie die anderen, nein, diese ist wichtiger, warum weiß ich das, nein, kein Bohren mehr, keine sinnlosen Fragen mehr, das hält mich nur auf, ich habe nicht mehr viel Zeit, es darf nur noch

Fragen geben, die zu beantworten sind, ich darf mich nicht abweisen lassen, ich muß Klarheit haben, wenn ich aussteige aus diesem Zug.

Für den Anfang war das genug.

Die Frau spürte genau, daß er noch einmal anfangen würde, und sie bemühte sich in aller Eile, ihre Einstellung zu fixieren, kam natürlich zu keinem Ergebnis und fühlte sich dennoch nicht wehrlos. Ihre Begriffe reichten eben dort noch nicht hin, wo ihr Ahnen bereits festen Fuß gefaßt hatte, sie wußte im Augenblick nichts außer dem einen: er wird reden, mir ist es gleich.

»Es tut mir leid, aber ich muß Ihre Ruhe noch einmal stören.«
»Sie müssen?«
»Ja. Wann steigen Sie aus?«
»Bald.«
»Sehen Sie, – deshalb muß es jetzt sein. Ich glaube nicht, daß wir erst später darüber sprechen sollten.«
»Ich möchte eigentlich überhaupt nicht sprechen.«
»Aber ich.«
Die Frau schwieg und schaute zum Fenster hinaus. Ihre Lippen waren schmäler als früher.
»Sie können unbesorgt sein, ich werde die alten Geschichten nicht fortsetzen.«
»Welche alten Geschichten?«
»Einander aushorchen, einander belügen, – ja, belügen, und möchte auch Sie bitten – –«
Die Frau sah ihn an. Ihr fiel etwas ein, wie eine Laune fiel es ihr ein. »Sie werden mich nicht mehr belügen? Machen wir eine Probe. Ja?«
Der Mann ahnte es schon. »Bitte.«

»Was ist Ihr Beruf?«
Der Mann überlegte. Es gab keine Zeugen. Seine Glaubwürdigkeit stand auf dem Spiel. Aber er war es nicht gewohnt, diese Frage ehrlich zu beantworten. Die Lage war neu, ganz neu. »Sie wissen wahrscheinlich gar nicht, was Sie da von mir verlangen.«
»Ist das eine Antwort?«
»Nein.«
»Sie müssen keine geben. Ich meinte nur, wenn Sie schon anfangen mit der Wahrheit, – ich habe ja nicht angefangen. Ich kann auch wieder aufhören. Auch Sie können wieder aufhören. Vielleicht ist es das Beste.«
Aber er war es gewohnt, in ungewohnten Lagen zu sein. Und er konnte schnell weiterdenken. Er war immer ein sehr guter Schachspieler gewesen. »Ich stehe in den Diensten der Amerikaner.«
Die Frau bezweifelte es.
»Aber Sie sollten sich keine übertriebenen Hoffnungen machen. Auch wenn Sie zu den anderen laufen. Sie dürfen sich nicht auf Romane und Filme verlassen. Agenten werden seltener umgebracht als geizige Väter oder untreue Frauen, viel seltener. Die Trümpfe sind nie in einer Hand, austauschen ist besser.«
Die Frau neigte dazu, es zu glauben.
»Getötet wird nur im äußersten Fall. Ein toter Agent der einen Seite, das ist ein toter Agent der anderen Seite, so sind die Regeln, – aber das Material ist kostbar, – also wie ich schon sagte, austauschen ist besser.«
Die Frau glaubte es.
»Außerdem sind Ihre Sorgen privater Natur. Dafür ist in unserem Job selten ein Platz. Ihre Sorgen müßten den Interessen meiner Feinde entsprechen. Ich glaube nicht, daß das der Fall ist.«

Die Frau hörte sich selber zu. »Sie kennen meine Sorgen?«
»Ja.«
»Sie meinen eine ganz bestimmte Sorge?«
»Ja.«
»Welche?«
»Die Rache«.
Jetzt erst zuckte die Frau zusammen. »Ich weiß nicht, wovon Sie reden.«
»Wir hatten ausgemacht, daß wir einander nicht mehr belügen.«
»Ich habe nichts ausgemacht.«
»Bitte.« Der Mann hatte keine Geduld mehr. Er sah, wie der Tag zum Fenster hereinkroch. »Ich werde mich jedenfalls daran halten.«
Die Frau sah ihn an. Sie haßte ihn, bedauerte ihn und bestaunte ihn. Beine, Arme schienen ihr schwer und dennoch zum Zittern bereit. Sie fühlte sich in der Falle und fühlte zugleich, wie sehr das gegen den Sinn war. Aber sie wußte noch keinen Ausweg. Also schwieg sie. Der Mann räusperte sich, eigentlich war es eine Mischung aus Räuspern und Husten. Trotzdem blieb seine Stimme belegt. Die Stimme klang fremd, aber darin erkannte die Frau seine Wahrheit. Und ihr Widerstand wurde schwächer.
»Ich rede von einer Wiese – mit Sträuchern am Rand –«
Die Frau schwieg.
»Vom Frühjahr neunzehnhundertfünfundvierzig, es war Mai.«
Die Frau sah zum Fenster hinaus.
»Von einem Haus und von zwei Frauen oder Mädchen, wenn Sie wollen.«
Der Frau gab es einen Stich. »Haben Sie zwei gesagt?«

»Ja, – warum?«

Ein Irrtum, das Ganze ein Irrtum, ein Irrtum – alles –, ausdrücklich zwei und nichts von einem Teich, nur von einer Wiese, – es waren andere, er hat es bei anderen getan, – aber ich muß reden, Zeit gewinnen, reden, reden und verschweigen: »Oh, – nichts, ich habe Sie nur schlecht verstanden, Sie sprachen so undeutlich, ich wußte nicht, sagten Sie zwei oder drei, man kann das oft schwer unterscheiden.«

Die Stimme des Mannes wurde noch rauher: »Aber – Sie haben mich verstanden?«

Die Frau spürte noch ihren Puls. Diese Stimme, dieses Rauhe, Heisere, – das ist die Wahrheit, seine Wahrheit, nicht meine, nur seine, – seine Wahrheit – und seine Angst.

»Ja, ich habe Sie verstanden.«
»Bedenken Sie, es war noch Krieg – –«
»Das weiß ich.«

Draußen, auf dem Gang, ging der Schaffner vorbei. Er machte keine Anstalten, in das Coupé Einblick zu nehmen, die Tür zu öffnen, denn die wenigen Leute, die in der letzten Station in seinen Bereich zugestiegen waren, hatte er bereits kontrolliert. Sein Bewußtsein registrierte kurz die zusammengezogenen Vorhänge und begnügte sich mit dem Kommentar: die schlafen. Im Weitergehen schaute er zum Gangfenster hinaus und dachte an sein eigenes Bett. In vier Stunden – spätestens.

Drinnen, im Abteil, hatten sie die Schritte gehört. Als aus den Schritten das Zuschlagen der die Wagen verbindenden Tür wurde, dachten die beiden, das war der

Schaffner. Und sie notierten dazu, uns läßt er schon lange in Ruhe. Dann setzte der Mann, der es eilig hatte und der an Verhöre, an die aktive und passive Rolle bei ihnen, gewöhnt war, das Gespräch fort. »Sie haben mich gleich erkannt?«
»Das ist unwichtig.«
»Was ist wichtig?«
»Wichtig für wen?«
»Für wen? Für uns natürlich.«
Die Frau bekam eine Falte zwischen den Brauen. »Für uns, das gibt es nicht. Für Sie ist das eine wichtig, für mich etwas anderes. Wenn Sie schon unbedingt Erklärungen abgeben wollen, dann sagen Sie, was für Sie wichtig ist.«
»Ich verstehe Sie nicht ganz. Sie glauben nicht, daß wir eine Gemeinschaft haben?«
»Wenn Sie einen Menschen töten, einen wildfremden Menschen, – was haben Sie mit ihm gemeinsam?«
»Wir spielen beide eine Rolle –«
»In einem Verbrechen.«
»– eine sehr verschiedene Rolle, das gebe ich zu. Aber wir gehören doch irgendwie zusammen, so scheint es wenigstens mir.« Die Frau schwieg.
»Halten Sie etwa unsere Begegnung, hier in diesem Coupé nach so vielen Jahren, für einen bloßen Zufall?«
Die Frau sah zum Fenster hinaus. »Für Sie wäre das wohl das Beste.«
»Darum geht es nicht.«
»Sondern?«
»Glauben Sie an den lieben Gott?«
Die Frau sah ihn an. Hart. »Hören Sie damit auf!«
»Wenn Sie an ihn glauben, dann glauben Sie an einen Sinn. Auch für unsere Sache.«

Die Frau sah weg. Ihre Stimme klang brüchig. »Bitte, – wo ist der Sinn?«

»Ich meine, – ich weiß nicht, ob Sie mir zustimmen, aber ich meine, wir haben einander getroffen, damit wir das beschließen, ich meine, abschließen, zu Ende bringen, was vor zwanzig Jahren angefangen hat.«

»Für Sie hat etwas angefangen?«

»Ja, für mich und für –«

Die Frau fiel ihm ins Wort, heftig und am Rande des Weinens.

»Ich will nicht von der Vergangenheit reden, ich will überhaupt nicht reden. Auch Sie hätten besser geschwiegen.«

»Wenn ich geschwiegen hätte, wäre ich schuldig geblieben.«

Die Frau drückte die Hände gegen die Bank.

»Ach, – und jetzt sind Sie unschuldig?«

Der Mann lehnte sich zurück. »Das habe ich nicht gesagt, – aber ich denke, irgendwie muß es ja einmal anfangen.«

»Was muß anfangen?«

»Daß wir es zu Ende bringen!«

Es war heller geworden im Abteil, aber noch nicht so hell, daß man einander deutlich erkennen konnte. Nur zögernd nahm die Nacht ihre Schatten von den Gestalten. Seine Augen, ihre Augen, – das blieb immer noch eine Frage.

Eine Stimme hören, die Umrisse sehen einer Figur, – aber die Augen fehlen.

Plötzlich fiel es der Frau ein. Ich sitze im Beichtstuhl, und er – kniet draußen. Eine Stimme hören, die Umrisse sehen einer Figur, die Rollen waren anders verteilt, ich

war draußen und drinnen war der Priester, – mit seiner segnenden Hand und seiner Verzeihung, ich will nicht der Priester sein, das ist nicht meine Rolle, ich will mich nicht in den Beichtstuhl drücken lassen von dem da, in diese vier Wände, in denen man nichts tun kann, außer verzeihen, das würde ihm so passen, er flüstert mir ein paar Worte, und ich sage, alles vergeben, Schwamm darüber, sprechen wir nicht mehr davon, nicht mehr sprechen, – – aber ich habe doch zu ihm gesagt – –.
Wenn wir schweigen, wenn ich schweige, – glaubt er vielleicht, könnte er glauben, – daß es für mich erledigt ist, – mehr noch, – daß ich, daß ich – ihm verziehen habe.
Ich – und verzeihen – für die zwei, denen er Böses getan hat?
Für die Fremden – für die Schwestern. – Frauen waren Opfer. Alle.

»Haben Sie gesagt, zu Ende bringen?«
»Ja.«
»Zu Ende bringen. – – Glauben Sie, daß dafür Worte genügen?«

Der Mann assoziierte schnell und logisch. Worte – – Taten. Wenn er an Taten dachte, dachte er an die Pistole, – auch das war die Folge einer gewissen Routine. Drei Sätze dachte er dann:
Niemand wird hereinkommen, auch der Schaffner nicht.
Sie ist gesichert.
Wenn es schnell gehen muß, bin ich schneller als die Frau.
Obwohl er es nicht wollte, erschien an seinen Mundwinkeln die Andeutung eines Lächelns, – aber die Frau bemerkte das nicht.

»Ich verstehe Sie. Wenn ich bloß rede, das ist Ihnen zu wenig, Worte sind Ihnen zu wenig. Ja, ich verstehe Sie.« Er holte Luft. »Aber dann gibt es nur einen Weg –«, er griff langsam in den Rock – »diesen«: langsam zog er die Waffe heraus und legte sie auf das Fensterbrett.
Sie lag ziemlich genau zwischen den Plätzen. Wenn der Mann und die Frau gleichzeitig die Hand ausgestreckt hätten, wären seine Finger der Waffe näher gewesen, denn er war ja größer und hatte den längeren Arm.
Die Frau drückte sich steif an die Lehne zurück. »Tun Sie das weg!«
Der Mann rührte sich nicht.
»Sie sollen das wegnehmen, einstecken!«
Der Mann schaute sie an. Jetzt erlaubte er sich kein Lächeln mehr.
»Wenn jemand hereinkommt –«
»Es kommt niemand herein.«
Die Waffe blieb liegen.

Eine Pistole, – wenn sie nicht als Schmuck in eine Sammlung gehört –, plötzlich eine Pistole also kann einen Raum verändern. Besonders bei dieser Beleuchtung. Wenn sie dort liegt, wo das Licht eindringt in den Raum, wenn sie sozusagen mitgebracht wird vom Licht, hereingespült von einer Welle des Lichts, und nun da liegt in der Brandung des Lichts als ein dunkles Riff, ein tückischer Fels, der immer wieder ein Loch reißt in jede neue Woge des Lichts, eine Insel voller Gefahren, ihre Grenzen sind fließend, es ist noch nicht hell genug für klare eindeutige Grenzen, ein böses, schwarzes Tier, das zu kriechen scheint, – wohin?

Für die Frau war die Waffe nur ein Schrecken. Sie bewirkte kein Überlegen und noch viel weniger eine Ver-

suchung, – viel zu hart war sie ins Bewußtsein gestoßen, – also bewirkte sie nichts – außer einer leeren Stelle in diesem Bewußtsein.
Erst nach einer Weile brach die Erinnerung in dieses Vakuum ein. Dann wuchsen der Waffe plötzlich Finger, eine schmale Hand, ein Arm, zuerst braun, dann weiß, eine nackte Schulter, blonde Haare, – die Schläfe. Und nur einen einzigen Weg wußten die Finger für ihre Beute, nur eine Bahn – zur Schläfe. Dann der Körper im Gras. Dann der Körper, die Kniekehlen des Körpers, in den Händen. Dann der Körper, die Steifheit des Körpers, auf dem Wagen. Dann der Körper, die Verhülltheit des Körpers, vor der Grube. Dann der Körper, das Verschwinden des Körpers im fallenden Sand. Von dort aus, vom Sand, fand sich für die Frau eine zweite Beziehung zur Waffe. Sie betrauerte ihre Schwester und beneidete sie. Neiden kommt vom Vergleichen, und auf einmal war der Weg frei für eine andere Hand, für die eigene Hand, und es war der genau gleiche Weg zum genau gleichen Ziel – zur Schläfe. Dann der Körper im Polster. Dann die Hände des Mannes. Sie spürte seine Hände, obwohl das unlogisch war, denn sie würde ja tot sein und nichts mehr spüren. Sie ärgerte sich und beschloß, nicht mehr an seine Hände zu denken. Die Hände des Schaffners würden die nächsten sein und dann die Hände der Polizisten. Ein Rettungswagen oder einer der Polizei oder einer von der Bestattung, ein Telefonapparat, immer noch ein Loch für den Finger, unsere Nummer ist lang, Martin wacht auf, nicht gleich, erst knapp vor dem Ende des Läutens, er hat seinen besten Schlaf in der Früh, er muß aufstehen, verschlafen und verärgert geht er zum Schreibtisch, hebt ab, – wie ist sein Gesicht, sein Mund, seine Augen, seine Stirn, glaubt er zu träumen, wie ist sein Gesicht, seine

Stimme, nicht die Worte, die Stimme, alles andere ist uninteressant, ohne Bedeutung, – aber vielleicht steht er am Bahnsteig, vielleicht hat er sich vor ein paar Stunden den Wecker gestellt, – – wie in einen Wirbel zog es die Frau hinein –, den Wecker gestellt, läuten, bald schon, Martin im Badezimmer, in der Garage, am Bahnsteig, wo die Polizei mich erwartet, nicht mich, meinen Körper.

Von da aus, vom Körper, von der Steifheit des Körpers breitete sich der Schrecken aus wie eine giftige, erstickende Wolke, die zum Luftholen zwingt, zum Spüren des Pulses im Hals, zum Dehnen der Rippen, – zum Daseinwollen. Früher, von der Waffe her, von ihrem Besitzer her, war es der Schrecken vor dem Leben gewesen, jetzt war es der vor dem Tod. Vor einem Fremden war der Tod ein Ausweg, ihre Schwester war ihn gegangen, auch sie konnte ihn gehen, – immer noch ist das ein wichtiger Weg der Frau vor den Männern, immer wieder ein Weg. Aber vor Martin war der Tod, wie er sein soll, ohne Maske und Kleid, nichts als ein Schrecken. Die Frau vergaß die Waffe und ihren Besitzer, sie dachte an Martin, an seinen Wecker, dann sah sie auf die Uhr.

Für den Mann war die Waffe nur eine Geste. Ein Herzeigen des guten Willens, der nicht einmal so gut war, daß er die Folgen ins Dunkel, in den Willen des Schicksals hüllte, sondern in kühler Berechnung nur jene Folgen bejahte, deren Preis nicht zu hoch war. Auch das war ein Fortschritt. Erstens nämlich entziehen sich die Folgen einer lückenlosen Berechnung, und der Mann wußte das. Zweitens aber steckt in jeder Geste die Kraft eines Stempels, der seine Spur in der Seele auch dann hinterläßt, wenn die Geste gar nicht

oder ganz anders gemeint war, und der Mann ahnte das.
Er dachte nicht an die Zukunft. Aber in seine ganze Zukunft wird er diese Geste mit sich tragen als ein Gepäck, unabwerfbar, unverlierbar. Und manchmal wird er sich erinnern, und die Stunde wird manchmal vielleicht eine unbedeutende, manchmal aber die richtige sein. Vielleicht wird Galina am Fenster stehen, von der Straße nicht das geringste bemerken, höchstens die Wolken suchend als eine Zuflucht vor seiner Fremdheit, vor dem Kreisen des Kognaks in seinem Glas, vor den Streifzügen seiner Finger an den Kanten des Tisches, vielleicht wird ihre Hand gerade auf seine treffen beim Griff nach dem Umschlag der Platte, vielleicht wird ihre Hand sich von seinem Arm auf seine Schulter tasten und wieder einmal die verzweifelte Frage stellen. Vielleicht wird er dann vor ihrem Scheitel, unter ihm und hinweg über ihn plötzlich wissen – damals, als ich die Pistole hinlegte, aufs Fensterbrett, – und wird sein Glas nicht mehr drehen, nicht mehr die Grenzen des Tisches erkunden, nicht mehr vom Umschlag der Platte zurückzucken wie vor einer Tarantel, sondern der Hand auf seiner Schulter begegnen wie einem lang schon gesuchten Schlüssel.
Der Mann blickte die Waffe an. Er dachte, sie hat sie noch nicht zu nehmen versucht, sie wird es nicht mehr versuchen. Er dachte, ich bin vollkommen sicher, – – und er schämte sich ein wenig. Dann, erleichtert durch das Bewußtsein der Gefahrlosigkeit, überließ er sich der Vorstellung von der Gefahr. Wenn sie ihn abgelenkt hätte, durch einen Aufschrei vielleicht, durch einen plötzlichen Griff ihrer linken Hand nach ihrem Fuß, wenn auch er sich gebückt hätte und sie inzwischen mit der rechten Hand die Pistole erreicht hätte, wenn

ein plötzliches Bremsen des Zuges die Pistole in ihren Schoß geworfen hätte, wenn sie die Entsicherung sofort gefunden hätte, – – aber es gelang ihm nicht, auch nur im Keim das Bewußtsein einer echten Bedrohung zu konstruieren, in jeder Lage würde er schnell genug sein, kaltblütig genug, behende genug, stark genug. Aber seine Phantasie war nicht leicht zu erschöpfen. Sein Blutdruck fiel ihm ein, die kurzen Schwindelanfälle, der letzte vor ein paar Wochen, dieses plötzliche Kreisen der Gegenstände, dieses Aufreißenmüssen der Augen, dieses Atemholen, Sekunden bloß oder weniger, aber das würde genügen für eine momentane Unfähigkeit, die Pistole schnell genug zu ergreifen, das würde ihn hilflos machen und völlig ihr ausgeliefert, ja, das würde genügen, er würde erledigt sein, sie würde ihm ohne besondere Mühe eine Kugel in die Brust jagen.
Er wiederholte diesen einen Gedanken, dann fand er plötzlich den zweiten: Früher, als ich die Pistole hinlegte, habe ich das ganz vergessen. Und schon sprang ihn der nächste Gedanke an: Ich sollte es wohl vergessen, der liebe Gott wollte es wohl so. Er zog einen Mundwinkel ein wenig herab, aber er fühlte sich nicht nur wie ein Verächter, sondern genau so wie ein Märtyrer, und daraus ergab sich leicht ein weiterer Einfall: Die Möglichkeit besteht ja noch immer, jeden Moment kann das Kreisen der Gegenstände beginnen, im nächsten Moment schon, immer noch kann ich erledigt sein, wenn – –
Er faßte das Gesicht der Frau, das Nummernschildchen, die Fotografie, das Gepäcknetz fester ins Auge, würden sie kreisen, und er kam sich plötzlich nicht mehr als ein Opfer, sondern eher als ein Held vor, denn er hatte seinen Entschluß bemerkt, es ein bißchen darauf

ankommen zu lassen. Er starrte die Waffe an, er dachte, wenn *sie* zu tanzen beginnt, greife ich sicher daneben, wann beginnt sie, wann – –, und er spürte auf einmal sein Herz. Er holte tief Atem, er drückte sich in das Polster zurück, er suchte das Gesicht, das Nummernschildchen, die Fotografie, das Gepäcknetz, er überzeugte sich, daß nichts kreiste, er überzeugte sich gründlich, dann erst leistete er sich den Gedanken, er hätte nichts anderes verdient.

Ein Sprungbrett, dieser Gedanke, für Leute mit Konsequenz, und schon sprang er in die Frage hinein, warum passiert nichts, eine Frage, die einem schnell bis zum Hals geht. Um herauszukommen, ergreift man alle möglichen Seile, er sagte sich, ich habe noch eine Aufgabe, eine Aufgabe haben, das ist gut, das hilft immer, das half jetzt auch ihm, aber, so fragte er sich, was ist es, was ich noch tun muß.

Er sah zur Frau hin und bemerkte, daß es für sie keine Waffe mehr gab. Er zögerte noch, aber dann entschloß er sich doch zu der Frage, vielleicht gibt es für sie auch mich nicht mehr, und der Zweifel war beim letzten Wort schon viel schwächer als beim ersten und war auf einmal kein Zweifel mehr, sondern eine Gewißheit, jawohl, auch ich existiere nicht mehr für sie.

Er zog einen Mundwinkel ein wenig hinauf, es war auch zum Lachen, ungeheuer lächerlich war es auf einmal, was für Sorgen er eben noch hatte, ob der Schwindel ihn packen würde, ob er die Kontrolle über die Waffe verlieren würde, wie lächerlich, wenn es für sie keine Waffe mehr gab und keinen Mann gegenüber.

Es traf ihn stärker als alles andere aus den letzten achteinhalb Stunden, und es traf ihn zu einem Zeitpunkt, da die Nacht vor dem Tag nicht mehr auf dem Rückzug, nein, schon auf der Flucht war. Wir gehören

zusammen, von mir aus auch wie Mörder und Opfer, aber wir sind aneinandergekettet, das stimmte nicht mehr, die Frau hatte die Ketten gelöst und war gegangen.
Vielleicht wollte er nur das Gleichgewicht wiederherstellen, das er verloren sah, vielleicht wollte und wußte er gar nichts, – – jedenfalls dachte er an Galina.

Der Zug hatte eben einen Wald verlassen und wurde nun auf beiden Seiten von Feldern begleitet. Nur vereinzelt gab es noch Bäume, Buchen und Birken, und manchmal tauchte ein Haus auf oder eine Gruppe von Häusern. Haltestellen glitten lautlos vorüber, Signale und Schranken. Uniformierte Männer standen vor Blockbuchstaben und legten die eine Hand an die Mütze, – auf der ganzen Strecke war für das Weiterkommen des Zuges bestens gesorgt.
Das Land hatte sich sehr verändert. Der siegreiche Tag hatte ihm die Farben wiedergeschenkt, eine zarte und stumpfe, eine kühle und rauhe Bemalung, den Bäumen das bräunliche Grün und das schmutzige Weiß, den Häusern das rostige Rot ihrer Dächer, den Uniformen das tintige Blau, gesprenkelt vom grauen Silber der Knöpfe. Nicht mehr Gespenster reckten sich vor den milchigen Wolken des Mondes, nein, leibhaftige Gestalten zeigten ihre wiedergewonnenen Körper unter dem glanzlos triumphierenden Licht eines neuen Himmels.

Der Mann griff nach der Pistole – sie kam ihm schwer vor – und steckte sie sorgfältig ein. Er tat es mit gelassener Hand, aber er fühlte sich nicht überlegen, sondern müde. Dabei schaute er zuerst nur auf die Waffe, dann auf seine Jacke. Dort schien ihn eine Falte zu

stören, er strich über den Stoff und zog an den Rändern. Später hob er den Kopf.
»Verzeihen Sie mir –«, er suchte ein wenig, – »– ich habe mich komisch benommen.«
Die Frau sah ihn an und schwieg. Durch seine ersten drei Worte war sie noch einmal erschrocken, aber daß er dann weitersprach, so unsinnig, irrsinnig weitersprach, hatte sie wieder beruhigt. So konnte sie schweigen. Verzeihen konnte sie nicht und würde es nie können, nicht für sich und nicht für die Fremden, aber auf die Rache verzichten genau so wie auf seinen Kniefall, das konnte sie, es hatte sich schon entschieden. Und sie ahnte sogar, seit einer halben Stunde etwa ahnte sie es, warum sie das konnte. Die Rache wäre wie ein Anker, wie eine Kette gewesen, und sie wäre endgültig angebunden geblieben an das, was geschehen war, seinerzeit – am Teich. Aber sie wollte nicht mehr nach rückwärts leben, zwanzig Jahre hatte sie nach rückwärts gelebt, in den letzten achteinhalb Stunden war es ihr eingehämmert worden, zwanzig Jahre nach rückwärts, die Hälfte ihres Lebens, alles Leben nach rückwärts ist verloren, ihr halbes Leben hatte sie bisher verloren, sie wollte nichts mehr verlieren.
Eine Heldin war sie niemals gewesen, eine Idealistin war sie schon lange nicht mehr. Nur ihr Glück wollte sie, wie jeder andere Mensch. Daß es teilbar sein mußte, teilbar mit Martin, hatte sie oft gewußt, aber selten erlebt und im Laufe der Zeit immer seltener. Nun hegte sie wieder Hoffnung.
Ja, sie dachte wirklich schon wieder an Martin, als der Mann das Schweigen noch einmal durchbrach.
»Ich glaube, ich habe mich überschätzt.«
Ihre Stimme war glatt, als sie ihm antwortete. »Ja, das glaube ich auch.«

Aber kaum hatte sie es gesagt, wußte sie, daß es nicht stimmte. Das Gewicht dieses Mannes war in acht Stunden so groß gewesen, wie das Gewicht des richtigen Mannes in zwanzig Jahren, nein, es war größer. Denn: sie würde sich ändern – oder sie würde es zumindest versuchen.

Der Mann wußte nichts von all diesem. Für ihn waren ihre letzten Worte nur die Bestätigung dessen, was er vorhin schon erkannt hatte: die Frau war gegangen, er war allein, – so wie immer.
Natürlich fragte er sich, ob er nun außer Gefahr sei, aber er wußte zugleich, daß er eine Antwort nie haben würde. Was immer sie sagen würde – aber für ihn stand schon fest, daß sie gar nichts mehr, gar nichts Konkretes mehr sagen würde – was immer sie sagen würde, so folgerte er nur theoretisch, was immer sie also sagen würde, – der Zweifel würde ihm bleiben.
Da er sich schon bald nach seiner Flucht angewöhnt hatte, alle wichtigen Dinge so nüchtern wie nur möglich zu betrachten, war er mit dem Ergebnis zufrieden. Wahrscheinlich, dachte er, wird nichts mehr passieren, aber vorsichtig muß ich bleiben, in acht nehmen muß ich mich immer, – das ist mir nichts Neues. Einen Moment lang bedauerte er sich wegen seines Berufes, aber dann ging er gleich weiter, das ist sinnlos, ich werde nie mehr einen anderen haben, aus diesem Zug steigt keiner mehr aus. Er dachte an den kommenden Bahnhof und bemerkte, wie hell es geworden war – auf den Feldern und im Abteil. Dann betrachtete er noch einmal gründlich das fremde und nichtfremde Gesicht, das ihm, da die Frau zum Fenster hinaussah, nicht voll, sondern etwa zu drei Vierteln zugewandt war. Diese Falte ist nicht schön und die auch nicht,

die Haare sind schön und die Augen, die Nase ist wunderbar, aber dann diese Falte, die könnte den Mund ruinieren, der gibt sich nicht geschlagen, auch die Augen sind gegen die Falten, wieso habe ich diese Falten früher gar nicht gesehen, wenn es Tag wird, sieht man sie besser, also wenn man mich fragt, wer diese Falten gemacht hat, ich würde sagen, der Genuß war es nicht, was dann, – das Leid.
Auch ich. Seinerzeit – auf der Wiese – hatte sie keine einzige Falte.
Noch einmal ging er der Schuld nach. Noch einmal schob er sie weiter, schön logisch, von sich zu Sirky, von Sirky zum General, vom General zum Politoffizier, vom Politoffizier zum Politgeneral, vom Politgeneral zu Stalin, von Stalin zu Hitler, von Hitler – nun kürzte er den Weg radikal, denn er wollte endlich ans Ende – zum lieben Gott, der war das Ende, mußte es sein. Eine Marionette also, nicht mehr. Er dachte, vielleicht stimmt es, daß ich nicht mehr bin als eine Puppe am Draht, aber wenn es tausendmal stimmt, ich darf es nicht glauben, ich habe es niemals geglaubt, und wenn es tausendmal stimmt, ich darf es nicht spüren, ich habe es niemals gespürt, ich habe es auch auf jener Wiese nicht gespürt.
Spüre ich, daß ich schuldig bin?

Er sah noch einmal auf die Falten der Frau und bejahte die Frage. Ob er sie leichter bejahte, weil er wußte, daß ihn zumindest jetzt gleich keine gefährlichen Konsequenzen bedrängten, – – jedenfalls wußte er mehr, auch das muß gesagt sein. Wiedergutmachen, so wußte er nämlich, wiedergutmachen konnte er nicht und würde es nie können – – sie war ja gegangen, er war wirklich allein. Und nichts, gar nichts, keine Reue,

kein Kniefall, keine Buße, kein Geld, er dachte Geld und lachte, kein Versprechen, kein Schwur, nichts würde je eine Brücke schlagen können. Gemeinsam hatten sie weder ein Heute noch ein Morgen. Wiedergutmachen aber, das gibt es nur heute und morgen.
Vorhin hatte er an Marionetten gedacht, nun hatte er plötzlich das Gefühl, die Gedanken selber seien wie Marionetten, bei aller Behendigkeit eckig und steif und gezogen, – – aber auch dieser Umweg konnte ihn nicht mehr daran hindern, auf einmal an Galina zu denken und schließlich nur mehr an sie.

Die Frau stellte sich schon den Bahnsteig vor, die Stelle, an der Martin stehen würde. Ich werde nicht bis zur Wagentür gehen, dort könnten andere sein, ich sehe gar nichts vom Bahnsteig, ich werde hier bleiben, im Abteil das Fenster öffnen, schauen und winken. Unser Waggon ist etwa in der Mitte, vielleicht fahren wir an Martin vorbei, langsam, er kann sehen, daß ich nicht allein bin, daß ich Gesellschaft hatte, vielleicht bleiben wir früher stehen, er kommt vor das Fenster, soll ich doch zur Wagentür gehen – –.
Sie würde hier bleiben am Fenster, das heißt, sie würde erzählen, – vielleicht würde er davon anfangen, vielleicht auch nicht, sie würde auf jeden Fall sprechen, zwar nicht im Auto, aber daheim, heute. Sie würde auch sprechen, wenn Martin sie nicht abholen käme. Und sie würde alles erzählen. Vom Anfang an.
Sie lehnte sich in die Polster zurück, sie fühlte sich leicht und kräftig. Diese Kraft, sagte sie sich, muß für uns beide reichen.

Für den Mann war nicht das Ankommen wichtig, sondern das Fortgehen, – und er wußte das auch. Das

Ankommen, der erste Abend, die Sprache der Körper, – wie wenig wurde da von ihm selber verlangt. Das Fortgehen aber, wenn die Begierde gestillt, also still war, sich nicht rührte, – das hätte ihn selber gefordert, aber er hatte sich dieser Forderung von Jahr zu Jahr schneller entzogen. Er war gegangen mit belanglosen Worten oder wortlos, er hatte sein Gesicht nicht gesehen, aber ihres, auf dem die Zärtlichkeit langsam verlöscht war wie die Schrift auf der wächsernen Tafel unter der unaufhaltsam löschenden Hand. Dann war er geflüchtet und hatte vergessen.
Er dachte, ich weiß nicht, wie es beim nächstenmal sein wird, aber so, wie es war, sollte es – wenn möglich – nicht sein. Vielleicht muß ich theaterspielen. Bin ich zynisch? Nein. Wenn es ihr hilft, kann es nicht schlecht sein. Außerdem – vielleicht hilft es auch mir. Ein Spiel hinterläßt Spuren – ich weiß das – nicht nur auf der Haut.
Erzählen würde er nichts. Galina wußte ja – ungefähr – was auf der Wiese passiert war, vor vielen Jahren schon hatte sie ihn gefragt, mehr allgemein, im Krieg haben die Männer ja oft, und er hatte es zugegeben, mehr allgemein, ja, meine Männer und ich haben auch, das wußte sie also, aber was heute passiert war, sie würde nicht fragen und er würde nicht reden.

Es war ganz einfach die Angst vor dem Sichfestlegenmüssen, und wenn er von dieser Nacht ehrlich erzählte, hätte er sich irgendwie gebunden, das ahnte er, nicht an Galina, aber an sein besseres Ich, – das Mißtrauen also gegenüber diesem Teil seines Ichs befahl ihm das Schweigen.
In diesem Punkt war sein Gewissen weder gut noch schlecht. Er machte sich keine Illusionen, ich neige

zum Bösen gerade so wie zum Guten, auf keiner Seite werde ich bleiben, das Beste, was ich habe, ist das Mißtrauen vor mir selbst. Denn ein Mann werde ich immer sein, ein Egoist also, einer, der den Frauen wehtut.

Welche Kette von Mißverständnissen.
Eine Frau glaubt, das Glück muß man teilen in zwei gleich große Teile.
Ein Mann ist nicht fähig, seinen Teil anzunehmen.
Eine Frau hält das Glück für eine einfache Sache.
Ein Mann hält es für ein Bündel von Splittern.
Eine Nacht lang zusammen in einem Abteil, eine Nacht lang Hüfte an Hüfte, eine Nacht lang ihr Haar in seinem, ob eine oder zehntausend Nächte, – nirgends und niemals ist eine Brücke begehbar.

Der Führer der Lokomotive sah schon, wie die Gleise sich teilten, sah schon die grünen Signale und wußte vom roten. Seine rechte Hand lag schon in der Nähe des Hebels, der die Bremsen einsetzt.
Der Schaffner zog die Tür des Abteils auf die Seite und teilte behutsam den Vorhang.
Er tippte kurz an den Schild seiner Mütze.
»Gnädige Frau, wir sind gleich da.«
Die Frau nickte. »Vielen Dank!«
Der Schaffner deutete eine Verbeugung an. »Ich hoffe, Sie hatten eine gute Reise. Auf Wiedersehen!«
Die Frau erhob sich. »Danke!«
Der Schaffner trat wieder hinaus, zog die Tür zu und ging weiter.
Dann stand auch der Mann auf und half der Frau in den Mantel.
Sie sagte zum Spiegel hin: »Danke!«

Er fragte: »Darf ich?« und hob schon ihren Koffer aus dem Gepäcksnetz auf die Bank.
Sie sagte noch einmal »Danke« und färbte sich mit dem Stift schnell die Lippen. Dann betupfte sie kurz mit einem anderen Stift die Haut hinter den Ohren. Dann brachte sie ihre Handtasche in Ordnung und nahm die Karte des Mannes heraus.
Der hatte sich inzwischen den Mantel angezogen und die Aktentasche auf seinen Sitz gestellt. Jetzt packte er die Zeitungen in die Tasche.
Beinahe zugleich drehten sie sich um.
Die Frau vergaß die Karte. »Wie, Sie steigen auch hier aus?«
»Ja. Wie Sie sehen, haben wir das gleiche Ziel.«
»Sie haben, ich meine, bevor Sie einstiegen, ich meine, wie Sie Ihre Karte lösten –«
»Ich habe eine Karte bis hier gelöst.« Er griff in die kleine Ziertasche seines Rockes, – »wenn Sie sehen wollen«, und zog die Fahrkarte heraus.
Die Frau schaute nicht hin. »Lassen Sie.« Sie legte die Visitenkarte auf das Fensterbrett. »Das brauche ich nicht mehr.«
Der Mann nahm sich seine Karte und steckte sie zusammen mit der Fahrkarte ein. Zwei Worte fielen ihm ein: »Schade« und »Gottseidank«. Aber er sagte nur: »Natürlich.«

Als der Zug langsamer fuhr, griff die Frau nach dem Koffer.
Der Mann ging zur Tür und legte die Hand auf die Klinke. Zum letztenmal standen sie sich gegenüber.

Die Ähnlichkeit, – seltsam, auf einmal ist sie kleiner, – natürlich, weil ich weiß, daß *er* es nicht war. Jetzt

weiß ich. Vorher habe ich nichts bemerkt. Und er – hat immer noch nichts bemerkt. Zwanzig Jahre – und so viele Frauen. Gibt es die Angst noch – für ihn? Aber – wozu brauche ich seine Angst? Wozu?
Sie sah ihn an, sie spürte, wie die Entfernung zwischen ihnen sich unaufhaltsam vergrößerte, und die Worte fielen ihr leicht: »Es war eine andere, nicht ich, – aber das ändert wenig.«
Er hatte die Klinke schon ein kleines Stück auf die Seite gezogen, jetzt stieß er sie wieder zurück. »Wie können Sie – Sie – können doch gar nicht – –«
Sie unterbrach ihn sofort: »Machen Sie auf« –, er gehorchte, – »ich weiß es, das ist alles, und das ist auch genug.« Sie trat auf den Gang.
Er folgte ihr dicht. »Aber Gnädigste, wie kommen Sie – –«

Sie schaute zum Fenster hinaus – auf Gleise, Häuser, Straßen. »Ich möchte aussteigen.«
An diesem Schweigebefehl gab es nicht das geringste zu rütteln. »Verzeihen Sie – bitte –«
Sie lachte – ein trockener, heiserer Stoß – und ging schnell durch den Gang.

Schon die Bremsen, – sehr gut – nur die Bremsen, – Martin, es macht nichts, wenn er nicht da ist, er ist nicht da, er kann gar nicht da sein, er weiß ja nicht, es ist sinnlos, am Fenster zu stehen, gespannt auf den Bahnsteig zu starren, er schläft noch, ich werde ihn wecken, – aufwecken, das heißt nicht aufstehen, nur aufwachen – aufwachen, – ich muß hinaus, ich will die erste sein bei der Tür.

Diese Haare, diese Figur, – aber – eine andere Frau,

eine fremde, – alles ist möglich – Blonde gibt es viele – mit grauen Augen – schmalen Wangen – dieser Figur – zwanzig Jahre – zu viele Frauen – alles ist möglich – wenn man im Zug fährt in der Nacht – wenn es kein klares Licht gibt – nur Hoffnungen, Wünsche, Gier, Sorgen, Angst – – wozu? Wozu?

Wer ans Aussteigen denkt, denkt an die Zukunft.

Auch ein »wozu« ist ein Weg nach vorn.

Ehe der Schaffner die Wagentür öffnete, fragte er sich, ob die zwei wirklich von Anfang an schon das gleiche Ziel hatten. Sie standen jetzt knapp hinter ihm und sprachen kein einziges Wort miteinander.
Warum auch nicht, sagte er sich und drückte die Klinke nach unten. Oder – sie glauben, mir was vormachen zu müssen.
Er stieß die Tür auf und stellte sich auf das Trittbrett. Reine Selbstüberschätzung. Wenn die wüßten, was ich schon gesehen habe.
Er verschluckte ein Lachen und sprang auf den Bahnsteig.

Dann sprang die Frau, dann der Mann. Durch die dünnen Sohlen ihrer Schuhe hindurch spürten beide den harten und festen Stein dieses Bodens wie ein Land, ein ganz neues Land.

FRICSO HITT

EIN SARG VOLL TRÄUME

320 Seiten, Leinen

Ein Lehrer, in bürgerlicher Sicherheit und Beengtheit lebend, bricht eines Tages aus, weil ihm seine ganze Umwelt verlogen, widerwärtig und sinnlos erscheint.
Seine Alternative heißt: Fremdenlegion. Angola. Kampf für die Freiheit eines farbigen Staates. Kampf mit den Mitteln äußerster, unvorstellbarer Brutalität. Das erste, was er als Legionär lernt: Grausamkeit ist eine Waffe. Gezielte Grausamkeit ohne jede Emotion. Grausamkeit, die jedes menschliche Maß übersteigt.
Dieses Buch berichtet grauenhafte, erschütternde Wahrheit, eingekleidet in den Rahmen einer erregenden Handlung.

HERBIG

WERNER HELWIG

RAUBFISCHER IN HELLAS

396 Seiten, Leinen

Der erfolgreiche Roman von Werner Helwig erscheint nun in einer vom Autor neu durchgesehenen Ausgabe, in die der zweite große Hellas-Roman »Reise ohne Heimkehr« eingearbeitet wurde.
Nicht das Griechenland klassischer Zeit offenbart sich dem Leser. Durch Helwigs lebendige Sprache entsteht eine fremde, vielfarbige Welt, die der Autor mit seinem Freund auf dem *Agios Nikolaos* durchstreift. Sie kämpfen gegen ein unerbittliches Schicksal, und die Gefahr wird zum Element ihres Lebens. Mensch, Land und See mit ihren alten Überlieferungen und Bräuchen werden vor uns lebendig in zeitloser Schönheit.

HERBIG

ILSE MOLZAHN

DER
SCHWARZE
STORCH

296 Seiten, Leinen

Dieser auf einem Gutshof im ehemaligen deutsch-polnischen Grenzgebiet spielende Roman ist die Geschichte einer Kindheit, in dem die etwa sechsjährige Katharina sich plötzlich unbegriffenen, bedrängenden Vorgängen in der umgebenden Erwachsenenwelt konfrontiert sieht. Das kleine Mädchen leidet unter den Geheimnissen, die die »Großen« ihm gegenüber so offenkundig bewahren zu müssen glauben, und sucht, geleitet von seinen Ahnungen und Träumen, das Rätselhafte auf seine Weise zu deuten und zu verstehen.

HERBIG